⑳ 倪匡珍藏限量紀念版

衛斯理傳奇之

願望猴神

（含：連鎖・願望猴神）

倪匡 著

連鎖

序言……007

衛斯理傳奇

CONTENTS

望猴神

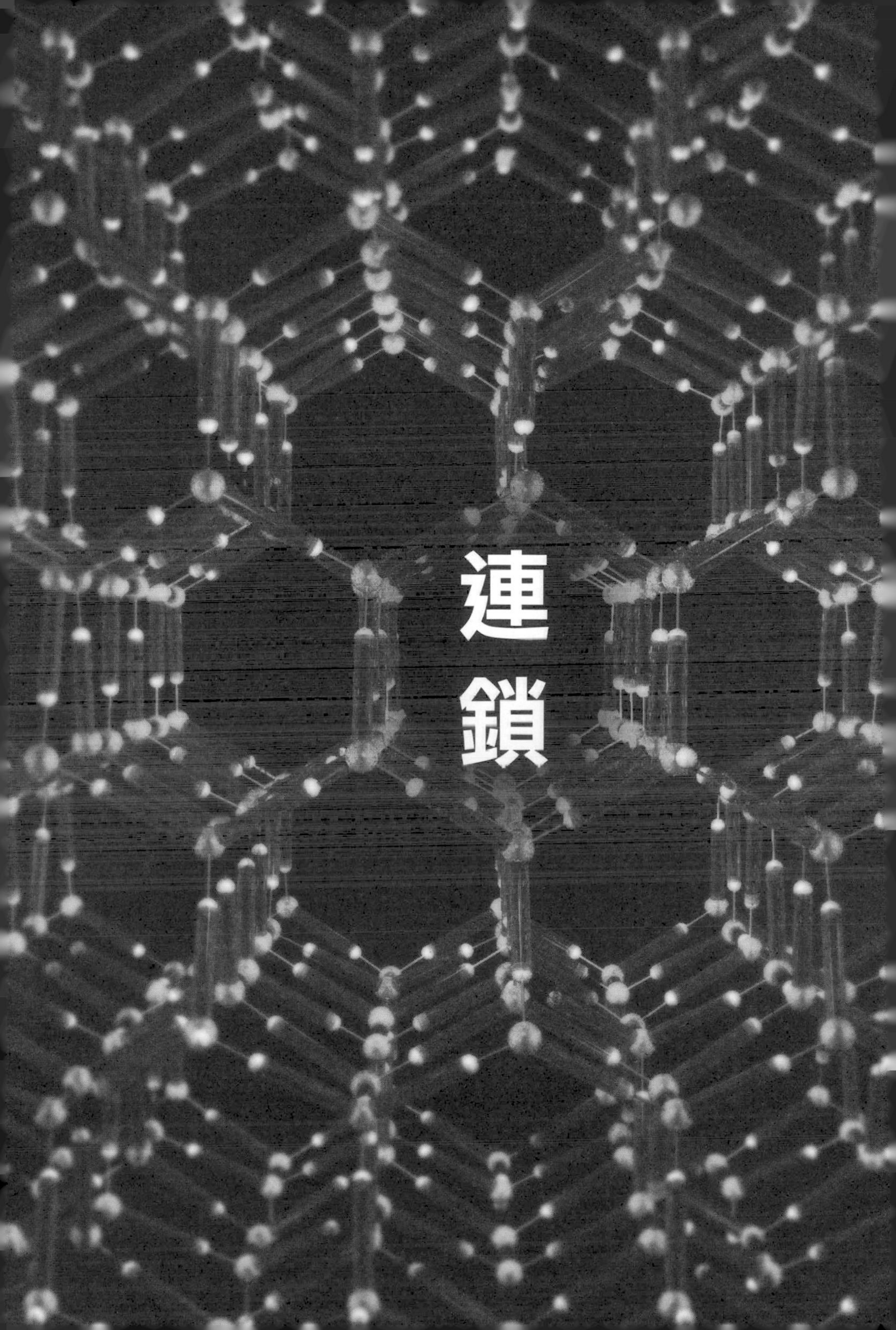
連鎖

序言

「連鎖」這個故事由於小說架構龐大，所以寫得相當長，這次重新整理，也就分成了上下集，上集用原名，下集訂名為《願望猴神》。

在曲折離奇的故事之中，重要的自然是第八部「來自印度的古老故事」，借一個老人之口，敘述了一個人想得到快樂而結果失望的故事。結論是「世上根本沒有快樂的人」。

世上自然有快樂的人，但也只是在某一個時間中快樂，在某一件事上快樂，不可能永遠快樂，快樂只是一生中的一剎那，不可能是一生的全部。

想想也有道理，要是人的一生中，滿是快樂，那豈非等於一點快樂都沒有？

許許多多無關的人，無關的事，聯結了起來，成為連鎖，而每一個人又有一個內心深處的化身，「連鎖」的故事，情節變化之多，衛斯理故事中，堪稱第一。

倪匡

第一部：職業殺手、小商人和神秘謀殺

遠程來福槍上附設作為瞄準用的望遠鏡，通常的有效度是乘十，也就是說，可以將距離拉近十倍。望遠鏡的目鏡上，有很細的線，交叉成為一個「十」字，只要使射擊的目標固定在「十」字的中心部分，扳動槍機，子彈呼嘯而去，就可以射中目標。

當然，並不是說，這種遠程來福槍在任何人的手中，都可以依據同樣的程序射中目標，還得看握槍的人，手是不是夠穩定，要是在扳動槍機的一剎那間，手稍微震動了一下，那麼即使是極為輕微的震動，也足以使子彈射不中目標。

根據最簡單的數學計算，如果目標在三百公尺之外，槍口只要移動一公釐，子彈就會在距離目標三公尺處掠過。

絕對穩定的雙手，是一個遠程射手所不可缺少的條件。

鐵輪就有這樣一雙絕對穩定的手。

鐵輪以一種十分舒服的姿勢坐在寬大柔軟的沙發上，面對著掛著厚厚的絲絨帷簾的大窗，房間裏的燈光相當暗，在他身邊，是一杯散溢芳香的陳年白蘭地，在酒杯旁邊，是一枝已經裝嵌好了的遠射程來福槍。

鐵輪將那枝可以拆成許多部分的，製作極其精美的來福槍，自盒子中取出，裝好之後，連鐵輪自己，都不知道他已經在沙發上坐了有多久。他一坐下來就是這個姿勢，而且一直保持著。

他坐著，將雙手的手指伸直，掌心向著自己，凝視著手掌和手指。雙手像是完全沒有生命的石刻，一動不動，甚至給人以這雙手的裏面，沒有血液在流動的感覺。

鐵輪一直伸著雙手，直到他對自己穩定的手感到滿意，才慢慢屈起手指，將身邊的遠程來福槍抓在手裏，槍口上早已套上了滅音器，使得子彈射出時所發出的聲音，不會超過拔開酒瓶上的軟木塞。

他用槍口輕輕挑開了帷簾，帷簾後的大玻璃窗子上，早已有一個可供槍口伸出去的圓孔，那是鐵輪一進入這間房間之後就弄成的。

這是一家大酒店中最豪華的房間之一，在十二樓。槍口伸出去，望遠鏡的鏡頭，貼在玻璃上，鐵輪略俯身向前，將眼睛湊在望遠鏡的目鏡上。

通過望遠鏡，他可以看到對面的那幢大廈，那是一幢十分新型的大廈，這種新型的大廈，即使在迅速發展中的日本東京最繁盛地區，也並不多見。大廈的外部結構，全是玻璃，連走廊的外牆，也是玻璃，可以由外面看到匆促來往的人。

鐵輪慢慢移動著槍枝，將目標固定在對面那幢大廈十一樓的走廊上，使望遠鏡中的「十」字，對準了一個穿著鮮紅上衣少女的飽滿胸脯，然後，跟著這個少女向前走，一直到這個少女在走廊的彎角處消失。

在這幾十秒中，鐵輪的手指，一直緊扣在槍機上，他知道，只要自己的手指向下一壓，那個穿紅衣服少女的生命，立刻就會消失。這種感覺，常常使鐵輪感到極度興奮，誰是生命的主宰？不是上帝，也不是閻王，是他！鐵輪，可以使任何人在一剎那間死亡，是他！這個從不失手的職業殺手！

鐵輪並沒有再移動，他雙手把持得極穩，從望遠鏡中看出去，「十」字的交叉，停留在走廊的轉彎處，那地方的牆上留下了一個不為人注意的高度記號，離地一百六十四公分。他要射殺的目標，身高一百六十八公分，也就是說，當目標轉出走廊，鐵輪扳動槍機，子彈就會射進目標的眉心，一槍致命，絕不落空。

目標的行動，鐵輪也早已調查得很清楚，中午一時，目標會離開他的辦公室外出，一定會轉出走廊，進入他的射程範圍之內。

一時零七分，鐵輪看到了他的目標，轉過走廊的彎角，進入了望遠鏡中「十」字的中心，他扳下了槍機。

鐵輪的身子立時向後一仰，用極其迅速的手法，將來福槍拆成七個部分，放進了那只精緻的箱子中，然後合上箱蓋，取起身邊的那杯酒來，一飲而盡，提著箱子，走出了房間。

他甚至不必花半秒鐘去看一看他射擊的目標是不是已經倒地，那不必要的，二加二一定等於四；鐵輪射出了一槍，目標一定倒地，事情就是那麼簡單。

從升降機出來，穿過酒店的大堂，和幾個向他行禮的酒店員工點了點頭，走出酒店的大門，置身於街上熙來攘往的人叢之中，他感到無比的輕鬆，那幢在陽光的照耀下，發出奪目光彩的大廈十一樓走廊轉角處，有一個人死了，他和這個死人之間，不會發生任何的聯繫，不會有任何人想到他和那個死人之間有關係，唯一知道事情真相的，只是那顆射進了死人體內的子彈，但子彈不會說話。

板垣一郎在走出辦公室的時候，心情並不愉快。

他是一家中等規模企業公司的董事長，完全獨資，每年的盈利，通常在兩百萬美金左右，所以他的生活享受一流。身上的西裝，是紫貂毛和羊毛混紡品，裁剪的是東京一流的裁縫，穿在他身上，更襯得他氣宇軒昂，是成功的中年人的典型。

他有一個美麗的情婦，情婦的名字是雲子。雲子是一個知名度不太高的歌星，年齡恰好是他的一半。

板垣的不愉快，來自雲子。他們有一個秘密的約會地點，那地方幽靜而舒適，板垣和雲子約會的方式是：先取得電話的聯絡，然後在約定的時間中，先後到達。通常，板垣一定先到十分鐘或五分鐘。和所有成功人士一樣，板垣對於時間計算得極其精確，永不遲到。

板垣到了之後，雲子也來到，然後，那地方就是他們的小天地，大約在午夜左右，板垣和雲子就會一起離開。除非有因公出差的機會，板垣會帶雲子一起去，否則，板垣在午夜時分，一定會回家。

板垣的妻子貞弓，是關東一個有名望家族的女兒，板垣能夠在事業上有這樣的成就，依靠貞弓家族之處甚多，他和雲子之間的關係，絕對不能給妻子知道，這種隱秘的幽會方式，使板垣在繁忙的商業活動中摻進了一種異樣的刺激。

板垣和雲子的約會，一星期由一次到三次，當他們沒有約會的時候，那秘密地點空置著，只有他和雲子持有鑰匙。

昨天晚上，板垣恰好有事，在十一時左右，經過那個地點。他在車裏，抬頭向上一望，卻看到窗簾之後，有燈光透出來。

那地方有人！這使板垣又驚又疑，那地方不應該有人，因為他並沒有約雲子，雲子一個人不會到那地方去！但如果雲子另外有情人呢？那地方確然是極其理想的幽會地點！

板垣當時妒火中燒，幾乎想立時下車去查問究竟。可是當時，他的妻子恰好坐在他身邊，他無法這樣做，只好將怒火抑制在心裏，盡量不表露出來。

不過當時他的臉色也已經很難看了，難看到了貞弓這樣問：「你是不是不舒服，臉色難看極了！」

板垣連忙掩飾：「稍有一點頭痛，或許剛才酒喝多了。」

回到家之後，趁貞弓不覺察，他打了一個電話。那幽會地點，為了不受騷擾，沒有電話，板垣打到雲子的住所去，如果雲子在家，那麼可能有小偷進了那幽會的地方。

可是雲子的住所電話響了又響，沒有人接聽。

板垣的心中更驚疑、憤怒，但他沒有藉口可以外出，所以懷著一肚子悶氣睡了下來，那一晚，當然睡得一點也不好。

第二天一到了辦公室，他立即又撥雲子的電話，每隔半小時一次，一直到一時，還是沒有人接聽。

板垣決定利用中午休息的時間，親自到那幽會地點去查看一下究竟，他收拾了一下桌上的文件，因為心急要走，連公文包也不記得提，就匆匆離開了辦公室，在走廊上走著，走向走廊的轉角處。他的女秘書一發現他忘了帶公事包，立刻替他拿了追出來，一面追，一面叫道：「板垣先生！板垣先生！」

板垣轉過彎角，女秘書也追了上來。就在那一剎那間，女秘書看到了她幾乎不能相信自己眼睛的事。

「先是一下玻璃的破裂聲，」她事後在答覆刑事偵探員健一的詢問時，這樣回答：「接著，在向前走著的板垣先生忽然站定。我將公事包向他遞去，一面叫著他的名字，板垣先生轉過頭來，張開口，像是想對我說話，可是卻沒有發出聲音來，在他的眉心，有一股血湧出來，極濃稠，我從來也沒有看見過那麼濃稠的血，接著，他就倒了下來……」

健一被派為板垣案件專案小組的組長，繁冗的調查工作進行了一個星期，在這一個星期之中，健一加起來的睡眠時間，不到三十小時。他雙手托著頰，手肘支在辦公桌上，望著桌上的日曆，不禁苦笑。

他有一個好朋友快到日本來，一天之前，板垣案子忙得不可開交的時候，就和他通過電話。電話從印度孟買打來，時間是午夜，將他吵醒，健一自一醒過來，立時頭腦清醒。他拿起電話聽筒：「我是健一，請問是誰？什麼？印度孟買打來的國際線？好的，請快點接過來。」

打電話給健一的是什麼人呢？是我，衛斯理。

衛斯理是什麼樣的人，當然不必再詳細介紹了。但是，我為什麼會在孟買打電話給健一，卻必須好好說明一下。

首先，得介紹我和健一相識的經過，那是若干年前我在日本北海道旅行的事。

當時健一才從東京帝大畢業，還未曾開始工作，我們在滑雪時相識。後來，他參加了警察工作，我們一直維持通信，他來看過我兩次，我每次到日本，也都去拜訪他。

每次我和健一見面之際，我總是擇要地向他講述一些稀奇古怪的遭遇，他聽得津津有味。而且，不論我的遭遇聽來如何荒誕，如何不可信，他毫無保留地接受，這證明他是一個想像力極其豐富的人。

而我一開始和健一相識，幾乎不到兩天，便成為好友的主要原因之一，是健一有一項極其特殊的專長。他的這門專長是：對野外生活的適應能力。

健一的家鄉是日本九州中部的山區，他出生在一個十分貧窮的農家，據他自己說，兩歲喪母，三歲喪父，自此之後，就再也沒有人照顧他，他自小和山中的猴子、狼、獾、熊，甚至於蜜蜂、螞蟻一起長大。當他被他的養父發現時，他說，當時他熟睡在一頭母猴的懷中，那年他十一歲。這話，當然無法得到旁證，因為我認識他的時候，他養父已經死了。

不過，健一適應野外生活的能力超卓，我從來未曾見過第二人，有這樣的能力。

我曾經和他一起露宿在山野間，他幾乎可以分辨出每一種不同的昆蟲的鳴叫聲，也知道怎樣去吃牠們才最可口。他隨便發出一點怪聲，就可以引得各種小動物，來到他的身邊，當他是自己的同類，他能學超過三十種以上的鳥鳴聲，每一種都維妙維肖，而且可以分別雌雄。當他學起一種鳥的雄鳴叫聲之際，他的頭髮上可以站滿這種鳥的雌鳥。

他甚至宣稱自己精通猴類的語言，事實上他也表演過好幾次他和猴子通話的情形給我看過，使我深信不疑。

像健一這樣的人，最適宜的工作，應該是向動物方面去發展，但是他卻選擇了當警察這一行。後來我問過他為什麼作這樣的選擇，他的回答是：「我對一切生物，都已經有了極深刻的了解。可是，我不了解人。我想，警察是接觸人的行業，所以我要當警察，試圖進一步去了解人。」健一可以說是唯一以這個理由參加警察行列的人了！

我打電話的原因，是因為在印度旅行——那次旅行另有目的，過程也十分有趣，但不屬於這個故事的範圍之內，所以不提——由於一個偶然的機會，接觸到了一個動物學家。這位動物學家正在為一件事發愁，使我想到了，唯一可以解決這個困難的人，只有遠在日本的健一。

動物學家遭遇到的難題是，有一頭極其珍罕的純白色的小眼鏡猴，在印度南部森林中捕獲，自從捕獲之後，一直不肯進食，已經奄奄一息。這種眼鏡猴本身，極其罕見，白色的變種，可以說舉世僅此一頭，要是「絕食」至死，自然可惜之極。所以我想到了健一，以他和猿猴之間的溝通程度，或許可以勸這頭白色眼鏡猴放棄「絕食」。

我和這位動物學家，先和「國際野生動物保護協會」聯絡，取得了日本方面的同意，准許我攜帶這頭白色眼鏡猴入境。然後，我就打電話給健一。

我在電話中只說找他有極其重要的事，並沒有說明要他幹甚麼。我當然不知道他正為板垣案子在大傷腦筋，甚至根本不知道有一個叫做板垣一郎的企業家被神秘射殺。

我之所以全然不提起，是想給他一個意外之喜。至於我要來見他，會給他帶來極大的困擾，這一點，是我所料不到的。

在打了電話之後，由於那頭白色小眼鏡猴的情況愈來愈壞，所以我立即啟程，飛往日本東京。

健一還是維持著原來的姿勢，雙手托著頰，坐著不動。在他面前，是一大疊報告，全是有關該項案件的。

一個星期的調查，似乎一點也未能撥開迷霧，板垣之死，肯定是第一流職業殺手的傑作，他找到了酒店的那間豪華套房，登記的名字是一個最普通的日本名字，據酒店職員、侍應生的回憶，住客身形相當高大，面色黝黑、英俊，講明只住一天，房租先付，晚上入住，第二天中午過後，正是板垣中槍之後兩分鐘，他離開酒店，手中提著一只極其精緻名貴的鱷魚皮手提箱。

兇手當然就是這個住客，可是這樣外形的人，在東京有好幾十萬，想要在茫茫人海中找到這個人，當然沒有可能！

健一的決定是，從板垣的生活上去查究，看看什麼人要僱用第一流的職業殺手去取他的生命。僱用這種第一流殺手，代價極其驚人，通常超過十萬美金，如果沒有極其重大的理由，不會有人會這樣做。

循這條路去查，要查出真相來，應該不會太困難，可是一星期下來，板垣一郎生前的活動，已經盡一切可能搜集了下來，還是沒有頭緒，所有的線索，只是板垣在每個星期之中，例有一晚到三晚的時間，在八時至十二時之間，行蹤不明。

這一點，是板垣的妻子貞弓提供的。

「我有記日記的習慣，」貞弓在回答健一的詢問時這樣說：「當然，我的日記，只不過記一點流水帳，家庭中發生的瑣事。板垣每次有生意上的應酬約會，都會告訴我，我也就記下來。他的應酬十分繁忙，有時候甚至要一晚上趕幾個約會，有時，喝醉了由朋友送回家，在我的日記中，也全有記載。」

健一靜靜聽著：「那麼，夫人，是不是可以將你的日記，交給警方，作為查究板垣先生生前行動的資料呢？」

貞弓在聽到了健一有這樣的提議之後，略為挪動了一下她以十分優雅的姿勢坐在沙發中的身子，但仍然維持著優雅。她出身關東一個望族，健一早已知道這一點，同時在第一次見到她的時候，心中就在想：大家風範，究竟不同，她的神情，一切全是那樣恰當。適度的哀傷，適度的悲痛，丈夫的死，並不能打亂她久經訓練的大家生活，家中的陳設，仍然是那樣的高雅整潔。再且聽起來，她的講話也那樣有條理。

那是健一，或者是任何外人對貞弓的印象。但是貞弓自己的心裏，可不是那麼想。

一接到板垣的死訊，登上了穿制服司機駕駛的汽車，在赴醫院途中，貞弓心中只想著一件事：他死了！

結婚十七年，他死了！

這十七年來，有許多瑣事，平時無論如何再也想不起來，可是這時，卻在一剎那之間，一起湧上了心頭。

最奇怪的是，她在想到「他死了」之後，心境十分平靜，好像那是期待已久的事。

任何人，對於期待已久的事，忽然發生了，都不會驚訝，反倒會鬆一口氣，貞弓就有這種感覺。

可是，如果問貞弓，為什麼她會有這種感覺？是不是板垣活著的時候，給了她很大的壓力，她回答不出來。

一聽到坐在對面，身材瘦削，但是卻全身瀰漫著用不完的精力，一雙眼睛充滿神采的辦案人員，要借用她的日記，貞弓不由自主，震動了一下。

然而她心頭的震動，表現在外表，只不過是身子略為挪動一下。她甚至很自然地做出了一個抱歉的神情：「健一先生，這……個問題……因為日記之中，畢竟還有一點，是我私人生活！」

健一忙道：「是，這點我明白，那麼，能不能請夫人將日記中有關板垣先生的行蹤部分讀出來，我會派人來記錄。了解板垣先生生前的活動，對於追尋兇手有很大的作用，想來夫人也一定希望早日緝兇歸案！」

貞弓表現出了適度的悲哀：「可以，這我可以答應。」

健一找來了一個很能幹的探員，負責記錄，同時使用筆錄和錄音機。

在記錄完畢之後，健一派了七名能幹的探員，逐一去拜訪日記中提及板垣曾與之約會的那些人，很快就發覺，其中十分之七是真有這樣的約會，但是十分之三左右，卻全然沒有這樣的約會。板垣之所以要向貞弓說有約會，目的只不過是要用這段時間去做旁的事。

每星期一次至三次，每次四小時到五小時，板垣要利用這段時間做什麼呢？

「當然是他有了一個情婦，他那些時間，用來和情婦幽會。」我說。

我對健一說這句話，是在日本東京，他的住所之中。我抱著那頭白色的小眼鏡猴，到了成田機場，一下機，就有兩個日本野生動物保護會的工作人員來迎接我，當他們看到了那頭眼鏡猴之際，一面發出讚嘆聲，但同時也看出牠的情況極差，是以又不由自主地發出嘆息聲。

我則東張西望，希望看到健一，因為早一刻看到他，那頭小眼鏡猴得救的希望，就增加一分。

第二部：純白色眼鏡猴和打不開的房門

健一匆匆趕來，我看到他直衝進大門，向前奔來，剛好有一個人推著行李車在他面前橫過，他將身一躍，跳過了那輛行李車，身手敏捷絕倫。一到我身前，就發出了一連串古怪的聲音。幾乎一直一動不動的眼鏡猴，忽然動了起來，而且，還睜開牠的眼睛，健一才伸出手來，眼鏡猴就向他撲了過去。

健一的聲音極嚴厲，看他的神情，像是恨不得狠狠打我兩個耳光：「這是怎麼一回事？你們怎樣虐待牠？」

我忙搖著雙手：「沒有人虐待牠，牠不肯進食，自從捕捉到牠之後，牠就一直不肯進食。」

健一直衝向餐廳，一面口中喃喃地咒罵著：「應該將世界上所有的獵人，全都用網、用陷阱、用獵槍抓起來，串成一串，罰他們步行穿過撒哈拉大沙漠！」

我們跟在他的後面，進了餐廳，健一幾乎是搶了一瓶牛奶，打開了瓶蓋，將牛奶湊向眼鏡猴的口中。

我真的無法不佩服他，他一面輕抓著柔軟雪白的眼鏡猴的細毛，一面餵著牛奶。眼鏡猴的大眼睛中，露出一種極其感激的神采——我可以肯定這一點，很快，就喝完了一瓶牛奶，而且，立刻就在健一的懷中睡著了。

健一趕走了那兩個野生動物保護會的人員，和我一起上了他的車，直驅家中。健一是單身漢，他的住所，在一幢大廈中，當然凌亂得可以，而且，幾乎所有的空間，都種滿了植物，令得整個居所，像是原始森林。

一進門，他先將自己床上的一張毯子拉過來，整理成一個相當舒適的窩，然後，才將那頭小眼鏡猴放在這個窩中，輕拍著牠，喉間發出一些古怪的聲音。那頭小眼鏡猴，也用同樣的聲音回答他。

然後，他取出兩瓶酒，拋了一瓶給我，留下一瓶給他自己，我們就著瓶口喝著酒，他一面將這幾天在忙些什麼，和忙了之後的進展告訴我，我就立即告訴了他我的看法。

「對，情婦！可是他的情婦是什麼人？他們在什麼地方幽會？」健一一面說，一面用手指叩著額角。

我笑了笑：「我看不難查，瞞著妻子和情人幽會的男人，心理全一樣，第一，他不會使用自己的車子，第二，幽會的地點，一定是很靜僻的地區！」

健一不等我說完，就打斷了我的話頭：「東京有太多靜僻的地區！」

我道：「查一查板垣的司機，在那幾次板垣假稱有應酬的時候，他送板垣到什麼地方下車，可以有眉目！」

健一道：「問過了，每次不同，都是一些著名的應酬地方，而且司機每次都看他走進去才離開的。」

我道：「可以剔除使用地下車或其他公共交通工具的可能，這些地方，大都有計程車停著等生意——」

我才講到這裏，健一就直跳了起來，用力拍了自己的頭一下，他這個動作，將躺在毯子上的小白色眼鏡猴嚇了一大跳，一下竄了起來，用纖柔靈活的雙臂，抱住了健一的頸。

千萬別以為這頭純白色罕有的小眼鏡猴，在這個故事中是無關重要的角色。事實上，牠在整個事件中，占有相當重要的地位。

一頭在印度南部的叢林中，被當地土人捕捉到的眼鏡猴，怎麼會和一個匿身於東京的一流殺手有關呢？這實在不可思議。但是造物者的安排，就是這樣的奧妙，可以在任何看來完全沒有關係的兩件事、物或人之間，用一連串看不見的鎖鏈將之串連起來。

所以，請大家不要忽視這頭罕見的、可愛的純白色小眼鏡猴。

我並沒有準備在東京停留多久，因為目的是將那頭眼鏡猴交到健一的手中，這個目的已經達到了。

我和在印度的那位動物學家通了一個電話，告訴他可以放心，那頭眼鏡猴不但肯喝牛奶，而且可以一口氣吃一條香蕉，體力迅速恢復，第二天，就已經可以在健一的住所中，跳來跳去。

當晚我住在酒店中，我深信健一的能力，可以破案，板垣一案，也沒有引起我多大的興趣，因為看來無非是一宗買兇殺人案而已。由於健一很忙，我只在電話裏通知他我回家了，可是他不在辦公室，也不在家中，所以我只好自己赴機場。在機場，辦好了手續，在候機室中等著，不久，我乘搭的那一班航機，開始召集，我再給健一打電話，辦公室和住所都不在，只好放棄，進了閘口，等候上機。

就在我快登上載搭客上機的車子之際，一個機場職員氣急敗壞地奔了過來，叫道：「衛斯理先生？哪一位是衛斯理先生？」

我忙道：「我是！」

那機場職員喘著氣：「衛斯理先生，有極重要的電話，是通過警局駐機場辦事處找你，請你立時去接聽！」

我呆了一呆，那職員喘氣：「是一位叫健一的警官打來的！」

哦，原來是健一這傢伙，他有什麼事找得我那麼急？看來，我搭不上這一班飛機了！健一知道我要搭這一班機走，那是因為我打電話到他辦公室去，他不在，我請他的同僚轉告他的緣故。

我跟著那位機場職員走向機場的警方辦事處，取起了電話，就聽到健一的聲音。他叫道：「天啊，你上哪裏去了？叫我等了那麼久，我快忍受不住了！」

我呆了一呆，「我快忍受不住了」，這是什麼意思？

我沒好氣地說道：「如果你的電話遲來兩分鐘，我已經上飛機了！」

健一有點不講理：「就算飛機已經升空，我也會引用權力，叫飛機再降落，不會讓你走！廢話少說，你快上車，用警方的車子，他們已經知道將你帶到什麼地方來，我在這裏等你！」

我是一個好奇心極其強烈的人，最忍不住的事，就是健一用這樣的語氣和我講話，我忙道：「發生了什麼事？」

健一道：「我不知道，所以才要你來，希望你來了之後，會有合理的解釋。看老天爺的份上，快來！」

健一說到這裏，就掛斷了電話。我也放下了電話：「健一先生說有人送我到一個地方，請問是誰？」

一個看來很活潑的小伙子忙道：「是我，請多指教。」

我沒有和他多客套，只是道：「看來我們還是快點啟程的好，健一先生好像十分心急！」

那小伙子沒有說什麼，只是作了一個手勢，示意我跟著他。我們出了機場，上車，由他駕駛。

我對東京的道路不是十分純熟，但是這個小伙子卻極其熟悉，穿來插去，車行三十分鐘之後，駛進了一個十分幽靜的高尚住宅區，而在不久之後，就在一幢臨街的、十二層高的大廈前停了下來。

車一停下，我就看到健一自內直衝了出來，他顯得十分焦躁，一奔到近前，竟然用力一拳，打到車頂上：「這車子是怎麼來的？人推來的？」

我伸手，將他攔在車門前的身體略推開一些：「車子以最快速度來到這裏，你不應該再抱怨什麼！」健一仍然狠狠瞪了駕車的小伙子一眼，然後，一伸手拉住我的手臂，走進了那大廈。那大廈顯然是十分高級的住宅單位，大廈的大堂，鋪著雲石，裝飾豪華。

這時，有幾個探員在，還有一個看來像是管理員一樣的中年男人。那中年男人的樣子很普通，神情古怪。

健一一直拉我進入電梯，按了「十二」字，電梯上升，等我再被他拉出電梯，我才發現健一的手，一直握著我的手臂，不但握著，而且握得極緊，這證明他的情緒相當激動。

這一點，其實不容懷疑，如果他不是需要我的支持，不會在機場上將我叫回來。但是至此為止，我還不知道他發現了什麼，需要我支持什麼。

出了電梯，是一個穿堂，燈光柔和，有一盆橡樹，作為裝飾。穿堂的壁間，用彩色的瓷磚，砌出海底生物的圖案，看來十分動人，穿堂的左首，是一扇住宅單位的雕花大門，門口，有兩個探員守著。

健一向他們揮了揮手：「你們先下去，在大堂等我，叫繪圖員來了之後，自管理員口中的資料，繪出那個年輕的女人的圖形來！」

兩個探員答應著，從電梯下去，健一伸手握住了門柄，轉過頭來看我：「這裏，就是板垣和一個年輕美麗女人幽會的所在！」

我有點冒火，單是為了發現了板垣和女人幽會的所在，就值得將我從飛機場這樣十萬火急地叫到這裏來？

我想責備健一幾句，但是我還沒有開口，健一又道：「在問過了近二十位計程車司機之後，其中有四個記得曾經接載過一個像板垣這樣的人，到過這裏下車，再經過向管理員查詢，肯定了是這個單位，我們用百合匙，將門打開，因為裏面沒有人。」

我竭力忍耐著，才勉強將他講的話聽完，我冷冷地道：「就為了這樣一件平凡的案子，有了這樣一點進展，你就將我從飛機場叫回來？」

健一道：「請你進去看一看再說！」

健一推開了門。

聽得健一這樣說法，我心中也不禁相當緊張，以為這個住宅單位之中，一定有極其怪異的東西在。所以當他推開門之際，我不由自主，屏住了呼吸。

可是門一推開，我向內一看，不禁脫口而出，罵了一句相當難聽的話。

門內是一個相當寬敞的客廳，連著用餐間，全部是西式佈置，優雅整潔，看起來一點也沒有什麼奇特之處！

正當我要大聲向健一責問之際，健一已向內走去，我只好跟在他的後面，他來到了一扇門前，推開：「這是臥室！」

我向內看了一下，臥室的佈置，極富浪漫色彩，連天花板上也鑲著巨大的鏡子，的確是和情婦幽會的好地方。板垣這傢伙，為了營設這樣的一個地方，花費了不少心思。

可是我仍然看不出那有什麼特別，特別得足以使健一將我從飛機場叫回來。

健一在門口站著，我也沒有走進臥房去，健一轉過身來，指著一扇較小的門道：「這扇門通向廚房和儲物室。」

接著，他又指向另一扇門：「你想，這一扇門，應該通向何處？」

我對這個問題，實在極不耐煩，耐著性子道：「當然是通向另一間房間。」

健一道：「那應該是什麼用途的房間？」

我有點冒火，大聲道：「一間書房，或是另一間臥房。如果一間臥房已足夠幽會之用，那麼，可能是一間空房間。」

健一攤了攤手：「好，請你將這間房間打開來看看！」

要不是健一和我交情如此特殊，而且他的態度又這樣神秘的話，我真想掉頭不顧而去！我停了一停，望著他，走向那扇門，握住了門柄，想轉動門柄，推開門。可是卻未能轉動門柄，門鎖著。

東京警察廳的開鎖專家是看來行動相當遲緩的中年人，可是他十指修長靈活，有經驗的人一看就可以知道他是一個開鎖的老手。

開鎖專家的職責，就是專門打開普通人不能打開的各種各樣的堅固的鎖，包括許多構造極其複雜的密碼鎖。

既然稱為「開鎖專家」，當然對打開各種各樣的鎖，有超卓的技巧和豐富的經驗。

「當健一警官十萬火急，召我到現場的時候，」開鎖專家事後回憶，在說的時候，神情仍然帶著相當程度的憤慨：「我以為他一定遇到了什麼大難題，可是到了一看，他只不過要我打開一扇普通房門的門鎖，這對我的職業尊嚴來說，簡直是一種侮辱！」

「我之所以要召開鎖專家前來，是因為我們打不開這扇門。」健一的解釋十分簡單：「我們用百合匙打開了這個居住單位的大門，也從管理員的口中，知道了大廈單位的格式一樣，每一單位有兩間房間。我們弄開了其中一間的門，那是臥房，可是無論如何打不開另一扇門，所以才請開鎖專家來幫忙。」

「我當時看到只不過要我打開一扇普通的房門，幾乎立即拒絕。」開鎖專家繼續敘述著：「可是健一警官說他無法用百合匙打開這扇門，這實在不可能，這是最普通的門鎖，近年來極流行，鎖和門柄連在一起，要鎖門的話，只要將門柄內的一個掣鈕按下，拉上門，門就鎖上了，在外面打開，必須用鎖匙，在房內，只要轉動門柄，門就可以打開。要打開這樣的門鎖，甚至根本不必動用百合匙，一個髮夾，甚至一根牙籤，都可以達到目的！」

「可是，結果——」我問。

開鎖專家的神情變得很難看，很尷尬，也很莫名其妙。這種神情，顯示出他內心正遭受著極度的困惑，他聽得我這樣說，嘆了一口氣，伸手撫著臉：「結果是，我足足花了半小時，從一根簡單鐵絲起，一直到動用了最複雜的工具，都無法將這個普通的門鎖打開，我……不知道為了什麼，這不可能！我可以打開任何鎖！」

健一道：「所以，我想起了你，衛斯理，你有很多種驚人的本領，開鎖是你的專長之一，所以我立刻找你，酒店說你已經離開，所以我又作緊急召喚，將你從飛機場叫了回來。看看你是不是可以打開這扇門？」

這就是我來到這裏的原因。

我推了一下門，沒推開，門柄也轉不動，鎖著，這是毫無疑問的事。

這樣一柄普通的鎖，實在沒有理由打不開。

我笑著：「那位開鎖專家呢？因為打不開這樣普通的鎖，引咎辭職了？」

我抱著開玩笑的態度說這幾句話，可是健一的態度卻十分嚴肅：「不，他回去取更複雜的工具，而且，如果他打不開這扇門，他不單引咎辭職，而且會引咎自殺！」

我把「切腹」兩字，在喉嚨裏打了一個轉，又吞了下去，沒有說出口來。因為我很了解日本人的性格，這種玩笑，他們開不起。

我只是道：「那麼，你叫我來，是要我打開這扇門——」

健一道：「先再讓他試試，等他不行了，我再委婉地請你出手！」

我斜睨著那扇門，心中在想，這樣普通的鎖，讓我來的話，我看只要十秒鐘就夠了！我想不等開鎖專家來就出手，但正當我在這樣想的時候，一個半禿的中年人，提著一只皮袋，已經氣急敗壞地闖了進來，就是那位開鎖專家。

他一進來，連看也不向我和健一看一眼，就直趨那扇門前，放下了皮袋，將皮袋打開。皮袋可能使用有年，顯得相當殘舊，打開之後，裏面有著超過一百種以上的各種各樣開鎖的工具。

那些開鎖的工具，全部十分整齊地排列著。我算得是開鎖的行家，可是這個皮袋中的工具，我粗粗地看了一眼，至少也有二三十種，我叫不出名稱，不明白它們的用途。

在皮袋的內面一層，還有一行燙金的字，字跡已經剝落，但是還可以認得出來，那一行字是：「天下沒有打不開的鎖」。

這是一句十分自負的話，但從皮袋中的工具來看，這句話倒也不像是空頭大話。

開鎖專家先從工具中揀了一支細長的鐵籤，籤身柔軟有彈性，一端有一個小鉤子。照我看來，這樣的一件工具，足夠打開這具門鎖有餘了。

這種普通的門鎖，使用的無非是普通的彈珠結構。也就是說，只要能夠將其中的一粒或數粒彈珠按動了的話，鎖就可以打開了。

開鎖專家將鐵籤伸進了鎖孔，小心轉動著，我聽到了輕微的「格格」聲，這證明專家的手法熟練而快捷，專家的神情也充滿了自信，去轉動門柄，可是，門柄仍然不動，門還是鎖著。

專家的面肉跳動了一下，換了一支扁平形狀，兩邊都有很多長短不同的鋸齒形突起的小鐵枝，伸進鎖孔去，轉動著，鎖的內部，發出「格格」的聲響，他一手持小鐵枝轉動，一手試圖旋轉門柄，又不果。

他又取出一支非常細，但是相當堅硬的鐵絲來，也插進了鎖孔之中，配合那小鐵枝，一起轉動著。

接下來，他又換了好幾種工具，他面肉的抽動，愈來愈甚，額上也開始滲出汗珠。

看著他動用了那麼多工具，還是未能將這個普通的門鎖弄開，我也不禁呆住了！那簡直是不可能的事！以他這種熟練的手法，一具再堅固的保險箱也可以打開來了！

他既然打不開，就算由我來動手，也一樣打不開。這時候，自他開始工作，已經將近半小時了，我忍不住道：「健一，鎖弄不開，將門硬撞開來算了！」

我這個提議，最實用，最直接，可是我話說到一半，健一就急急向我打手勢，不讓我說下去，我不知道原因，還是將話說了出來。我的話才一出口，開鎖專家本來蹲著，這時，霍然而起，以極其凶狠的目光凝視著我，好像我是他的殺父仇人。

接著，他就用嘶啞的聲音吼叫起來：「誰敢這樣說？」

他一面說，一面揮著手，又叫道：「我一定要將這鎖打開來，這是我的責任！」

當開鎖專家這樣叫嚷的時候，健一的神情也十分莊嚴，可是我卻只覺得滑稽，我聳了聳肩，轉向健一：「好，請他繼續開鎖，開鎖的目的，不過是想進入這間房間，我從窗子爬進去！」

開鎖專家不斷眨著眼，我要破門而入，傷害了他的自尊，他想和我拚命，但是我破窗而入的話，就和他沒有關係，他無法反對！

健一也看出了這一點，他竭力忍著笑，拍著自己的頭：「真是，我怎麼沒有想到這一點！」

開鎖專家憤然，不再理我們，繼續用他稀奇古怪的開鎖工具，努力開鎖。我和健一出了客廳的大玻璃門，來到露台上。向左看，就是我們想要進去的那間房間的窗子。

窗子緊閉著，在窗子後面，是厚厚的深紫色的絲絨帷簾，看不到窗內的任何東西，從露台要攀到那房間的窗子，距離不過兩公尺，極其容易，一個業餘小偷也可以做得到。

這時，有一兩個探員也上了來，其中一個走出露台來，看到我們在商量著由窗子進房間去，自告奮勇：「我來！」

這是一件任何動作矯捷的人都可以勝任的事，我和健一都沒有意見。而這位探員，對於破窗而入這種事，相當在行，他先用一塊布，浸了水，摺好，咬在口中，然後攀出了露台，站在建築物外的突出部分，向窗子移動。雖然窗子在十一樓，離地很高，可是建築物的外牆上有很多突出點，不但可供踏足，也可以用手攀住它們，安全絕對不成問題。

大約三分鐘之後，那探員就來到了窗前，他一手抓住了一條水管，一手自口中取下摺好的濕布來，將之貼在玻璃之上，然後，用手向濕布拍下去。

這樣，不但可以輕而易舉地拍碎玻璃，而且也可以不使玻璃碎片四下飛濺，傷及途人。他拍碎了玻璃，將濕布摺疊了一下，拋回露台來，然後，手自玻璃的破洞中伸進去，去打開窗子。

我和健一，在和他相距不足兩公尺處的露台上看著他，對他的一切動作，都看得極其清楚。事後在回憶中，也可以毫無遺漏地回憶出每一個細節來。

那探員在第一次伸手進玻璃洞之際，不小心，手掌邊緣在碎玻璃上擦了一下，刮破了一點，傷口流了極少的血。他縮回手來，將傷口處放在口中吮吸，接著，他又伸進手去，這一次，他成功了，他打開了窗子，窗子向外打開。

那時，風不算大，但是在窗子一打開之後，也足以吹動窗後深紫色的窗簾。

那探員一手抓住了窗子中間的支柱，一腳踏上了窗台，向我們揮著手，作了一個十分瀟灑的姿勢，身子一轉，向窗子中躍進去。

探員在向前躍出之際，身子是撞向窗簾的，他這時有這樣的動作，或許是心中故意在仿效某些電影中的動作。那個探員還十分年輕，年輕人往往會在刻板的工作中玩些花巧的，以增加其趣味性。

但當時，這探員是不是真的這樣想，卻永遠也無法得到證實了！

第三部：窗後的一堵牆和看到了自己

在調查石野探員死因的法庭上，作供的共有七個人，這七個人如下：衛斯理、健一、路人A、B、C，大廈對面的住戶——一位正在天台曬衣服的主婦，以及那開鎖專家。

開鎖專家的證供最簡單，因為他當時正致力於開鎖。他的證供是：「我突然聽到外面傳來了一下慘叫聲，我不知發生什麼事，叫聲好像從露台上傳來，我在致力工作的時候，不很留意外界的情形，我連忙衝出去，看到健一警官和衛先生在露台上，他們兩人呆若木雞一樣地站著，張大著口，瞪著眼，望著一扇打開了的窗子。」

庭上問：「這時，你有沒有看到石野探員？」

開鎖專家答：「沒有，只看到健一警官和衛先生，要從窗子中爬進去，是衛先生的提議。」

而健一的證供，和我的證供，完全一樣，因為當時，我們同在一起，同樣看著石野探員，發生在石野探員身上的事，一起投入我們的視線，當然不會有什麼不同。

健一的證供是：「石野探員以一個看來相當誇張的動作，一手抓住兩扇窗中間的鋁質支柱，身子旋轉著，向窗內轉去，他為什麼要這樣做？看來只是一種表示動作矯健的動作。我在那一剎那間所想到的只是，他用這樣的動作進窗子去，他的身體，會將掛在窗後的窗簾，撞得跌下來。」

我當時也曾有過同樣的想法，但不認為那有什麼重要。

健一繼續道：「可是，他的身子旋轉著，碰在窗簾上，窗簾的質地是深紫色的絲絨，他的身子照理應該跌進窗去，但是突然傳來了『砰』的一聲響，在窗簾的後面，好像是什麼硬物一樣，阻住了他跌進去，不但阻住了他的去勢，而且將他反彈了出來。在那一剎那間，他握住窗子支柱的手鬆開，石野探員整個人就——」

健一作供到這裏，難過得說不下去。

在對面天台上曬衣物的那位主婦說得更具體，對面那幢大廈有十五層高，她看到的情形，居高臨下。

她這樣說：「我聽到一下慘叫聲，立即探頭向下望去，看到有一個人從對面大廈跌了下來，他迅速向下跌去，當他在向下跌去之際，雙手舞動著，像是想抓住什麼，可是根本沒有可以供他抓的東西，他就這樣一直向下跌著，直到跌在地上。」

路人A、B、C的供述相同，他們是在石野探員墜地之際，恰好經過那裏的人，他們之中的一個，距離石野墜地之處，不過半公尺，險些沒有被石野探員壓個正著。

他們一致說並沒有注意到叫聲，但突然之際，看到有人自天而降，墜跌在他們的身前，一墜地，立時一動不動，其中，路人B是一個醫科大學的學生，立時俯身看視，發現跌下來的人，已經死亡！

庭上又轉問我和健一：「當時你們採取了什麼行動？」

健一苦澀地道：「我們無法採取任何行動。我和衛斯理先生，都不是反應遲鈍的人，可是發生的一切，實在太意外，當石野探員突然向下跌下去之際，我們什麼也無法做，只是眼睜睜地看他跌下去，一點也不能做什麼，一點也不能做什麼……」

健一講到這裏，又有點哽咽，說不下去。

石野探員年紀還很輕，突然發生了這樣的意外，作為上司的健一，自然傷心不已。

我補充道：「是的，由於事情發生得實在太突然，我們無法挽救石野探員的性命。這純粹是意外，健一警官不必因此內咎。」

主審法官的年紀很輕，他問整個事件中的關鍵：「那麼，究竟是什麼導致石野探員非但不是躍進窗子，而被反彈出來的？」

健一答道：「是一堵牆。」

當石野探員突然跌下去之際，我和健一兩人驚呆到了極點，實在不知做什麼才好，因為一切太突然了，所以我們只是呆若木雞地站著，甚至不及去看石野探員跌下去之後的情形——不必看，沒有人可以在十一樓跌下去而倖免。

我和健一只是目瞪口呆地望著打開了的窗子，窗子後面是窗簾，窗簾還在飄動著，窗簾的後面是什麼，還看不到。

我和健一由於驚呆太甚，所以並沒有發出呼叫聲來，直到開鎖專家奔了出來，我們兩人才一起叫了起來，我伸手指著窗子，喉嚨發出一連串古怪的聲音，健一大叫一聲，衝進了屋子之中，直衝出了那個住宅單位，我知道：他一定是下去省視跌下去的石野。

我還是注視著那窗子，開鎖專家在我的身邊，不斷地道：「什麼事？發生了什麼事？」

我也不知道發生了什麼事，我只知道探員跌了下去。這時，街上已經傳來了嘈雜的人聲，我向下看去，看到有許多人奔過來，也看到石野躺在地上，有一個人（路人B）正蹲在石野探員的身邊。

有許多輛汽車，因為交通的阻塞而停了下來。停在後面的車子不知發生了什麼事，正在使勁地按著喇叭。

我也看到健一直衝出去，推開了阻住他去路的人，來到了石野的身邊，蹲了下來。直到這時，我才想起了一件事，叫道：「天！快去召救傷車！」

救傷車什麼時候來，我已經記不清了。事實上，早來或遲來，都沒有多大的關係。當時我叫了一下，開鎖專家奔回去，我則毫不考慮地跨出了露台的欄杆，向那扇打開了的窗子攀去。

在我攀向那窗子之際，我聽到驚呼聲自四面八方傳來。

我不理會，很快地來到窗前，用手抓住了窗子中間的鋁質支柱，但我卻並沒有旋轉身子向內撞去，我只是伸手向窗簾抓去，抓住了窗簾，用力一扯，將一整幅窗簾扯了下來。

窗簾一扯下，我就看到了那堵牆。

那是一堵牆，毫無疑問是一堵牆，雖然它豎立在它絕不該豎立的地方，然而那毫無疑問是一堵牆。

牆就在窗子的後面，窗和牆之間，除了可以容納一幅窗簾之外，也無法容下別的東西，石野探員旋轉身子，一心以為可以連人帶窗簾，一起跌進房間之中去，可是結果，卻重重撞在牆上，所以發生了慘劇。

當我看到窗簾後面竟然是一幅牆，我的驚呆，絕不亞於剛才突然之間看到石野探員下墜。我轉頭，向街下大叫道：「健一，你看看窗後是什麼！一堵牆！」

我不知道健一當時是不是聽到了我的叫聲，而我只是不斷地叫著：「一堵牆！一堵牆！」

牆用磚砌成，所用的磚，是一種褐黃色的耐熱磚，砌得十分整齊。牆當然是在房間中砌的，因為在窗和牆之間，根本沒有空間可以容砌磚的人站立。

用磚砌牆，一定要用水泥將磚一塊一塊聯結起來，由於砌牆的人在牆的另一面，所以磚縫中的水泥，在我看到的這一邊，就呈現不規則，這是因為砌好牆之後，不能再修葺整齊之故。整堵牆給人的感覺，極其結實。

在扯下了所有窗簾之後，可以發現，整幅牆和房間的一邊，同樣大小，也就是說，這幅牆，是依著房間一邊而砌起來的，作用是什麼？是遮住窗子？

一幅牆，用來遮住窗子，這好像是十分不合邏輯的事。

但是如今的情形，卻的確是這樣。

我的第一個衝動，是用力踢著這堵牆，想將牆踢出一個洞來，看看牆後面究竟有些什麼東西，想弄明白好好的一間房間，為什麼要勞師動眾，來砌上這樣的一堵牆。

但是牆砌得很結實，我踢了好多下，並沒有將之踢開。

我踢不開牆，並不表示沒有別的法子可以將牆弄開一個洞。事實上，那極其容易，在救傷車載走了石野探員，我和健一的情緒慢慢穩定下來之際，健一就弄來了一具風鎬。

通上電流，我腰際結上安全帶，扣在窗子中間的鋁質支柱上，舉起了沉重的風鎬，按下掣，風鎬開始震動，發出震耳欲聾的「達達」聲，鎬尖很快就刺進了磚牆之中。

這時，開鎖專家也停止了工作，露台上站了很多人。

天已經開始黑了下來，健一手提著強力的照明燈，照著我工作。

風鎬不停震動，很快，磚屑下落，被風鎬鑽鬆了的磚頭，一塊一塊跌進房間，或落在窗、牆之間的狹小空間。

不到十分鐘，已經弄掉了很多磚，牆上出現了一個六十公分見方的空洞，我向健一作了一個手勢，健一立時將強力的照明燈對準了那個空洞，我將身子略側了一側，由那個破洞之中，向內看去。

在那一剎那間，我已經作好了心理準備，準備在那間房間中看到怪誕不可思議的事。因為打不開的門鎖，一堵不明用途的牆，都已經夠怪異的了，那麼，隱藏在門後、牆後的事物，豈不是應該更怪異才對？

強力的亮光自牆洞中射進去，我就在牆洞中，向內張望，房間並不是很大，我立時可以看清房間中的情形。

我已經說過，我已經作好了心理準備，房間中有再怪的東西，也嚇不倒我。可是，就在我一看到房間中的情形之後，我還是呆住了。

我不知自己的驚呆到了何等程度，只覺得自己幾乎已喪失了一切知覺，血向頭上湧來，耳際發出「嗡嗡」聲，在那種血液澎湃奔騰「嗡嗡」聲中，我依稀聽到了健一的呼叫聲，健一在叫著我的名字，可是他的叫聲，聽來像是從極遙遠的地方傳來，我想，我對他的叫聲，也完全沒有反應。

「是的，衛君對我的叫聲，一點反應也沒有。當時在露台上的不只我一個人，人人都被衛君臉上那種驚駭絕倫的神情嚇呆了。」健一後來形容當時的情形：「尤其是我，我深知衛君的為人和他的經歷，無論他看到了什麼，他都不應該這樣驚駭。」

強力的照明燈持在健一的手中，對準被風鎬弄開的牆洞，光從牆洞中射進去，我就在牆洞之旁，光源不可避免地也照到了我的臉上，使得人人都可以看清我的神情。

健一又道：「我從來也未曾見到人的臉色會變得如此之煞白，而那時衛君的臉色，白得簡直像石灰，我大聲叫他，他一點反應也沒有，只有直勾勾地望著牆洞內部。而我們由於所站的位置，無法看到牆洞中的情形。當我看到衛君的身子開始發抖時，我感到必須採取行動了，我立刻熄了強力照明燈，好使衛君定過神來。」

在健一熄了強力的照明燈之後，據健一說，我還是驚呆了有一分鐘之久，才緩緩轉過頭來。在露台上的幾個人中，有兩個發誓說他們聽到我在轉動頭部之際，頸骨發出「格格」的聲響，足以證明我那時全身肌肉的僵硬程度如何之甚。

健一和幾個人一起叫了起來，他們都說，他們的叫聲，足以震破人的耳膜，可是他們那時的叫聲，在我聽來，仍然像從極遠的地方傳來。

他們還說，我回答他們的聲音極大，像是用盡了力在叫嚷。可是在當時，我聽自己的聲音，也像是從極遠的地方傳過來。

健一和在陽台上的人在叫：「老天，你究竟看到了什麼？」

我回答：「我看到了我自己！」

一個人，要看到自己，通常，看到的不是自己，而只不過是自己的影子。可以通過攝影機或類似的裝備，將影子留下來，自己看自己。也可以在鏡子前，平靜的水面前，或者是任何可以反射光線的物體前，看到自己。

但是當時，當強光燈的光芒，自牆上的破洞射進去，我向內看去的時候，我看到了自己，卻不屬於上述的任何一種情形。

除了上述的情形之外，照說，不可能看到自己，但是我的確看到了自己，這才會使我震驚。老實說，這時看到的東西就算再怪誕，也不足以令我震驚，但是我卻偏偏看到了自己最熟悉的事物：我自己。

當強光燈的光芒，自牆洞中射進去的時候，我第一眼就看到了他——應該說，我第一眼就看到了「我」。「我」站在房間中，孤伶伶地，也正向我望過來，帶著一種極度茫然而空虛的神情，強光正射在「我」的臉上，失神的雙眼，對強光似乎沒有什麼反應。

那是我自己！我看到了我自己！

這實在是不可能的事，除非我有一個同卵子的孿生兄弟，但事實上我沒有這樣的一個兄弟。難道世上還有一個人，和我一模一樣？可是在那一剎那間的感覺，我並不感到是見了一個和我一模一樣的人，我的感覺是看到了我自己！

而且這種看到自己的感覺，和在鏡子中看到自己不大相同，在鏡子中看到自己，只不過是看到了自己的外貌。而在那一剎那間，我感到直看到了自己的內心，我看到了自己的另一面，孤寂、憂傷、軟弱、無依、空虛的那一面，和人家看到我的一面，完全不同！

我看到了自己！

健一和在陽台上的另外幾個人，顯然不知道我這樣回答，是什麼意思，他們可以肯定的是我的神情告訴他們，我的處境十分不妙，健一已從陽台的邊緣上攀過來，伸出手，叫道：「拉住我的手！」

我也感到極需要掌握一些什麼，是以我也伸出手來。健一用力握住了我的手，用力將我拉了過去，直到我也落到了陽台之上。健一用十分低沉的聲音再問：「你究竟看到了什麼？」

我不由自主喘著氣，在我看到了自己的那一剎那間，因為極度的震動，使我產生了一種昏眩的感覺，這時，我多少已經略為定下神來。我吸了一口氣：「我……看到了一個人，這個人和我一模一樣……我在感覺上，這個人就是我自己！」

健一用一片茫然之極的神情望著我，顯然他全然不知道這樣說是什麼意思。他並沒有再多問我什麼，已經迅速地向那個窗口，攀了過去。健一是過慣野外生活的人，他攀緣的動作比我靈活得多，幾乎是轉眼之間，他就來到了牆洞之前，他轉過頭來，叫道：「強光燈！」

一個在陽台上的探員，著亮了強光燈，燈光自牆洞中射進去，健一向牆洞中望去，立時又轉回頭來。

我期待著他也現出極度驚訝的神色來，可是沒有，他只是現出不明所以的神情來。我想問他看到了什麼，他已再向牆洞中看去，同時叫了起來：「我知道為什麼房門打不開了！」

他一面說，一面已經由那個牆洞之中鑽了進去。

他那種行動，著實將我嚇了一大跳，因為這間房間，雖然是在一幢普通的大廈之中，但是卻有著說不出來的詭異。首先，它有一扇打不開的門，其次，它有一堵臨窗而建的牆，再其次，我又在這房間中看到了自己，這間房間中究竟有什麼，我全然說不上來，但是健一卻毫不猶豫進入了那房間。

我想大聲阻止他，但是他的動作極快，我想再向窗子攀去，已經聽得健一的笑聲，在廳堂中傳了出來。和健一的笑聲同時傳入我耳中的，是開鎖專家的大聲咒罵。

我連忙從陽台回到廳中，看到那間房間的房門，已經打開，健一的神情很高興，開鎖專家就在他的身邊，臉脹得通紅，還在喃喃地咒罵著。

而我才向那扇門看了一眼，就知道開鎖專家為什麼咒罵！房門還是普通的房門，只不過安裝這扇門的人，弄了一點花巧。

通常來說，或者說，幾乎所有的門，全是在裝有門柄的這個方向推進去或拉開來的。可是這扇門卻恰恰相反，門柄連鎖只是裝飾品，門從另一邊打開！

健一的觀察力十分強，他從牆洞中看進去，看到了房門絞鏈的方向，就知道為什麼不能打開這道門的原因，他鑽進去之後，只是拉開了一個門栓，就輕而易舉，將門打開了。

在這裏，請留意健一的動作，健一是進了房間之後，拉開了一道門栓，將門打開。

那也就是說，門在裏面上拴。

房門從裏面拴上，拴門的人一定是在房間之內，這是最普通的常識。

這間房間，本來有窗子，可是臨窗的一邊，卻砌了一堵結實的磚牆，這是已知的事實。

那麼，拴住了房門的人，從什麼地方離開房間？

本來，這個問題不成問題，因為當我在牆上破了一個洞之後，望進去，就看到有一個人，站在房間中。這個人，在感覺上，我感到他就是我，但是理智地分析一下，可以分析為一個外貌和我十分相似的人。既然房間中有人，那麼，拴上門拴的當然就是這個人！

但是問題就在這裏，健一自牆洞中鑽進去，打開了房門，我來到門口，健一出來，開鎖專家就在門口，屋中還有其他警方人員，整個住宅單位的唯一出入口，恰好有一個人走進來，那是警方的繪圖員，不可能有人從門口出去。也不會有人從牆洞中鑽出去，因為陽台上還有人在，任何人自牆洞中鑽出去，都不可避免地被人看到。

而房間中並沒有人。

房間是空的。

健一的說法是：「房間根本是空的，我不知道衛君為什麼向房間中看去的時候，會如此之驚駭，聲稱他看到了他自己。房間中根本沒有人，甚至沒有鏡子，或其他任何可以造成反映的物體。我一眼就看到房間是空的，也看到了房門是反裝的。我自牆洞中鑽進去，打開房門，任何人都可以證明房間是空的。」

「房間是空的」，不單表示房間中沒有人，而且表示，房間中真是空的，什麼也沒有，沒有任何陳設，只是一間空房間，約三公尺見方，一間普通大小的房間，完全是空的。

當時，我站在房門口，竭力回想我在外面，從牆洞中向內望的情形，我可以肯定，我絕未眼花，我的確看到了我自己。

健一在接下來的幾分鐘之內，一直以一種十分同情、奇訝的眼光望著我，我沒有向他作任何解釋，只是攤著手，神情無可奈何，表示或許是我看錯了、眼花了。健一也沒有再追問下去。因為要解答的問題實在太多。例如：何以在一個普通的居住單位之中，會有這樣奇特的房間？這間房間是要來做什麼的？為什麼門要反裝？為什麼在靠窗的那一邊要砌上一堵牆？這堵牆又是什麼時候砌起來的？這許多問題，都有點奇詭不可思議，至於我曾在這間房間中看到過自己，反倒是不足道的小事。

健一大聲道：「請管理員上來！」

才進門口的繪圖員，將一張紙遞到了健一的面前：「這是這裏住客的繪像，我是根據管理員的形容而繪成的，請看看！」

健一接了過來，才看了一眼，就皺起了眉：「這是什麼意思？」

繪圖員的神情有點無可奈何：「我已經盡了力，可是管理員說，他每次看到那位女士前來，都是這樣子，他既然這樣說，我自然只好照著畫出來。」

我走近去，看看健一手上的那張紙。

紙上畫著一個女子的頭部。當然那是一位女士，有著流行的、燙著大圈子的頭髮。繪圖員的繪人像技巧也很高，但是卻無法認出這位女士的面貌來。

在紙上，那女子戴著一副極大的、幾乎將她上半邊臉全遮去的太陽鏡。而她的衣領又向上翻起，將她下半部的臉，又遮去了一小半，所能看到的，只是一個尖削、小巧的下頦。幾乎任何有這一型下頦的女人，都可以是圖上的那位女士。

健一揚著圖，向我苦笑：「如果這就是板垣的情婦——」

我糾正他的話：「不是如果，這一定是板垣的情婦，多半是為了怕人認出來，所以每次露面時，都將她的真面目，盡量隱藏。」

健一苦笑道：「世上再好的警察，也無法根據這樣的繪圖，將這個人找出來！」

我表示同意健一的話，調查板垣被神秘射殺一案，本來在找到了這個秘密幽會地點之後，可以說有了極大的發展。可是事實上，卻愈來愈陷進了撲朔迷離的境界。

管理員上來了，健一給他看那間房間，管理員的神情之驚訝，難以形容，不住道：「怎麼會有這樣的情形？怎麼會有這樣的情形？」

他完全不知道怎麼會有這樣的情形！

要解決的問題很多，要理出一個次序來進行，也不是容易的事。

健一望了我半晌：「希望你能留下來，以私人的身分幫幫我！」

不必健一邀請，我也要留下來，因為我曾在這間房間中看到過我自己，現在，我自己到哪裏去了？

健一道：「我們應該如何開始？」

我想了一想：「如果這位女士，在人前露面之際，慣常這樣打扮，那麼還是可以憑繪圖找到她，第一步，當然是將這繪圖複印，分發出去。在這單位居住的人，男的是板垣，已經死了，女的就是主要的關鍵性人物，一定要找到她！」

健一同意，將繪圖交給了一個探員，吩咐他立即趕辦。

「第二步，」健一自己發表意見：「這間怪房間，我想應該從大業主或是建築公司方面去了解，這工作，我想留給你！」

我也同意，因為這間房間，看來和板垣一案沒有什麼特別關係，而且也太怪誕，探索一切離奇怪誕事物的真相，這正是我的專長。

健一又道：「現在，無法進行進一步的調查，你可以明天開始，你也可以住在我這裏。」

我道：「你準備收隊了？」

健一說道：「我看不出在這裏，我還能做什麼，當然要收隊了！」

我指著那間房間：「我想留下來，在這間房間中，我要留下來，好好看一看。」

健一用一種奇怪的眼光望著我，顯然他不明白在一間空房間中，我能看到什麼，但是他卻也沒有反對，只是作了一個無可無不可的神情，接著，他下令警隊撤退，但最後走，臨走前問：「是不是要我陪你？」

我搖頭，道：「不必了！我一個留下來，會比較好。」

健一欲言又止，我笑道：「有什麼話，你只管說。」

健一作了一個手勢，表示他並不是有意要打擊我，然後，才以十分委婉的語氣道：「看到了自己，真不可思議！」

我並不反駁，只是道：「有這樣的一間房間存在，更不可思議！」健一無法駁倒我這句話，他只是聳了聳肩，走了出去。在他離開之後，我將門關上。這裏是十分幽靜的住宅區，當警車喧鬧了一陣駛走之後，我坐在廳堂的沙發上，只覺得靜到了極點。

我的視線一直向著那扇打開了的房門，房間是空的，什麼也沒有。整個單位，一共有兩間房間，一間是臥室，那是板垣和情婦使用的房間，另一間，何以這樣奇詭和無可解釋呢？

我再一次回想我在牆洞中，由外向內張望時的情形，我已經不只一次回想過，那不可能是幻覺，我的確看到了自己！

我看到的自己，孤伶伶地站在這間房間的中心，滿臉彷徨無依的神情。

我離開了坐著的沙發，又走進了那間房間之中，房間是空的，什麼也沒有，地上鋪著的是方格的柚木，我一步一步向前走著，每一步，踏在一格柚木之上，不消多久，已經踏遍了所有的柚木板，我沒有遇到什麼，房間中除了我和空氣之外，顯然沒有別的東西。

我抬頭看著天花板，發現天花板上甚至沒有燈。

這樣的一間房間，有什麼作用，不論我如何假設，都想不出來。而到了第二天上午，我來到這幢建築物的大業主，一個專以出租為業務的置業公司的總經理辦公室。略見肥胖，已有將近六十歲的總經理，他一聽得我說起這間房間時，竟忍不住哈哈大笑起來。

我有點惱怒：「一點也不好笑，請問，有什麼好笑？」

總經理一聽我這樣說，連連道歉：「對不起，我實在忍不住笑，我們出租居住單位，劃一裝修，兩房，一廳，連傢俬。你說的那個單位，承租者是井上先生，那可能是假名，但是他既然預付了一年房租，我們的立場，自然也不便追究？」

我悶哼了一聲：「他親自來租的？」

總經理想了片刻，又翻了一下文件：「接洽這單租務的是我們的一位營業員，我請她來和你解釋當時的情形。」

我揮著手：「這可以慢一步，先要弄清楚何以這個居住單位中，會有這樣一間房間！你要知道，由於臨窗而建的那堵牆，令得一個探員無辜喪生，希望你能作一個合理的解釋！」

總經理搔著他稀疏的頭髮，神情疑惑之極：「真有那樣的一間怪房間？那不可想像，我不能相信。」

我本來想說：「如果你不相信，你可以自己去看」。但是我卻沒有說出口來，因為看他的情形，像是真不知道，我嘆了一口氣，道：「好，那麼，請當日辦理這件租務的營業員來，我要和她談一談。」

第四部：行為怪異的印度人和靈異象徵

營業員約莫二十四、五歲，典型的日本職業女性，講話的時候，不但神態謙恭有禮，而且一直使用最敬體的日語和我交談。

「是的，我記得井上先生，」她說：「先用電話和我們聯絡，他沒有上辦公室來，約了我到那大廈去相見。」

我把板垣的照片給她看，她立即道：「是的，這就是井上先生。」

板垣在租屋子的時候用了假名，這也不足為奇，誰都會這樣做，因為他租房子，是要來和情婦幽會的。

「當天下午，大約是五點，井上先生就來了，我們先在大堂客套了幾句，他要高一點的單位。整幢大廈，一共有十二層，我就帶他去看第十一層，也就是他後來租了下來的那個單位。」

我問：「整幢大廈的單位，全是出租的？」

「是，全部出租，現在十分流行連傢俬出租的居住單位，雖然租金比一般為貴，可是比起酒店來，便宜得多了！」營業員恭恭敬敬地回答：「他一看就表示喜歡，只提出了一點，要我將電話拆走，他說他不喜歡在這裏的時候，受到任何打擾。」

我又問：「那單位一共有兩間房間，一間是臥室，另一間是作什麼用的？」

「所有單位的裝飾全一樣，一間是臥室，另一間是書房。書房中的陳設，包括書桌、書架，和一張可以拉下來作為單人床用途的床，以及椅子等等。」營業員用訝異的眼光望向我，禮貌地說道：「剛才，聽你說什麼空房間，一堵牆，和什麼反裝的門，我實在一點也不明白，你是說——」

我道：「現在，那間書房就是那樣子。」

營業員維持著禮貌，心中可能在罵我神經病，我沒有向她作進一步解釋的必要，因為事實擺在那裏。

我再問：「你帶板垣——井上去看的時候，是一間書房。」

「是的，」營業員回答得十分肯定：「就在書房的桌上，他叫我拿出合同來，而且先付了一年房租。」

「那麼，他什麼時候搬進去的？」

「據管理員說，當天晚上，他就和一位女士，帶著簡單的行李搬進去了。這種情形也很普遍，我們也不會追問。」

我不禁苦笑，那間房間，什麼時候起，由一間普通的書房，變成了那樣怪異莫名？要反裝房門，還可以偷偷進行，要砌上一堵牆，可沒有那麼簡單，所使用的材料極多，而且還要好幾個人，開工好幾天，要進行這樣的工程，決無可能瞞過管理員。

一想到這一點，我立時又問：「在井上先生租下了那個單位之後，那幢大廈的管理員，一直沒有換人？」

營業員「啊」的一聲，道：「換過一次。他租了那居住單位，是八個月之前的事。原來的管理員叫武夫，武夫在三個月之前死了！」

總算有了收獲，我興奮地跳了起來：「那位叫武夫的管理員，怎麼死的？」

營業員沒有回答這個問題，回答的是總經理，他道：「意外，武夫沒有親人，是警局通知公司，他因意外而死亡的！」

我追問：「什麼意外？」

總經理道：「好像是在狩獵區，被子彈誤中要害而喪生的，連子彈是什麼人射出來的都不知道！」

這是一項極其重要的發現！

「這是一項極其重要的發現！」我向健一強調。健一已經在吩咐找武夫「意外喪生」的檔案。

我說：「原來的管理員死了，這可以解釋，那間房間的改裝，是板垣租下了那個單位之後五個月之間進行的。他買通了武夫，在夜間運建築材料進來。如果在夜間進行，就只有武夫會知道。至於板垣為什麼要那樣做，現在還說不上來，可是武夫的死，只怕絕不是什麼意外！」

健一的神情也很凝重，他甚至有點不耐煩地將爬在他肩頭上，正伸出舌頭在舔他後頸的那頭小眼鏡猴推開了一些。

那頭白色的小眼鏡猴一直和健一在作伴，健一本來將牠留在家裏，但是有一次他回到家裏，發現家中的陳設全被弄得亂七八糟之後，他寧願將這隻小眼鏡猴帶在身邊。

健一在推開那頭小眼鏡猴之後，向我眨著眼：「你昨晚整夜，在那房間中，沒有什麼新的發現？」

我搖頭道：「沒有！」

健一的手下已經找出了武夫的檔案，拿了來，健一忙打開文件夾，看著檔案。

檔案的內容很簡單，武夫的屍體被發現在一個狩獵區，那時正是狩獵季節，很多獵人在那一區活動，武夫的死因也很簡單，有一顆子彈，射中了他的心臟部位。根據判斷，可能是流彈誤中。

經過解剖，取出了子彈，是普通的雙筒獵槍的子彈，恰好陷進心臟，導致死亡，據法醫指出，子彈的力道不強，如果武夫的上衣口袋中，有一本日記什麼的東西，將子彈的來勢擋一擋的話，子彈接觸不到心臟，他就不至於死亡。也就是根據這一點，所以判定武夫死於誤中流彈的意外。

至於武夫到狩獵區去，是為了什麼呢？他受僱的那公司說，由於休假，他有一個星期的假期，到狩獵區去度假。

從所有的記錄文件來看，似乎並沒有什麼可疑之處。我和健一看完了之後，健一問我：「一個第一流的職業殺手，是不是可以先算準了距離，來配合獵槍的性能，使得子彈恰好在力道快要衰竭之際，恰到好處地射進人的心臟之內？」

我道：「當然可以。」

健一皺起了眉，霍然站了起來。趴在他肩頭的小眼鏡猴發出了「吱」的一聲，自他的左肩，跳到了右肩。

健一一站了起來之後：「武夫如果是被人謀殺的，他是第一個，板垣是第二個，你猜第三個會是誰？」

我立即道：「板垣的情婦！還沒有找到她的下落？」

健一悶哼了一聲：「憑一張那樣的繪圖，太難找了！」

我吸了一口氣：「要快點找！我的假設要是不錯，調查所有的建築材料行，砌一堵牆要多少磚，多少沙漿，砌牆的人一定要向建築材料行購買，而且是在晚間送貨。要有熟練的工人，才能砌出這樣的一堵牆來，那也應該可以查得到！」

健一大聲道：「對，我手下的探員，可以查到這些！」

他伸了一個懶腰：「今天晚上，我們去喝點酒，怎麼樣？」

「好啊，去喝點酒！」我立時同意。

健一帶了我，進入他慣常去的那間酒吧之際，酒吧中的人並不多，幾個女招待正坐著打呵欠，一副睡不醒的樣子。老板娘一看到有客人進門，一面用力推醒女招待，一面滿臉含笑地走過來。

老板娘和健一顯然相當稔熟，她大聲打著招呼：「好久沒見你了！咦，這是什麼小動物，真可愛啊！」

老板娘所指的「小動物」，就是那頭小眼鏡猴。

在這裏，不妨描述一下這種產自印度南部密林中的小眼鏡猴的外形。

那種眼鏡猴，其實看來，像猴子比像松鼠更少，牠的體型大小，也和普通的松鼠相差無幾，尾相當長，頭部最突出的是一對骨碌碌的大眼睛，極其可愛。健一走進來時，小眼鏡猴正在他的肩上，雙手扯住了健一的耳朵，以致健一的樣子看來有點怪，可是小眼鏡猴的樣子看來更有趣。

健一沒有回答老板娘的話，只是約略向她替我作了一句介紹，吩咐道：「另外拿一碟花生來，別加鹽！」

我們找了一個角落，坐了下來，當我們兩個舉杯，酒杯中的冰塊相碰，發出聲音之際，小眼鏡猴已蹲在桌上的碟旁，享受那碟沒有加鹽的花生。

我和健一雖然沒有明說，但是不約而同，大家都不提起令人困擾的板垣案件，只是說了些不相干的話。

酒吧中的音樂很細柔，一個女招待要過來勸酒，給健一趕走。當我們喝到第三杯酒的時候，客人不見增多，但這時已到了酒吧應該最熱鬧的時候，所以燈光也調節得比較黑暗些，就在燈光才黑了不久，突然，有一個聽來很嘶啞的聲音，在我們的座位旁邊響起來：「啊！奇渥達卡！」

這句話，在我聽來，「啊」是驚嘆聲，「奇渥達卡」是另一個名詞，但我相信在健一聽來，「啊」字和「奇渥達卡」一定連在一起，不能分開來，在他聽來，那是一句莫名其妙，沒有意義的話。要不是我才從印度來，我也聽不懂這句話。

我在印度，遇到那位對著絕食的小眼鏡猴一籌莫展的動物學家之際，那位動物學家就曾告訴過我，這種小眼鏡猴，極其稀少，已經瀕臨絕種，純白色的變種，更罕見，幾百年也見不到一隻，而被當地的土人視為靈異的象徵，這種白色的小眼鏡猴，當地的土語就叫「奇渥達卡」。由於絕少見到這種動物，所以「奇渥達卡」這個名稱，也不是每一個土人都知道的。

動物學家更向我解釋，知道白色小眼鏡猴的土名是「奇渥達卡」的，大抵是在當地土人部落中有地位的人、智者、長老等等，不會是普通人。

如今，在東京的一間酒吧之中，我居然聽到了有人叫出白色小眼鏡猴的正式當地名稱，這真令得我驚訝莫名！

我連忙抬頭，循聲看去，立即看到那個人就在我們的座位之旁，站著，可是一時之間，我卻看不清他的模樣。

那時，燈光才暗了下來，是適合於客人和女招待調情的那種光度，相當暗。而那個人，又穿著全身深棕色的衣服，再加上他的膚色十分黝黑，所以全然無法看清他的面目，一看之下，只能看到他相當高大粗壯。

健一由於不懂那人所說的那句話，而他又顯然不喜歡有人打擾，所以他已經揮著手：「請走開點！」

我一聽他這樣說，忙道：「等一等，這位先生好像對這頭白色的眼鏡猴，相當熟悉！」

健一向我瞪過來，我忙又解釋道：「他剛才叫出了只有少數人才知道的當地原名！」

健一聽了我的解釋，沒有再說什麼。我急於向健一解釋，並未曾注意到那人的行動，等到我和健一說完，抬起頭來時，看到那人已轉身向外走開去。

我連忙站了起來：「先生，請停一停，我有話問你！」

那人停步，可是並沒有轉過身來的意思，我忙離座向前走去，那人像是知道我在向他走去一樣，也向前走去，他的步伐相當大，我雖然加快腳步，想追上他，可是卻始終和他保持了一步的距離。

這使我要想追上他。轉眼之間，他和我已相繼出了酒吧的門，他轉入一條極其陰暗的小巷子中，我追了上去。

才進小巷子，那人就站定，並不轉過身來，我到了他的背後，他的語音聽來十分急促，日語也不是十分純正：「先生，奇渥達卡是靈異的象徵，你們不應該飼養，應該將牠放回森林去！」

我道：「先生，你是印度人？印度南部人？要不，你不會叫得出這個很少人知道的名字！」

我一面說，一面又踏前半步，想看清這個人的面目，但是那人卻半轉過身去，小巷中黑暗無比，那人就算面對我，我也不容易看清他，何況只是側對著我。

他的聲音聽來仍然有點急促：「要小心點，奇渥達卡通常不是帶來吉利的靈異，而是凶惡的靈異！」

我對這種警告，自然置之一笑，因為閉塞地區，有許多莫名其妙的禁忌，不足為奇。

我還想說什麼，那人的聲調更急促：「牠有靈異的感應力，一種超人的感應力——」

看來，那人還準備繼續說下去，但是健一的叫聲，已自巷口傳來：「衛君！衛君！你在哪裏？」

我回頭應道：「我在巷子裏——」

我一回答，就聽到了急驟的腳步聲，再回過頭來，那人已急急向前走出去，迅速地沒入了黑暗之中。我想追上去，健一已走了過來，拉住了我：「什麼事？你要小心點，東京的晚上，什麼意料不到的事都可能發生！」

我還沒有回答，就接觸到了伏在健一肩頭的小眼鏡猴的那一雙大得異常的眼睛。

小眼鏡猴的眼睛在黑暗之中，發出一種黝綠色的光芒，看來充滿了神秘。

在那一剎那間，我想起了那人的話，心頭不由自主，產生了一種震懾的感覺，一時之間，講不出話來。而健一已經拉著我，走出了那條小巷，回到了酒吧。

回到了酒吧之後，向老板娘問起那人，老板娘倒很有印象：「這個人啊，第一次來，以前沒有見過。他一來，本來是獨自一個人喝酒的，後來忽然站起，向你們走了過來。他說了什麼？是不是得罪了你們？」

我笑道：「沒有，他看來不像是本地人？」

老板娘莫名其妙地吃吃笑了起來：「當然不是，是印度人！」

一個印度人，似乎不足為奇，或許他是海員，也或許是商人，總之是一個住在日本的印度人，湊巧知道白色眼鏡猴的珍罕、牠的大名，也知道牠在當地，被當作是靈異的象徵，如此而已，不足為怪。

可是，第二天，當健一和我，又聽到了「一個印度人」這句話的時候，互望著，怔呆了好久，一句話也說不出來。

調查出售磚頭、灰漿的店鋪，進行順利。第二天，在健一的辦公室中，一對中年夫婦，走了進來，兩個探員陪著他們，探員道：「這一對夫婦，好像就是我們要找的人。」

健一問道：「請問你們是不是出售過一批磚頭，剛好夠砌一幅三公尺的牆？」

丈夫四十來歲，神情拘束：「是，那是約莫半年前的事。」

妻子卻很大方：「很怪，指定要夜間送貨，送到一個高尚住宅區去，那許多磚頭，也不知是用來作什麼的，又買了灰漿，看來是砌牆！」

健一取出板垣的照片來，問道：「是這個人來買這一批材料的？」

妻子搶先道：「不是，是一個印度人！」

我和健一兩人的反應強烈，健一自他的座位上陡地站了起來，忘了他面前的一只抽屜正打開著，以致他的身子，「砰」的一聲，撞了上去，令得抽屜掉到了地上，東西散落了一地。

而我則陡然之間一揮手，將桌上的一隻杯子揮到了地上，不但杯子跌碎，茶也瀉了一地。

我們兩人的反應，使得那對夫婦驚訝之極，不知自己說錯了什麼，一時之間，不知如何才好。

我先定過神來，疾聲道：「你說什麼？」

那妻子有點駭然，聲音也不像剛才那樣響亮：「一個印度人！」

她還是那樣說：一個印度人！

在日本，印度人不多，而昨晚，我們才遇到了一個奇怪的印度人，說是巧合，未免太巧合了！

健一緊接著問：「那印度人，什麼樣子，請你們盡量記憶一下！」

　　那兩夫婦互望了一眼，先由丈夫結結巴巴地形容那印度人的樣子，再由妻子作補充。綜合他們的描述，那只是一個普通的、身形高大的印度人，黝黑、深目，日語說得相當好。

　　那印度人的要求很怪，但是他願意付額外的運輸費，所以那對夫婦便答應了他的要求。

「當我們運送磚頭到達那幢大廈之際，大廈的管理員幫我們，將磚頭和灰漿搬進升降機去，那是一個很精壯的人。」丈夫回憶著說：「當時他的神情相當緊張，午夜過後，根本一個人也沒有，但是他卻像是怕給人看到他的行動。」

　　那時的大廈管理員，就是後來在狩獵區「意外死亡」的武夫，果然事情有他一份。

「那個印度人沒有再出現？」健一問。

「有。」妻子回答：「印度人在升降機中等，磚頭和材料搬進了升降機，印度人就不要我們再上去，由他自己按升降機的掣上去，我留意到，升降機在『十一字』上，停留了很久。」

「還有一件怪事，」丈夫又補充：「那管理員催我們快走，而且，他迫不及待地用一大團濕布，抹去磚頭搬進來時在大堂中留下來的痕跡。」

「警官先生，」妻子又好奇地問：「是不是有人在進行什麼違法的事情？和我們可是一點關係也沒有的呵，我們只不過小本經營！」

健一道：「當然，沒有你們的事，不過還需要你們幫忙，再向警方繪圖員說一說那印度人的樣子，好讓繪圖員畫出他的樣子來，我們要找這個印度人！」

兩夫婦連聲答應，健一吩咐一個探員，將那兩夫婦帶出了辦公室。

兩夫婦離開之後，我和健一互望著。那頭白色的小眼鏡猴，自文件架上跳了下來，就伏在健一的頭頂，健一反手撫摸著牠柔順的細毛，就像在撫摸自己的頭髮。

我道：「健一，那堵牆，是一個印度人砌起來的！」

健一翻著眼：「奇怪，印度人砌這堵牆的時候，板垣和他的情婦，在什麼地方？就算印度人能在一夜之間，趁板垣不在的時候砌好這幅牆，及裝了房門，板垣和他的情婦，事後也沒有不發覺之理，何以他們一點也不說？這其中又有什麼秘密？」

我來回踱著步：「秘密一定有，只不過如今我們一點頭緒也沒有。要找那個印度人，不應該是什麼難事，在東京的印度人不會太多吧？」

健一立即拿起了電話，打了電話到有關方面去查詢，不一會，他就有了答案：「記錄上有三千四百多人。」

我道：「那就簡單了，最多一個一個的去找，總可以找得到的！」

健一又反手撫摸著伏在頭上的白色小眼鏡猴：「可是我不明白，那房間，空無所有，似乎一點犯罪的意味也沒有！」

他講到這裏，略停了一停，才又相當顧及我感情地道：「雖然你曾在這間房間中看到過你自己，但——這有點不可理解。弄成這樣神秘，究竟有什麼作用？」

我對「看到了我自己」這件事，沒有作進一步的解釋。事實上，也不可能作進一步的解釋，我要說的，早已說得很清楚了，再說也不會令旁人明白。

我只是道：「這個問題，我想只有那印度人才能給我們回答。至於你說事件沒有犯罪意味，我不同意。因為至少板垣死了，管理員武夫也死了。假定武夫參與其事，事後，被人滅口。而板垣可能也是因為發現了什麼特殊的秘密，所以才招來殺身之禍。」

健一「嗯嗯」連聲：「板垣的情婦，如果也知道這個秘密的話，那麼她——」

我接下去：「她的生命，一定也在極度的危險之中！」

健一又拿起了電話來。

要進行的事很多，得一件一件來敘述。

第一，向意外死亡科調查，是不是有一個二十餘歲的女性意外死亡而屍體還未有人認領，因為板垣的情婦，可能已經遭了不幸。

調查的結果是：沒有發現。

第二，印度人的繪圖，經那對夫婦過目，他們肯定就是這個人。於是，超過二十名以上幹練的探員，取消了一切休假，去找尋這個印度人，但是經過十天之久，仍然沒有結果。不但找不到這個印度人，連認識這個印度人的人都沒有。

那天晚上在酒吧、在小巷子中，由於光線十分黑暗，我和健一都未曾看清這個印度人的樣子，但是酒吧老板娘的答案，卻十分肯定，她道：「就是這個印度人。」

找尋工作仍在繼續。

第五部：我拼湊的故事和「猴子爪」的傳說

第三，向板垣的妻子貞弓，又作了一次訪問。

我們先確定了建築材料行售出磚頭的日期，再假定板垣在事前完全不知道有這件事，估計他事後發現。任何人在發現自己與情婦的幽會之所，發生了這樣怪異的變化之後，一定會感到極度的震驚，作為妻子，應該可以感到丈夫的這種震驚。所以我們要去拜訪板垣夫人貞弓。

正如健一所說，板垣夫人確然有大家風範，一絲淡淡的哀愁，一點也不誇張，她招呼我們坐了下來之後，反而先向我們道歉：「為了我丈夫的事，一再麻煩你們，真是太過意不去了！」

健一和她客氣了幾句，問道：「大約在半年之前，板垣先生是不是有什麼特別的表現，例如很吃虧、神情不安等等？」

貞弓側著頭，想了片刻，才道：「沒有，我記不起有這樣的情形。」

她在回答了健一的問題之後，過了一會兒，才以一種看來好像是不經意的態度反問道：「是不是在調查的過程中，有了什麼別的發現？」

健一向我望了一眼，正準備開口，就在這時，躲在健一上衣懷中的那頭白色小眼鏡猴，忽然探出了頭來，坐在健一對面的貞弓，陡然嚇了一跳，但隨即鎮定了下來：「多麼可愛的小動物！」

健一反倒有點不好意思，一個嚴肅的警方辦案人員的上衣之中，忽然鑽出了一個小動物來，總不是太有身分的事，他用力想將小眼鏡猴的頭按回去，可是不成功，小眼鏡猴反倒爬了出來。健一的神態更尷尬，看他在不知如何是好之際的樣子，我也覺得很有趣，我解釋道：「這是產自南印度的一種十分珍罕的猴子，尤其是白色的變種，更少見！」

我本來是隨口說說，希望替健一掩飾窘態，可是當我說了之後，貞弓忽然發出了「啊」的一下低呼。

在一個注重儀態的人而言，這一下低呼，可以算是失禮。但貞弓在低呼了一下之後，全然未曾發現自己的失態，立即陷入了一種沉思之中。

我和健一都看出了這一點，互望著，貞弓這樣的神態，分明在突然之間想起了甚麼。她究竟想起了什麼呢？是什麼啟發她想起了一些事？如果說是這頭白色小眼鏡猴，這未免不可思議，因為在白色小眼鏡猴和板垣之間，不應該有任何聯繫。

我們並不去打擾她，貞弓也沒有想了多久，便現出了一個充滿歉意的笑容：「對不起，我忽然想起了一些事！」

我和健一「嗯」的一聲，並沒有催她。貞弓停了片刻，又道：「大約在半年前，有一晚，板垣回來，將近午夜了。一回家，就進入書房，我披著衣服，去看他，看到他正在書架前，一本一本書在翻看，他看到了我，就說：『明天，替我去買幾本有關猴類動物的書來，要有彩色圖片的那種！』」

我和健一互望了一眼。板垣的要求，的確相當古怪。一個事業相當成功的企業家，怎麼會對猴類動物，忽然產生興趣來的呢？

貞弓繼續道：「我答應著，他又說道：『盡量揀印度出版的猴類書籍，專門性的也不要緊。還有，專講一種猴，叫眼鏡猴的，也要，明天就去買！』」

貞弓講到這裏，要不是主人的神態如此優雅，我和健一一定會跳起來。板垣不但對猴類有興趣，而且指定是印度的猴類，指定是小眼鏡猴！

健一忙問道：「後來，可買了？」

貞弓道：「買了，一共買了七本。」

我問：「板垣先生沒有說要來有什麼用處？他想研究什麼？」

貞弓道：「他沒有說，我也沒有問。」

健一道：「那些書呢？」

貞弓道：「還在他的書房，他……過世之後，我還未曾整理他的書房，兩位請原諒，每當我在書房門口經過，我就不想推門進去！」

她說到這裏，眼圈有點變紅。我和健一忙安慰了她幾句，健一提出了要求：「夫人是不是能帶我們到板垣先生的書房去看一看？」

貞弓遲疑了一下：「有必要嗎？」

我和健一堅持：「無論如何，要請你給予方便！」

貞弓輕嘆了一聲，站了起來：「兩位請跟我來！」

我和健一忙站了起來，書房在離客廳不遠處，經過一條短短的走廊，是一個穿堂，穿堂的一邊，是一扇通向花園的門，另一邊，是一扇桃木雕花門，那當然是書房的門了。

貞弓來到書房的門前，先取出了鑰匙來，再去開門，當她開門的時候，我和健一兩個人都呆住了。在那一剎那間，我們兩人的心中實在有說不出來的奇訝！

書房的門很精緻，雕著古雅的圖案。和所有的門一樣，一邊（右邊），有著門柄，門柄上有鎖。可是貞弓在取了鑰匙在手之後，她卻不伸向右邊的門柄，反倒伸向左邊，移開了一片凸出的浮雕，露出了一個隱蔽的鎖孔來。

貞弓將鑰匙插進了那個鎖孔之中，轉動，門打開了，門以相反的方向打開，裝有門柄的右邊，反倒裝著鉸鏈。那情形，和板垣秘密處所的那間怪異的房間一模一樣！

或許由於健一和我的神情太怪異了，當貞弓打開門，請我們進去的時候，注意到了這一點，她解釋道：「這扇門是反裝的，這是一種防盜措施。如果有小偷，他想不到門是反裝的，一定會在門柄的那一邊，想將門弄開，就無法達到目的！」

我和健一「哦哦」地應著，我問道：「這的確是一個……很好的辦法，人家不容易想得到，請問，這是誰的主意？」

貞弓道：「是我的主意，倒叫兩位見笑了。事實上，板垣生前，不很喜歡這樣，他經常用力撼著有門柄的一邊，抱怨太費事！」

健一道：「是啊，習慣上，總是握著門柄打開門的——請問，這種裝置，有多久了？」

貞弓道：「自從我們搬進來時，已經是這樣了，大概有……對，有足足六年了！」

我和健一互望了一眼。

這種反裝的門，利用一個門柄來作掩飾，使不明究竟的人打不開，畢竟很少見，可是板垣的書房，卻是這樣。那奇怪的房間，也是這樣！

我一想到這裏，心中又不禁陡地一動，板垣的書房！這裏，是板垣的書房，在那幽會地點的那間怪房間，又何嘗不是板垣的書房？

如果板垣習慣於書房的門反裝，那麼，怪房間有反裝的門，是不是板垣的主意呢？如果是的話，那麼，砌那堵怪牆，也應該是板垣的主意了？

而我的假設，是板垣不知道有這件事發生的，看來假設不能成立了！

那麼，板垣和那個印度人之間，又有什麼聯繫呢？

我心頭一下子湧上了許多問題，那使我的行動慢了一步，直到貞弓和健一進了書房，健一叫了我一聲，我才如夢初醒，跟了進去。

板垣的書房相當寬敞，很整齊。如果貞弓在出事之後未曾整理過的話，那證明板垣並不是經常使用書房的人。經常使用的書房，不可能維持得這樣整齊。

果然，貞弓的話，證明了我的推測，她道：「我丈夫不常進書房，他在家的時間本就不多，他對讀書也沒有特別的興趣，書房只不過是聊備一格，所以，也不會有什麼重要的文件留在書房中。」

健一道：「我們只想看看那幾本關於猴類的書籍。」

貞弓在書架前找了一會兒，又轉過身來，才指著一張安樂椅旁的一個小書架：「看，全在這裏。」

這種小書架，有著輪子，可以隨意推動，專為方便看書的人放置隨時要翻閱的書本，小書架上有七、八本書，我先走過去，看那些書。

果然，全是些有關猴類的書，大都有著十分精美的圖片，書還十分新，看來只是約略地翻過一下。

不過，其中有一本，專講印度南部所產的珍罕猴類，卻顯然看過了許多遍，其中有幾頁，還被撕走了。從目錄上來看，撕去了幾頁，專講眼鏡猴。

健一立時記下了書名，我再巡視了一下板垣的書房，書架上的書，大都很新，沒有什麼特別值得注意之處。

我們離開了書房，向板垣夫人貞弓告辭。

在回到警局的途中，我和健一的心中，全都充滿了疑惑。在車子經過書局的時候，就停了車，一起進入了書局。

「真是怪不可言！」健一發表他的意見。

我也覺得怪不可言，那是我們知道被撕下來的幾頁中講的內容之後的感想。那幾頁，是相當專門性的記述，記述著眼鏡猴這種小動物的生活情形，也有不少圖片。其中有一節，是說及這種小眼鏡猴，有白色的變種。白色的小眼鏡猴，當地土人稱之為「奇渥達卡」，意思是靈異的象徵。傳說中有使人可以達到三個願望的猴子爪，就是這種「奇渥達卡」的右前爪，也只有「奇渥達卡」的右前爪，才有這種神奇的力量。

記述中還說，這種白色的小眼鏡猴，極其罕有，記載中有因可循的，只有在三百餘年前，曾有一頭被發現，立即被送到當時統治印度南部大片土地的一個土王手中，這位土王就依照了傳統的方法，將白色眼鏡猴的右前爪砍了下來，製成了可以表現靈異的「猴子爪」。

這位土王，後來是不是借此獲得了神奇的靈異力量，並無記錄；所謂「傳統的方法」，究竟是什麼方法，也沒有記述。倒是有一頁插圖，是這位印度土王的宮殿。照片自然是近期攝製的，原來巍峨而金碧輝煌的宮殿，已經極其破敗。

「哈哈！」健一一面笑著，一面伸手握住了那白色眼鏡猴的右前爪：「我倒不知道這種猴子的爪，可以有這種神奇的力量！」

他說了之後，又一本正經地道：「求你施給我第一個願望實現，讓我解開板垣一案中所有的謎！」

我笑道：「別傻氣了，你沒看到記載？要照傳統的方法來製造過，並不是活的猴爪，就能給你實現願望！」

健一也笑了起來：「如果真有可以實現三個願望的靈異力量，你的第一個願望是什麼？」

我笑道：「我才不會像你那麼傻，我的第一個願望是我要有無數的願望！」

我和健一都大笑了起來，我道：「這本書的作者是——」

我一面說，一面看著書的扉頁，一看之下，我「啊」的一聲叫了起來：「就是他！」

健一瞪著眼：「他？他是誰？」

我指著小眼鏡猴：「這頭小猴子，就是他交給我的，是我在印度遇到的那位動物學家，書是他寫的！」

健一忽然沉思了片刻：「由此可知，這位動物學家對自己所寫的東西，也完全不信。要是『奇渥達卡』的右前爪，真能叫人達成三個願望的話，他如何肯交給你？」

我道：「當然，那只不過是傳說而已，誰會真信有這樣的事！」

健一皺起眉：「可是，板垣將這些記載撕了下來，是為了什麼？」

我來回走了幾步，突然之間，我有豁然開朗的感覺，我站定身子，揮著手：「你聽著，我已經有了點眉目，我可以將一些零星的事拼湊起一個故事來！」

健一將身子全靠在椅子上，又將椅子向後翹了起來：「好，聽聽推理大師如何編造合理的故事。」

我講出了我「拼湊」起來的故事。

有一個不務正業的印度人，熟知有關「奇渥達卡」的傳說。這個印度人遇上了一個日本企業家板垣，向板垣說起了這個傳說。

「可以達成三個願望」，這是極度誘人的一件事，古今中外不知道有多少傳說環繞著這種靈異力量而來。

於是，這個日本企業家相信了印度人的遊說，認為印度人可以給他這種力量。印度人當然提出了種種條件，例如，要一個幽靜的地方，日本企業家就利用了他和情婦幽會的場所中的一間房間。

印度人又可能提出，要製造有靈異力量的猴爪，一定要進行某種形式的秘密宗教儀式，或是某種巫術的過程，不能被任何人看到。所以板垣就在那房間之中，砌了一道牆，又將門反裝，來使儀式運行的過程，保持高度的秘密，不為人所知。

板垣一直在期待「猴子爪」的成功，他當然失望了，因為根本不會有這種事出現，於是，印度人的真面目暴露了，事情就不歡而散……

我推測而成的故事相當簡單，也最好地解釋了那間怪房間的由來。可是健一卻一面聽，一面搖頭，道：「太失望了，這算是什麼推理？」

我有點氣惱：「這解釋了那怪房間的由來！」

健一嘆了一聲：「板垣死在職業槍手之手，你不會以為印度人在面目暴露之後，花那麼高的代價來僱請一個職業槍手，殺死他要欺騙的對象吧？」

我瞪著眼，為之語塞。印度人當然不可能花大錢去僱職業槍手，因為假設他行騙，所得也不會太多，沒有一個騙子肯作蝕本生意的。

健一又毫不留情地攻擊我：「其次，管理員武夫的死呢？為了什麼？」

我又答不上來。

健一再道：「還有，那房間是由裏面拴上的，什麼人可以在拴上了門之後再離開房間？而且，你曾看到過極奇異的現象，為什麼在你的故事之中，全被忽略了？」

我無可奈何，只好揮著手：「好，算了，算我沒有講過這故事。但是有一點必須肯定，板垣一定對『猴子爪』的傳說，發生過興趣！」

健一一副不感興趣的樣子，就在這時候，一個年輕探員，探進頭來，報告道：「失蹤科的人說——」

他才說了半句，健一已經陡地吼叫起來：「我已經夠煩了，別再拿失蹤科的事情來煩我，走！」

年輕探員給健一大聲一呼喝，顯得手足無措，不知如何是好，我看他的情形，像是有重要的事情要向健一報告，就向他招了手：「進來再說！」

健一狠狠瞪了我一眼，年輕探員走了進來，向我行了一禮：「失蹤科的資料，有一個叫雲子的歌星失蹤十多天，從照片上看來，倒很像是板垣一郎的情婦！」

健一聽到這裏，直嚷了起來：「為什麼早不說？」

年輕探員也沒有分辯，只是連聲道：「是！是！」

健一又呼喝道：「那個失蹤的雲子的照片呢？在哪裏？」

年輕探員忙送上一個大信封，健一迫不及待地自信封內取出照片來。照片上的女子相當美麗，有著尖削的下顎，靈活的眼睛，健一把照片放在板垣情婦的繪圖旁邊，取起一支沾水筆來，在照片上塗著，畫上一副很大的黑眼鏡，然後，向我望來。

我立即點頭道：「不錯，是同一個人！」

健一的神情顯得極其興奮：「正確的失蹤日期！」

年輕探員立刻說出了一個日子，那正是板垣橫死的那一天。

健一更加有興趣，大聲叫道：「把有關雲子的所有資料，全都拿來！快！」

那年輕探員也大聲答應著，轉向奔了開去。健一不住地搓著手，我忍不住道：「不必太興奮，你應該知道，她失蹤了很久！」

健一充滿了自信，說道：「只要知道了她是誰，就能把她找出來！」

我本來還想說：「要是這個叫雲子的女子，已經死了呢？」可是我沒有說出口來，怕掃了健一的興致。

雲子的一切資料，由失蹤調查科轉到了我和健一的手中，但是健一的行動十分快，資料到手之際，我們早已經在雲子的住所中了。

雲子的住所，在東京一個普通的住宅區，面積很小，只有十五平方公尺左右，也無所謂廳或房的分野，用幾道屏風巧妙地分隔開坐的地方和睡的地方，有一個小的廚房，和一個小小的浴室。

住所中相當凌亂，衣櫥打開著，有很多衣物，不合季節的，全散落在地上，有幾只抽屜也打開著。這種情形，任何略有經驗的偵探人員，一看就可以知道，屋主人在整理行裝離開的時候，極其匆忙。

失蹤調查科的一個探員和我們一起來的，他一推開門，就道：「這裏的情形，自從我們第一次進來之後，就維持原狀。」

健一「嗯」的一聲，四面看著，隨便翻著一些什麼：「她走得匆忙，是誰發現她失蹤來報案的？」

調查科的探員道：「是她的經理人，一個叫奈可的傢伙。」

探員對於雲子的經理人的口氣似乎不是很尊敬，只稱之為「那傢伙」，可以想像，那傢伙不是什麼值得尊敬的人。

正當那探員說出「奈可的傢伙」之際，外面走廊中傳來了一陣叫嚷聲，有人在叫道：「幹什麼？又不是我生出來的事？你們警察的態度能不能好一點！我是納稅人，好市民！」

那探員皺了皺眉：「奈可這傢伙來了！」

門推開，一個穿著花花綠綠的上衣，長髮披肩，褲子窄得像是裹住了太多肉的香腸，口中嚼著口香糖，年紀已在三十以上的傢伙，一面聳著肩，一面搖擺著身子，走了進來。一進來，就抬起一隻腳，擱在一張圓凳上，眼珠轉動著，打量著屋中的人，一副滿不在乎的神氣。

看到了這樣的一個人，我自然明白了那探員為什麼用「那傢伙」三個字去形容他，這種人的確相當令人討厭，大都有一個什麼夜總會，或是什麼酒吧的「經理」的頭銜，究竟他們靠什麼過活，似乎永遠不會有人知道。我只是冷冷地觀察他，並沒有出聲。可是健一顯然沒有我那麼好耐性。

他向奈可走去，來到了他的身邊，在奈可還來不及有任何準備之前，一抬腳，踢開了奈可踏著的那張圓凳。

這個動作，令得奈可的身子在驟然之間失去了平衡，幾乎一跤跌了下來。但健一立時抓住了他的衣服，將他拉了回來，狠狠地盯著他：「聽著，我現在要問你的事，關係三個人的死亡，其中還有一個是警探。如果你不想自己有麻煩，我問一句，你答一句！」

奈可嚇得臉色發白，看他的樣子，還想抗辯幾句，力充自己是有辦法、不會被人輕易嚇倒的人。他一面轉動眼珠，一面還在大力嚼著口香糖。

可是健一話一說完，立時伸手，在他喉嚨上捏了一下，又在他的頰上，重重一拍，那一下動作，令得奈可的喉間，發出了「咯」的一聲響，將他正在嚼著的口香糖，一下子吞了下去。我再也想不到日本的警探這樣粗暴，而健一的手法是如此之純熟，他顯然不是第一次幹同樣的事了！

看到奈可吞下了口香糖之後那種無可奈何的神情，我忍住了笑。

健一又伸手在奈可的肩頭上拍了一下：「你是怎麼發現雲子失蹤的？」

第六部：失意歌星、她的經理人和可怕的叫聲

在奈可說到他如何發現雲子失蹤的情形之前，有必要先將已知的雲子的資料，介紹一下。雲子在整件撲朔迷離、結局又全然出乎意料之外的事件中，所占的地位十分重要，所以請留意。

這裏先介紹的是文字上有關雲子的資料，刻板、簡單，也不夠生動。後來，在不少人的口中又了解到的資料，比較詳盡，可以作為補充，也請留意。

大良雲子，女，二十四歲，靜岡縣人。父母早已離異，自小由母親撫養長大，十五歲，參加一項歌唱比賽得冠軍，由此以唱歌為業，十八歲來東京。

來東京後，一直浮沉歌壇，成為第三流的職業歌星，到二十三歲，突然輟唱。到東京後的第三年，由一間夜總會的經理奈可作經理人，曾在電視台演唱一次，未受注意。

在東京，像雲子這樣的「女歌星」，數以千計。其中，能冒出頭來，成為紅

歌星的，萬中無一。

大良雲子的資料就是那麼簡單，公文上硬梆梆的記載，可以說是千篇一律。但即使是在這樣的記載之中，也可以看出一個少女，從小地方來到東京這樣的大都市，掙扎浮沉的辛酸遭遇。

雲子演唱的地方，全是些格調不高的娛樂場所，在這樣的場所過夜生活，一個少女所受到的欺凌和侮辱，可想而知。

當我和健一看到這份簡單的資料之後，互望了一眼，口中都沒有說什麼。我們心中所想的卻全一樣：這是一個大都市中的悲劇。雖然這種悲劇，大都市每天都有幾千宗，但心中總有一股不舒服的感覺。

當健一用他的熟練動作，令得奈可這傢伙乖乖地坐下來，瞪大著眼，甚至變成了一副乞憐的神情之際，健一開始發問了。

健一問：「你是怎麼發覺雲子失蹤的？」

奈可吞了一口口水，發出「咯」的一下奇異的聲音：「雲子！每隔幾天，一定要和我聯絡一下——」

健一打斷了他的話頭：「你是她的所謂經理人？她根本已經不唱歌了，你還和她聯絡幹甚麼？」

奈可現出一臉受到極度委屈的神情來：「我們是好朋友，雲子在東京，一個親人也沒有，我們是好朋友。而且我一直認為她的歌唱得極好，雖然比不上山口百惠，我的意思，她專唱日本的古典歌曲，可以比得上……比得上……」

他在竭力思索一個名歌手的名字，健一已揮手打斷了他的話題：「揀重要的說！」

奈可大聲答應了一下：「是！我一直替她找地方演唱，她有唱歌的天分！她不應該不唱下去！她也將我當朋友——」

健一一點也不客氣地道：「朋友？你的意思是，她時時肯借錢給你？」

奈可陡地站了起來，脹紅了臉，看他的樣子，像是想辯白什麼，可是終於沒說什麼，就坐了下來。

他坐下來之後，垂著頭：「是的，她經常借錢給我，我也從沒有還過，可是，我們真是朋友。」

這傢伙坦然承認了這一點，倒令得我和健一都對他有另眼相看之感。健一對他的態度，也溫和了許多，拍著他的肩，問道：「說下去，你怎麼發現她失蹤的？」

奈可道：「我和雲子的關係，就像是兄妹，她有什麼不高興的地方，心情悶鬱的時候，一定向我傾訴，我最後一次見她，是在大半個月之前，那天晚上，她忽然闖進了酒吧來，叫了一大杯烈酒，在我發現她的時候，她已經喝完了這杯烈酒！」

奈可講到這裏，抬起頭，向我和健一兩人望來。奈可的臉上，有著一種極度的迷茫。這種人，給人的第一個印象，一定不佳。但是這種混跡江湖的小人物，為了生活，固然必須使用許多卑劣的手段，也往往有他們良善的、好的一面。

奈可這傢伙，就是這樣的一個江湖小人物。

他停了片刻，講述那次在酒吧中和雲子見面的經過。

酒吧是低下級的酒吧，酒吧中女侍應的服裝，暴露而性感。當女侍應走來走去之際，顧客肆無忌憚地摸她們的屁股和捏她們的大腿，女侍應也像是口中裝上了固定的錄音帶一樣，每遇到這種情形，就會吐出幾句打情罵俏的話，令得動作粗魯、都已半醉的酒客，哄然大笑。

這樣的一間酒吧，本來是決不會有單身女客來光顧的，就算有，在門口也一定被守門人擋駕了。可是雲子卻可以進來，因為守門人認識她是奈可的朋友。

雲子從計程車一下來，就「掩著臉，直衝進了酒吧」——這是守門人當時對雲子的印象。

而酒保則說：「雲子小姐一進來，仍然用雙手掩著臉，用相當嘶啞的聲音道：『給我一杯烈酒，雙份，不，三份的』！」

酒保感到有點訝異。雲子平時很少喝烈酒，但酒保還是照雲子的吩咐，給了她一杯三份的美國威士忌。

「雲子小姐幾乎是一口就將酒吞下去的，」酒保說：「這種酒的酒質不很好，一個大男人也難以一口吞下這麼多，可是雲子卻一口吞了下去，她立時嗆咳了起來，淚水直流……不過……不過我感到她在進來時，雙手掩著臉，就是因為她早已在流淚的緣故。我剛想去扶她，奈可先生就來了。」

奈可在這間酒吧工作，名義是「經理」。奈可來到的時候，雲子滿面淚痕，身子搖晃不定，可是她還能認出奈可來，一看到奈可，就撲了上去，摟住了奈可。

奈可忙道：「雲子，什麼事？什麼事？」

雲子沒說話，只是發出一連串如同抽搐的聲音來。奈可忙扶著她，來到一個角落的一個座位上，坐了下來。

酒吧中十分混亂，到處都是半醉或大醉的人，音樂又嘈雜，誰也不會注意一個喝了酒的女人被人扶著走。

在這裏，必須說明的是，奈可告訴我們的話，事後都曾經尋訪所有有關的人來求證，所以敘述是綜合性的，都得到了證實。

奈可扶著雲子坐下來之後，雲子的雙臂，仍然不肯離開奈可的頸。奈可這傢伙，對雲子倒真有一份兄妹的感情，他拍著雲子的背：「別哭，有什麼事，只管向我說，只管說！」

雲子抬起頭來，她的眼部，本來有著十分濃的化妝，這時因為淚水模糊，令得藍色的、金色的化妝品，全都順著淚水淌了下來。她抬起頭來之後，嘴唇顫動著，半晌出不了聲，才陡地尖叫了起來：「太可怕了！」

健一、我和幾個探員，事後盡一切可能，探訪了那晚在酒吧中的人，包括顧客、職員在內，甚至包括了一個當時已經推門而出的客人。從這個客人的敘述中，可以知道雲子當時的這一下叫聲，如何尖厲和驚動了全場。

「我推門出去，門已在我的身後關上。酒吧中本來極其熱鬧，」那個客人說，他是一間公司的高級職員，好喝酒，酒量極宏，當時並沒有喝醉：「在門關上之後，酒吧中的喧鬧聲已經不怎麼聽得到了，可是我還未曾跨出一步，就突然間聽到有一個女人的尖叫聲，在叫道：『太可怕了』！」

那客人講到這裏時，略停了一停，才又道：「我一聽到這樣的叫聲，立時一個轉身，又推開了酒吧的門。我來過這家酒吧超過一百次，從來也沒有經歷過這樣的奇景！酒吧中滿是人，可是靜得一點聲音也沒有！完全像是無聲電影！

「所有人的頭，都轉向一邊，望著酒吧的一個角落，酒吧中煙霧迷漫，燈光又黑，我在門口向那個角落看過去，什麼也看不到，不過我也可以知道，那一下尖叫聲，是從那個角落，由一個女人所發出來的。

「雖然我不知道這個女人為什麼會發出『太可怕了』的叫聲，可是在她那下叫聲的感染之下，我真的感到可怕，甚至不由自主發著抖。我相信全酒吧的人，都像我一樣，所以才會突然之間，變得鴉雀無聲，那樣寂靜！」

以上，是那個客人的敘述。

奈可的敘述，大致相同。在雲子發出那一下叫聲之際，整個酒吧中，離雲子最遠的，是那個已走出了門的客人，而離雲子最近的，則是奈可。

「我真的給她的叫聲嚇壞了！」奈可說起來時，猶有餘悸。接著，又裝成很膽大的樣子，挺起了胸：「你知道，我絕不是一個膽子小的人！」

健一叱道：「少廢話，說下去！」

奈可接連說了幾聲「是」，又道：「她那一下叫聲是這樣尖厲，我從來也不知道雲子能發出這樣高而尖的叫聲，雖然她在演唱的時候，以能唱出極高的音階而著名，但是這一下尖叫聲實在太驚人了，我的身子不由自主發抖，一剎那間，像是耳膜已被震破，什麼也聽不見了。後來我才知道我的耳膜沒有破，聽不到聲音，是因為整個酒吧間，忽然之間，全都靜了下來。」

健一又叱道：「這些我們全知道了，雲子為什麼要這樣叫，她遇到了甚麼可怕的事，快說下去！」

奈可現出憤怒，但又不敢發作的神情來，望著健一，額上的筋也現了出來。

我忙道：「你讓奈可先生慢慢說！」

奈可一聽得我幫助他，連連向我鞠躬：「多謝，太多謝了！先生，你才是君子！」

他公然罵健一，幸而健一急於想知道雲子為什麼要這樣叫，沒有和他計較，只是悶哼了一聲，不然，只怕奈可又要吃不少苦頭。

奈可繼續道：「我看到這樣情形，更加吃驚，忙道：『看，看你做了些什麼？』」

奈可當時的語氣，略帶責備，因為雲子突然之間發出了這樣驚怖的叫聲，在公眾場合十分失禮。

雲子的身子劇烈地發著抖，像是在篩糠，以致奈可要用力抓住她的雙臂。在整個酒吧中的人，還未曾因為剛才一下驚叫而恢復常態之際，雲子反倒已迅速鎮定了下來，擺脫了奈可抓住她手臂的手，用正常得近乎出奇的聲音和神態，向各人行著禮：「對不起，驚動各位了，真對不起，我一時失態，驚動各位，真對不起！」

她一面說，一面已向外走出去，等到酒吧中充滿了竊竊私議之聲，奈可定過神來，要去追雲子時，雲子已經快到門口了。奈可忙追上去，叫她，雲子轉過頭來，向他看了一眼，並沒有停止，繼續向前走，奈可感到雲子的情形有點反常，推開了幾個人，追了出去。可是雲子已經走了出去，等到奈可推門出去時，雲子已經不見了，雲子可能是一出門，就上了計程車，走了。

「自從這次看到她之後，一直到現在，我沒有再見過她。」奈可說。

健一滿面怒容，拍著桌子：「混帳東西！你明知道她這樣子不正常，竟然追不到她就算了？你又不是沒上過她的住所，為什麼不追到她家去？」

奈可受了這樣嚴厲的責罵，這次，並沒有反抗，反倒現出十分懊喪的神情來：「是的，是我不好。不過事後，在過了大約半小時，我估計她已經回家，曾撥電話到她家去，電話一直不通，這證明她已經安然到家了。」

奈可報案之後，破門而入的失蹤調查科探員宣稱，他進入雲子的住所之際，電話的聽筒，是放在電話座上的，並沒有離開電話座。

「我想她可能是最近有不如意的事情，所以情緒上才會如此激動，所以也沒有怎麼放在心上。」奈可解釋著：「此後，每天我都打電話去，電話都不通，到了第三天，我覺得情形不對，就上門去找，拍門沒有人應，我才著急起來，連忙報警，當時，我只以為……以為……」

奈可遲疑著沒有講下去，健一道：「你以為什麼？以為她自殺了？」

奈可點頭道：「是，我以為她自殺了，心中很害怕。」

三天電話打不通，如果當晚雲子在酒吧發出驚呼之後，回家，打電話，然後匆忙離家，那麼這個電話就十分重要。

這樣的匆忙，是不是和她在酒吧高叫「太可怕了」有關係呢？

健一冷笑一聲，問道：「你為什麼以為她會自殺？是不是和你說過，她情緒最近很不穩定有關？雲子的情緒，為什麼會不穩定？」

健一的問題十分尖銳，但奈可也一副問心無愧的樣子：「我想是男女之間的事。她已經有將近半年沒有演唱，可是生活得還是很好，最近，甚至更換了一架較大的紅外線遙控的彩色電視機。」

我皺著眉：「你沒有問雲子她的經濟來源？」

健一向我冷冷地道：「他這種人，怎會問？他明知雲子的經濟來源。像雲子這樣的女人，不工作而能維持生活，除了當情婦之外，難道是賭博贏了彩金？他這種人不會問，最好雲子有人供養，那麼他就可以不斷向雲子借錢！」

健一的話中，對奈可的那種鄙夷之極的語氣，令得奈可的臉，變得血紅，而且緊緊地捏住了拳頭。

可是健一還是不肯放過奈可，他斜著眼，向奈可望去：「我說得對不對，奈可先生！」

他拖長了聲音叫出「奈可先生」，語氣之中，沒有絲毫敬意在內。

奈可顯然已經到了可以忍受的極限，他大吼一聲，一躍向前，一拳向健一打去。我立時伸手，抓住了奈可打出的那一拳：「奈可先生，毆打警方人員，罪名不輕！」

奈可氣得不住喘著氣，我轉向健一道：「你這樣有什麼好處？奈可先生正在幫助我們，提供雲子的資料！」

健一呆了半晌，才道：「對不起！」

他在說「對不起」的時候，既不是望著我，又不是望著奈可，也不知道他是在向什麼人道歉。

奈可的神態平靜了下來，我道：「雲子被人收養了當情婦，這件事，你一點也不知道？」

奈可苦笑了一下：「怎麼會一點不知道？猜也猜到了！正如他……健一先生說，像雲子這樣的少女，不工作而可維持舒適的生活，除了受有錢人的供養之外，還有什麼路可走？我過了多年夜生活，這種情形，實在看得太多了！」

我也感到了奈可話中苦澀的意味，不由自主嘆了一聲，大都市中，這種情形，實在是太多了，多到寫不完。

奈可又道：「我曾經問過雲子，她支吾其詞，一點也不肯說，我也曾調查過，可是卻查不出什麼來。」

奈可講到這裏，忽然反問了一句：「請問，供養雲子的是誰？」

健一道：「是一個叫板垣一郎的企業家。」

奈可陡地伸手，在大腿上重重拍了一下，道：「那就簡單了，一定是板垣這個傢伙，秘密帶著雲子去旅行了！」

健一瞪了奈可一眼：「板垣一郎已經被人槍殺了！」

奈可震動了一下，張大了口，半晌出不了聲，才道：「那……是什麼時候的事？」

健一道：「算起來，是雲子在酒吧中高叫的第二天！」

奈可的口張得更大：「那……那麼，是不是雲子——」

健一揮著手：「當然雲子不是兇手，殺板垣的，是一個第一流的職業殺手，雲子也請不起這樣的殺手！」

奈可這傢伙，居然不是全無腦筋的人，他立時道：「不論怎樣，板垣的死，和雲子一定有關係。雲子那晚在酒吧中，發出如此可怕的叫聲，只怕也和板垣的死有關！」

健一和我互望了一眼，奈可的話，正是我們心中所想的話。

可是，雲子究竟遇到了什麼可怕的事，才會發出這樣可怕的叫聲？這個問題，只有雲子一個人可以回答，而雲子卻失蹤了！

我提醒健一：「那一天晚上，雲子和板垣兩人，是不是有幽會？」

健一取出一本小本子來，翻著：「沒有，這一天晚上，板垣和他的妻子一起去參加一個宴會，宴會的地點是——等，等一等，等一等——」

健一像是忽然想到了什麼似的，但隨即又揮了揮手：「我想這是無關重要的，那天晚上的宴會地點，和板垣的家隔得相當遠，要經過他們幽會的那個地方！」

我攤手道：「板垣的膽子再大，也不敢有妻子在旁，停車到幽會地方去的！」

健一笑了起來：「那當然不敢，不過在車子經過的時候，抬頭向幽會的場所看上一眼，只怕免不了！」

我不經意地道：「看上一眼又怎麼樣？那和以後發生的事，一點關係也沒有！」

健一點頭，同意我的說法。

板垣一郎在走出辦公室的時候，心情並不愉快。

板垣的不愉快，來自雲子，他們有一個秘密的約會地點，昨天晚上，板垣在十一時左右，經過那地點，看到窗簾之後，有燈光透出來。

那地方不應該有人！因為他和雲子今晚並沒有約會！

板垣當時，在經過幽會地點之際，偷偷望上一眼，這是我和健一的推測，而且我們相信，這個推測是事實。

每一個男人，都會這樣做。但是我和健一兩人，卻也一致認為，板垣的這一個動作，和以後發生的事，不會有什麼關係，我們幾乎立即就忘記了這件事。

當然，在相當時日之後，當謎底一層一層被揭開的時候，我們都明白了板垣當時，懷著秘密心情的那一望，實在關係是相當重大！

健一道：「雲子那晚，單獨在家，她進酒吧的時間，是十一時三十分左右？」

奈可道：「是的。」

健一又道：「好，那可以假定，雲子一個人在家裏，遇到了一件相當可怕的事情，所以離開了家，到酒吧去——」

健一講到這裏，奈可就道：「不對！」

健一怒道：「什麼不對？」

奈可道：「雲子的住所，離酒吧相當遠，她要是遇到了什麼可怕的事，應該在離家之後，到那個警崗去求助，你們看，就在街角，有一個警崗！」

奈可指向窗子。我向外望去，果然看到街角就有一個警崗。奈可的分析很有道理，如果雲子是在這裏遇到了可怕的事情，那麼，她應該立即到警崗去求助，而不會老遠跑到酒吧去高叫的。

健一雖然有點不願意的神情，但是看來，他也接受了奈可的解釋。

健一問道：「你那家酒吧，在什麼地方？」

奈可說出了一個地名，即使是對東京不很熟悉的我，也不禁「啊」的一聲叫了出來。那酒吧，就在雲子和板垣幽會場所的附近！

健一顯然也立時想到了這一點，因為他一聽之下，也怔了怔，立時向我望了過來，我們兩人一起伸出手來，指向對方：「雲子是在——」

健一揮著手：「不對，那天板垣不在，雲子一個人去幹甚麼？」

我道：「雲子可能一個人在家，覺得苦悶，所以到那地方去，可是卻在那地方遇到了可怕的事！」

健一仍搖著頭：「也不對，那地方是她幽會的地點，她去了不知多少次了，有什麼可怕的事會發生？」

我道：「別忘了那地方有一間怪房間！」

我和健一這幾句對白，奈可當然不會明白，所以他只是充滿了疑惑，望著我們。

健一喃喃地道：「嗯，那怪房間。」

我道：「盡一切力量去找雲子，我們無法猜測雲子究竟遇到了什麼可怕的事，除非找到了她，由她自己說！」

健一忽然向我望來，目光古怪，欲言又止，終於道：「雲子……雲子她是不是也在那間怪房間中，看到了她自己？」

我震動了一下。我一直不願意再提起我在那怪房間中看到了「我自己」這件事。因為這件事，根本無法解釋。而每次我提起時，健一也總是抱著懷疑和不信任的態度。有幾次，甚至明顯地有著嘲弄的意味。所以，在可以有合理的解釋之前，我不願再提起。

可是這時，健一卻提了出來！

健一不但提了出來，而且他的態度十分認真，一點也不像是在調侃我！

我呆了片刻，才道：「誰知道，或許是！」

健一伸手撫著臉，聲音很疲倦：「可是，離開酒吧後，她上了哪裏去了呢？」

第七部：書房中的哭聲和陌生人的電話

雲子在離開了酒吧之後，立即登上了一輛計程車，向司機說出了她住所的地址，車子迅速向前駛著。

雲子在車子疾駛期間，心一直在劇烈地跳動著。當晚所發生的事，對她來說，簡直就如同是一個可怕之極的噩夢。

事情開始沒有什麼特別。當天下午三時，她如常在家，電視節目很沉悶，她關掉了電視，放了一張唱片，雲子愈聽愈難過，她本來也可以唱得那樣好，但是現在可不能了。沒有人知道她為什麼突然不再演唱的原因，只有她一個人知道。

她失聲了！

聲帶的輕微破裂，使她完全唱不出高音來，她的歌唱生涯完了！恰好在這時候，她認識了板垣。板垣是一個成功的商人，風度好，手段豪闊，一直在追求她。可是雲子從來也沒有半分愛意在板垣的身上。不過，不能再唱歌了，在這個大城市中，她能做什麼？她為了生活，只好做板垣的情婦，沒有第二個選擇。

當板垣以為自己成功地將雲子帶上床之際，是雲子最傷心的一刻，板垣得意的笑聲，在她聽來，像是魔鬼的呼叫，但是她還是要不斷地和著板垣的笑聲，使板垣覺得他的錢花得並不冤枉，使板垣可以長期供養她。

每次和板垣幽會回來，雲子都要花一小時以上來洗澡，想洗去板垣留下來的羞辱。她是在出賣自己的身體，雲子很清楚地知道這一點。然而，她卻也沒有什麼可以怨恨的，為了生活，她必須如此。

關掉了唱機之後，板垣的電話來了。板垣的電話一直很簡單，不是「今晚七時在那裏等我」，就是「今天我沒空，明天再通電話」。

雲子的生活，也就決定於板垣的電話。板垣約她，她就要開始裝扮，準時赴約，板垣不約她，她就可以有別的活動。

那天下午三時過後，板垣的電話是：「今晚我沒有空，明天再打電話給你。」

雲子放下了電話，怔呆了半晌，懶洋洋地站起身，倒了半杯酒，一口喝乾。自從她知道自己不能再唱歌以來，她開始喝酒。灼熱的酒在血液中奔流，可以使她有一種膨脹的、塞滿四周圍空間的安全感。

她旋轉著酒杯，還想倒第二杯，可是結果卻放下了酒杯，她該做什麼呢？至少，可以為自己弄一些可口的食物，雖然實際上她什麼也不想吃。

那一天下午，接下來的時間是怎麼過去的，雲子也想不起來了。太平凡刻板的生活，會使人的記憶力衰退，雲子做了些什麼？無非是整理房間，抹著早已乾淨之極的傢俬。在廚房裏，小心而又緩慢地將蔬菜切成細小的一塊一塊。就在天色將黑下來時，電話突然又響了起來。

雲子從廚房中出來，在圍裙上抹乾手，拿起了電話。

當時她在想：或許是板垣忽然改變了主意，這種情形以前也發生過，那樣的話，她就該快點妝扮自己。所以，她一面拿起電話來，一面側著頭，向鏡子中望了一下。

就在這時，她聽到了一個陌生的男人聲音，自電話中傳出來，聲音很低沉，聽來充滿了磁性，很動人，容易令女人想入非非。可是那是一個陌生的聲音。

那聲音道：「請大良雲子小姐。」

雲子略怔了一怔：「我就是。」

那陌生的聲音道：「明天是不是一切仍照計劃進行？通常，我會給一個最後考慮的機會，如果改變，請現在就告訴我。」

陌生聲音的語氣很有力，充滿著自信。話講得很快，但是吐字清晰，雲子可以聽得清清楚楚。

然而雲子卻聽得莫名其妙，她呆了一呆：「你說什麼？我不明白！」

陌生聲音笑了幾下，說道：「我明白了，一切照原定計劃進行。」

雲子忙道：「什麼——」

她本來是想說：「什麼原定計劃」的，可是才說了「什麼」，那陌生人的聲音就打斷了她的話頭道：「你放心，我絕對不會失手，明天中午就有結果，如果你不離家，可以留意電視或收音機上的新聞報告！」

雲子仍然是莫名其妙，她說道：「對不起，先生，你打錯電話了？」

那陌生聲音有點嘲弄似地笑起來：「好，我明白，我不再說下去，對不起，打擾你了！」

雲子還想說什麼，可是對方已經掛上了電話。電話裏變得一點聲音也沒有。雲子並沒有立時放下電話。她的反應正常，通常，在接到了一個如此突兀的電話之後，總會發上一陣子呆。

雲子握著電話聽筒，發了一陣呆。她在那短暫的幾分鐘之內，將那陌生聲音在電話中所講的話，從頭至尾，想了一遍，可是全然想不起對方所說的那番話是什麼意思。她假設對方是打錯了電話，但對方又清清楚楚地叫出了「大良雲子」的名字。

雲子終於放下了電話，又回到了廚房，她被那個電話弄得有點心神不屬，在切菜的時候，甚至切破了手指。

雲子將手指放在口中吮吸著，心中發著驚，忽然她想見一見板垣。

她和板垣之間雖然沒有感情，儘管板垣說過好多次愛她，雲子在當時也裝出柔情萬種的樣子，但是在內心深處，她始終感到她和板垣之間的關係，是買賣關係。板垣花了錢，在她青春美麗的肉體上，得到性的滿足，得到一種虛幻的、重新戀愛的感覺。而她，在獻出自己身體之後，得到了板垣的金錢。

這種關係能夠維持多久，雲子自己也不知道。但是經過長時間的來往之後，板垣成了雲子的一種依靠，如果不是有這種關係存在的話，雲子也可能愛上板垣。

雲子突然想見板垣，告訴他，有一個怪電話令得她困擾，是不是他們之間的關係已經被人知道了？

雲子心不在焉地吞下晚飯，好幾次拿起電話來，又放下。

板垣為了要維持關係的秘密，絕對禁止雲子打電話到他家裏或是辦公室去。所以雲子遵守著板垣的吩咐。

到了將近十時，雲子實在耐不住寂寞，她離開了家。

雲子離家之初，沒有一定的目的地，只是想在街上逛逛，排遣一下寂寞和心中的困擾，她漫無目的地走著，搭著車，可是在四十分鐘之後，她發現自己已經自然而然地來到幽會的地點附近。

「既然來到了，就上去坐坐吧，或許板垣會在，當然，那要有奇蹟才行。」雲子心中想：「反正鑰匙一直在身邊。」

所以，雲子就逕自走向那幢大廈，在快要到大廈的時候，她用手撥著頭髮，改變了一下髮型，又戴上太陽眼鏡，豎起了衣領。每次她總是這樣子，好不被人認出來。

走進大堂，管理員照例向她打一個招呼，雲子也照例只是生硬地點一下頭，像是逃走一樣地進了升降機，直到升降機開始向上昇，她才鬆了一口氣，感到自己安全了。

升降機停下，她走出來，取了鑰匙，打開了那居住單位的門，著亮了燈。沒有人，那是意料中的事，雲子在一張沙發上坐下來，手撐著頭，心中很亂。她打量著四周圍，這裏的一切比她的住所華麗舒服得多，可是在雲子看來，卻有一種不真實的、虛幻的感覺。華麗的陳設，只不過是板垣享樂的陪襯。

雲子一想到這一點，就站了起來，想離開這地方。也就在她一站起來之際，她忽然聽到，在書房的門後，傳來一種十分奇異的聲音。那種聲音，接近一個人的哭泣聲。可是雲子從來也未曾聽到過如此哀傷、悲切的哭泣聲，那種哭泣聲，聽來令人心向下沉，沉向無底深淵，遍體生寒！才一傳入雲子耳中之際，聽來還十分模糊，但是卻漸漸清晰起來。雲子可以肯定，在書房之中，有一個人在哭，好像是女人，正在傷心欲絕地哭著。

一則是那種哭聲聽來如此悲切，二來，這地方應該沒有人，忽然有哭聲傳來，令雲子感到害怕，所以雲子僵立在原地，不知如何是好。

書房中怎麼會有人呢？雲子的思緒十分混亂。

她一面吞嚥著口水，一面想起這間書房，板垣對她似乎隱瞞著什麼，自始至終，都給她一種神秘之感。

「太華麗了！」雲子在板垣第一次帶她到這裏來的時候，讚嘆地說。

從鄉下地方來，在東京這個大都市中，又一直未曾真正得意過的雲子，真心真意這樣讚嘆。

板垣用十分滿足的神情望著雲子：「喜歡？這裏，以後就屬於我們，是我們兩個人的天地！」

雲子在板垣的臉上輕吻了一下，又道：「有兩間房間呢。」

板垣一伸手，將雲子拉了過來，摟在懷中，在一個長吻之後，板垣將雲子抱了起來，走向一扇門，打開門，那是一間極其舒服的臥室，板垣一直將雲子抱到床前，放下來。

雲子知道板垣需要什麼，她也完全順從板垣的意思。

在他們快要離開之際，雲子指著另一扇門道：「那一間房間是——」

「是書房。」板垣一面整理著領帶，一面走過去，將另一扇門打開來，雲子跟過去看了一下，是一間陳設比較簡單的書房，有書桌、有書架，和一張長沙發。

在雲子走近板垣的時候，板垣又趁機摟住了她，在她的耳際低聲道：「下次，我們或者可以試試在沙發上——」

雲子不等板垣講完，就嬌笑著推開了他，後退著。她看到板垣關上了書房的門。

這是雲子第一次看到這間書房，也是雲子唯一看到這間書房的一次。和板垣幽會，板垣由於時間倉促，每次一到，總是立刻和雲子進臥房，然後又叫雲子先走，他才離去。

雲子根本沒有機會打開書房的門看看。事實上，也沒有這個需要。板垣所要的，其實只不過是一張床。

只有在記不清哪一次，是離第一次到這裏來之後沒多久的事，雲子偶然問起：「書房，也應該整理一下吧！」

雲子記得，她說這句話的時候，人在客廳，板垣還在臥室中，雲子一面說著，一面已走向書房的門，握住了門柄，要去開門。那時，板垣突然從臥室衝了出來。

板垣真是「衝」出來的，雲子從來也未曾看到過板垣的動作急成這樣子，他當時的神情，甚至驚恐慌張，以致令得雲子轉過頭來，呆望著他。

板垣衝得太急，幾乎跌了一跤，但是他不等站穩身子，就叫道：「別理它！」

雲子忙縮回手，她已經習慣了聽從板垣的一切吩咐，板垣喘了一口氣，站定了身子：「書房一直空著，讓它空著好了，不必理會它！」

雲子連聲答應著。

板垣的神情，像是想解釋什麼，但是他卻終於沒有說什麼。

這一次，接下來的事，和平常並沒有什麼分別。

又是記不清在什麼時候發生的事。他們幽會，板垣總先到，在等雲子，雲子來得很準時。那一次，雲子開門進來，板垣還沒有到。

板垣在那一次，遲了三分鐘。

在板垣還沒有來到之前，雲子也沒有做什麼事，她在廳中坐了一會兒，忽然好奇心起，想進書房去看看，因為板垣上次那種情急敗壞的情形給她的印象很深刻。

她來到書房的門前，握住了門柄，可是轉不動，門鎖著。她後退了一步，打量著書房的門，還未有進一步的行動之際，板垣已經開門進來了！

「交通太擠，遲到了，真對不起！」板垣一面逕自向她走來，一面說。

雲子也記起她自己的身分，和這時應該扮演什麼角色，念什麼台詞，她幽幽地道：「我還以為你不來了，再也看不到你了！」

板垣抱住了雲子，連聲道：「怎麼會？怎麼會？」

只有三次，雲子和書房有過聯繫。對她來說，在這個居住單位之中，書房是一個很陌生的地方。可是就在這個陌生的地方，卻傳出了女人的哭泣聲！

雲子不住地吞嚥著口水，她的第一個反應是：板垣另外有一個情婦在這裏！板垣利用了一個地方和兩個情婦幽會。

雲子立時否定了這個想法，因為板垣不像是有這麼多空閒時間的人。

那麼，在書房中哭泣的女人是什麼人呢？

在驚呆了足有十餘分鐘之後，雲子鼓起了勇氣，大聲道：「請問，是誰在這裏面？」

她連問了兩聲，沒有回答，哭泣聲也仍然在繼續著。雲子的膽子大了一些。一個哭泣中的女人，不會傷害別人，她想。所以她有了足夠的勇氣，走近書房門，在門上輕輕敲了兩下，又道：「請問，誰在裏面？」

書房中的哭泣聲停止了，變成了一個哭泣之後的啜泣聲，雲子再敲門，又問了一遍，聽得門內有了一個抽搐的、回答的聲音：「是我！」

雲子的好奇，到達了極點，她問道：「你是誰？為什麼會在這裏？為什麼要哭？」

她問了一連串的問題之後，並得不到回答，她道：「請你打開門。」

當雲子在這樣說的時候，她已試過握著門柄，想推門進去，可是門柄卻轉不動。而當她要房中的女人打開門之後，過了沒多久，門就打了開來。

雲子十分驚訝，因為門在她意料之外的那個方向打開來。門一打開，她就看到了門後的那個女人，也就是打開門來的那個女人，當然也就是躲在書房中哭泣的那個女人！

雲子才向那女人看了一眼，就整個人都呆住了。

那女人就算生得再難看，再恐怖，雲子的驚駭也不會如此之甚！事實上，那女人一點也不難看，十分美麗，有著大而靈活的眼睛，尖尖的下顎。雖然淚流滿面，神情極其哀痛無依，但一樣十分動人。這個女人，雲子再熟悉也沒有，那就是她自己！

任何人，當看到了自己之際，都不會吃驚，但是也決不是在這樣的情形之下！在這樣的情形之下看到了自己，任何人都會吃驚！

「看到自己」，會吃驚，連我，衛斯理都不能例外。當我自牆洞中望進去，看到了自己之際，連頸骨都為之僵硬。

雲子不記得自己是怎麼逃走的了，當她和她四目交投，她看到了自己的雙眼之中，有深切無比的悲哀，她就轉過身，衝向門口。

她在門口撞了一下，然後才打開門奔出去。她甚至來不及等升降機，從樓梯上一直奔下去，所以她由另一個通道離開了那幢大廈，沒有經過大堂，也沒有遇到管理員。她直奔到酒吧，要了一大杯酒，由奈可扶著她到了一個角落。直到這時，她才定下神來，發出一下驚呼聲。

雲子自己也料不到自己的這一下驚呼是這樣尖厲，事實上，她這樣叫，是因為她的心中感到真正可怕。

一個照面，只不過幾秒鐘，然而她自己的那種哀切，那種悲痛，那種無依，那種絕望的眼神，都深印進了她的腦子，她可以毫無疑問地肯定，那是她自己，這種眼神，正是她想也不敢想的許多事交織而成。她平時不敢想，做了商人的情婦，一個三流失聲歌星將來會怎樣，可是「她自己」卻分明一直在想，所以才會有這樣的神情。

她平時將這些事埋在心底，不去碰它們，所以在鏡子中看來，她青春、美麗、動人，在男人的懷中，會令任何男人怦然心動，但實際上，她應該悲哀，應該絕望。她終於看到了這一面，在她自己的眼神中看到，在她自己的哭聲中聽到。

雲子之所以發出尖叫聲，是因為她覺得實在非叫不可！她叫了一聲之後，反倒鎮定了下來，看看四周圍驚愕無比的各色人等，她匆匆地道了歉，奔出酒吧去。她上了計程車，向回家的途中駛去。

她到了家，進門第一件事，就是拿起電話來，她一定要告訴板垣，在他們的幽會場所，她遇到了這樣的一件怪事。

電話通了之後，她故意將自己的聲音變得很低沉：「請板垣先生。」

對方的回答是：「對不起，板垣先生和夫人去參加宴會，還沒有回來。」

這時候，板垣經過幽會場所，看到有燈光透出來。

這時候，奈可算定了雲子應該回家，打電話給她，但由於雲子正在使用電話，所以電話沒有打通。

雲子一聽說板垣還沒有回家，立刻放下了電話。才一放下電話，鈴聲突然響起，雲子嚇了一跳，忙又拿起電話。

電話中傳來的，又是那個陌生的聲音：「怎麼一回事？是不是有了什麼意外，要不要改變你的計畫？」

雲子的手在不住發抖，又是那個陌生的聲音！要不是因為這個陌生的聲音令得她心煩意亂，她不會到那幽會的場所去，不去，也就不會看到她自己。

雲子一聲都沒出，重重放下了電話，不由自主喘著氣，轉過臉來，身後就是鏡子。雲子連忙偏過頭去，她沒有勇氣向鏡子望，生怕鏡子中的她自己，又是這樣絕望無依。

她不知道該怎樣才好，她只想到要離開，離開這裏，離開東京，她拉出了一只皮箱，匆匆收拾著衣服，合上箱蓋，就離開了住所。

這時候，板垣已經回到了家裏，趁他妻子不注意時，打電話給雲子，但雲子已經離開了她的住所。

雲子搭上了一班夜車，她使自己的身子盡量蜷縮，戴著黑眼鏡，沒有勇氣看同車的任何搭客，唯恐又看到她自己。

列車到了靜岡，她沒有離開車站，又買了車票，毫無目的地向前去。到了第二天晚上，她住進了一家小旅店，這家小旅店，在她從來也沒有到過的一個小地方。在這家小旅店的房間中，雲子才鬆了一口氣。過去的十多個小時，她簡直就是在逃亡，究竟在逃避什麼，雲子自己也說不上來，她是在逃避自己？自從看到了她自己之後，她心中有說不出來的恐懼，不進行這樣的逃避，她的精神非崩潰不可。

她靜了下來，喝了一杯熱茶之後，順手打開了房間中的電視機。在打開電視機半小時之後，她在新聞報告中，聽到了「東京一個成功商人板垣被神秘槍殺」

的新聞。

雲子呆在電視機之前，身子不住發抖。板垣死了！被人槍殺，中午發生的事，這是怎麼一回事？是板垣的妻子發現了板垣有外遇，所以才會發生這樣的事？板垣死了，自己以後應該怎麼辦？

雲子沒有法子想下去，她只是呆呆地站著，直到電視機的畫面變成了一片空白。雲子慢慢轉過身來。

「我應該回東京去！」雲子想：「板垣死了，警方一定會展開調查，一定在找我？我和板垣的事，是不是另外有人知道？」

雲子想了很久，仍然未作出決定，而天已經亮了。雲子又匆匆離開了這個小地方，繼續她的「逃亡」。她從一個地方到另一方地方，一直到警方將她的第一次繪圖，在所有電視上播出來。她立刻換了打扮，但是她的身分終於被揭露，當她的真實照片在電視上播出來之後，她下了決心，回東京去。

雲子提著衣箱，神情疲憊不堪地在東京車站下車，準備走出車站之際，忽然感到有一個身形高大的男人，來到了她的身邊。

雲子本能地站定身子，向來到了她身邊的男人看去。那是一個高大、英俊、黝黑的年輕男人，大約三十出頭，衣著得體、高貴，有著一股說不出來的男性魅力。

而這個陌生男人，正在凝視著她。

雲子心想，這是警方人員？倒比電視片集中的「神探」還要好看，她苦笑了一下：「我回來了，我不知道，一點也不知道！」

那男人揚了揚眉：「雲子小姐，我本來不應該再多事——」

那男人才講了一半話，雲子陡地一震，手一鬆，手中的衣箱，落到了地上。她心中真的吃驚。那聲音，就是兩次電話中的那個陌生人的聲音！

雲子張大了口，那男人已經有禮貌地彎身，提起了衣箱：「我想我們應該談一談，全東京的警員都在找你！」

雲子問道：「你不是警員？」

那男人笑了起來：「真想不到你還有心情開玩笑，為了你，為了我，我們都應該好好談一談！」

雲子心中疑惑之極，有點不知所措：「你……先生，你和我之間，有什麼聯繫？」

那男人皺了皺眉，像是聽到了一個他絕不欣賞的笑話。接著便一伸手，不由分說，抓住了雲子的手臂，帶著雲子向前走去，出了車站，上了計程車，在車中，雲子幾次想說話，但都被那男人示意制止。

由於那男人的外型討人喜歡，雖然他的行動不合情理，雲子心中倒也沒有什麼害怕，她只是極度的疑惑。

計程車停下，那男人又拉著雲子進入了一條小巷，在那條小巷中，那男人將雲子的衣箱，用力抛了開去。

雲子吃驚道：「我的衣服！」

那男人不理會，拉著雲子，穿過小巷，又上了另一輛計程車，同樣不讓雲子有講話的機會。

雲子只好暗自思量：他是什麼人？他要將我帶到什麼地方去？

第八部：來自印度的古老故事

雲子的衣箱在小巷中被發現之後，沒有多久，就送到了健一的辦公室，奈可立即被召來，只向打開了的衣箱望了一眼，就肯定地道：「是雲子的，箱子、衣服，全是雲子的！」

我和健一互望一眼，奈可的話極肯定，不應對他的話有懷疑。

奈可又說道：「原來雲子一直在東京！」

健一悶哼了一聲：「別自作聰明，雲子一定是在全國各地逃避，最近才回東京！」

奈可眨著眼，對於健一的判斷十分不服氣，我同意健一的判斷：「是的，她最近才回東京來，你看衣箱中的衣服，有幾件較厚的反而在上面，顯然是她最近穿過，而且她曾到過北方！」

在我說話的時候，健一已將每一件衣服取起來，摸著袋子，取出了一點看來無關緊要的東西，如一些收據、一些票根之類，從這些物件的日期上，可以看出雲子這些日子來，到處在流浪。

但是，她終於又回到東京來了！她早已知道板垣的死，也應該早已知道警方正傾全力在找她，如果她回東京來，應該直接和警方聯絡，為什麼她的衣箱會被拋棄在一條小巷子之中？

我一想到這一點，立時道：「雲子可能有了意外！」

健一皺著眉，就在這時候，伏在他肩上的那隻白色小眼鏡猴，忽然聳身一跳，跳進了衣箱之中，拉過了幾件衣服，堆在衣箱的一角，身子縮在這幾件衣服之中，眼珠轉動，看來像是對這個新窩，十分滿意。

健一叱道：「快出來！」

他一面叱著，一面做著手勢。由於這幾天來，我一直和健一在一起，而健一又一直和這頭小眼鏡猴在一起，所以我可以知道，那眼鏡猴完全可以聽懂健一的話。在我的經驗之中，健一要牠做什麼，牠不會反抗。

但這次，眼鏡猴卻仍然伏著不動，健一有點惱怒，再大聲叱喝，眼鏡猴一面「吱吱」叫著，一面還露出了牙齒來，像是想反噬健一。

這頭可愛的白色小眼鏡猴，忽然露出了這樣的凶相，我倒是第一次看到。健一對牠的態度，本來一直相當溫柔，但這時或許是由於心情煩躁，所以態度也變得粗暴了起來，兩次叱喝牠離開不果，陡地伸手去抓那小眼鏡猴，想把牠抓起來。

健一的手才伸出去，我已經看到那小眼鏡猴的凶態不尋常！雖然健一和牠之間，堪稱毫無隔閡，但即使是人與人之間，有時再親熱的關係，也難免會發生衝突，何況是人與猴！

所以，我立時叫道：「健一，小心！」

可是我的警告，已經遲了一步，健一的手才伸出去，小眼鏡猴白牙森森，陡地張大口，向健一的手掌咬來。健一連忙縮手，在掌緣上，已被咬了一下，健一十分惱怒，順手一揮，一掌向牠打去，小眼鏡猴的身手極其敏捷，立即一躍而起，自衣箱之中，跳到了桌上，從桌上再一躍，已向著窗外，直跳了出去。

健一看到這等情形，也顧不得手掌的邊緣幾個深深的牙印正在冒血，立時也向窗子奔過去，一面口中發出一連串怪叫的聲音來。

我自然聽不懂健一所發出的那一連串古怪聲音是什麼意思，或許是叫眼鏡猴回來，也或許是在道歉。反正這種聲音，只有猴子才聽得懂。這時，小眼鏡猴已跳上了窗子，聽到了健一發出的聲音，轉過頭來，神情有點猶豫。看來像是決不定應該跳出去，還是跳回來。

就在這時，窗外突然傳來了一下尖銳的、十分怪異難以形容的聲音。像是哨子聲，又不像哨子聲。

那下聲音才一傳來，小眼鏡猴便下定了決心，聳身向窗外跳了出去。

健一辦公室的窗子，下臨著一條小巷，這時，我也已經開始向窗子移動身子。一看到小眼鏡猴跳向外，我手撐在一張桌上，越過了那張桌子，已經來到了窗前。

其時，恰好是小眼鏡猴向外跳去之際，所以我可以看到，在那巷子中，站著一個人，一個身形高大、面目黝黑的印度人，正仰著頭向上望來，手中拿著一件奇形怪狀的東西，看樣子正待向口中湊去，而小眼鏡猴已直跳了下去，那印度人口中發出了一下低沉的歡呼聲，去迎接小眼鏡猴。

健一的辦公室在三樓，那印度人可能由於心情緊張，也可能由於怕小眼鏡猴跌傷，所以雙手向上迎去之際，他手中的那件奇形怪狀的東西，便落到了地上。

一切事情，全在同一時間發生。印度人跌落了手中奇形怪狀的東西，小眼鏡猴躍下，也被他雙手接住。

印度人一接住了眼鏡猴，立時轉身，向巷子的一端奔出去，我大叫道：「攔住他！攔住這印度人！」

在巷口，有幾個路人經過，也一定聽到了我的叫聲，其中一個身形相當健碩的青年，也試圖照我的話去做。可是他才一攔在那印度人的身前，就被印度人向前奔馳的勢子，一下子撞了開去。

健一這時，也已來到了窗前，他看到的情形可能沒有我多，但至少也看到那印度人抱著小眼鏡猴，直奔出巷子去。

健一大叫一聲，轉身向外便奔，我跟在他的後面，衝出了辦公室，奔下樓梯，繞過了建築物，來到了那條巷子之中。

雖然我和健一都以極高的速度移動著自己的身體，但是等我們來到那巷子中時，至少已是兩分鐘之後的事。兩分鐘，足可以使那個印度人消失無蹤了！

來到了巷子之中，健一繼續向前奔，奔向巷子的出口——那印度人奔出的方向，我則停了下來，在地上，拾起那印度人跌在地上的那件東西。

當我在三樓的窗口，向下看去，看到那印度人拿著這件東西之際，我實在不知道那是什麼玩意兒，所以只好稱之為「奇形怪狀的東西」。這時，我將這件東西拾了起來，仍然不知道它是什麼東西，仍然只好稱之為「奇形怪狀的東西」。

那奇形怪狀的東西，顯然由樹葉組成，約二十公分長，七公分寬，形狀像新月，大小如同一柄梳子，編成了口琴的形狀，編織的功夫相當粗，但很緊密，有幾個突起部分，是樹葉的葉柄部分，看不出有什麼作用。

整件東西是做什麼用的，相信不會有人一眼之下就回答得出來。不過我曾看到過印度人準備將之湊近口去，那東西無論如何不會是可口的食物，印度人不見得會想去吞食它。

我又想起曾聽到一下奇異的聲音自外面傳來，就是那一下聲音，導致小眼鏡猴下定決心，不聽健一口中所發出的古怪聲音的召喚，向外跳出去。用樹葉和草編成的東西，有時是可以吹出聲音來的。

我將那東西湊向口間，試著吹了一下，但是，卻沒有發出聲音來。

我還想再用力去吹時，健一已經又憤怒又懊惱地走了回來：「你在搗什麼鬼？」

我將手中那東西向他遞過去：「這是那印度人留下來的，這東西發出的聲音，使那頭小眼鏡猴不聽你的話，躍進了印度人的懷中！」

健一立時大怒，看他的神情，我講到的像是並非是一頭猴子，而是說及他的情人或妻子離開了他，而投入了印度人的懷抱。他甚至脹紅了臉，額上的筋也現了出來，用極其憤怒的聲音說道：「我不懂你在胡說八道些什麼！」

我聳著肩：「正視事實吧，健一君，那印度人顯然比你更懂得如何逗引猴子！」

我實在不應該這樣說的，雖然我說的完全是事實。

健一不等我說完，就大叫了一聲（聲音完全和猴子叫一樣），一拳向我揮了過來。我完全未曾料到健一會出手打人，「砰」的一聲，一拳正中左頰。

任何人，突然之間中了一拳，最自然的反應就是還手，我也不例外，立時一拳還擊，打中了健一的左胸，我的一拳，力道比他那拳重，健一又大叫了一聲（這次叫聲像人，不像是猴子），向下倒去。

巷子兩頭，都有人奔了過來，來看熱鬧。

我捂著左頰，健一撫著左胸，當我們兩人互望之際，相視苦笑。健一道：「萬分對不起，我太衝動了！」

我苦笑了一下，日本人就是這樣子，健一和那開鎖專家並無不同，他們都致力於維持自己專長的尊嚴，為了這種勞什子的尊嚴，他們寧願做出許多愚蠢的行為。

我放下了手：「算了吧，快設法去找那印度人，他是整件怪異的事情中，最關鍵性的人物！」

健一對我的話，像是無動於衷：「雲子才重要！」

我道：「雲子也重要，可是你必須分一半人力出來，去找那印度人！」

健一勉強同意，點了點頭，我看出他不是很熱心：「這樣好不好？找印度人的責任交給我！」

健一立時欣然同意：「我們還是可以每天見面，一有了雲子的消息，你也立刻可以知道的！」

我沒有再說什麼，健一向我伸出手來，我和他握了一下手，表示剛才的行動，純屬誤會，然後，我就開始行動。第一步，是先要弄清楚那奇形怪狀的東西，究竟是什麼。

那東西用樹葉編成，數了數葉柄，一共有七張葉子，在編織過程中，曾將葉子切割，我沒有將它拆開，估計每一張葉子，約有十五公分長，十公分寬，呈橢圓形，葉邊有細密的鋸齒，葉身上，有著相當細密的白色茸毛。葉的正面是深綠色，看來像是有一層蠟質，背面的顏色較淺，在葉脈的生長處，呈現一種灰白色。

我形容得已經夠詳細了。我對於植物的認識，不算深刻，也不淺陋，但是我卻不知道這是什麼樹的樹葉。

我先去找參考書籍，沒有結果。於是，我去請教專家。

專家是一所大學的植物系主任。

專家畢竟是專家，有整櫥的參考書，還有許多標本，有五、六個年輕學生做他的助手，也有專家的派頭，當他初聽到我的來意，只不過是要他辨認一種樹葉是屬於什麼樹，專家的派頭就來了，頭半仰著，向上看，視線只有一小半落在我的臉上，以致我向他看去，只可以見到他一小半眼珠子。

一小半眼珠子，充滿了不屑的神色：「樹葉？是屬於什麼樹的？拿來！」我雙手恭恭敬敬地將那不知名物體奉上，專家以手指將之拈在手中，眼珠子還是一大半向上，將之湊到臉前，看了一看，「哼」的一聲：「這是奎寧樹的樹葉！」

他已經準備將那不知名的東西還給我了，我誠惶誠恐地道：「請你再鑒定一下，奎寧樹的葉，不會那麼大，也不應該有濃密的白毛！」

專家怔了怔，高揚的眼珠子落下了少許：「嗯，那麼是——」

他又說出了一種樹名，我再指出他的不對之處，他的眼珠又下落一分，一直到他連說了五種樹名，我將這五個說法全否定之後，專家總算平視著我了。

這時候，我的眼珠開始向上升：「我想還是查查參考書的好！」

專家和他的助手開始忙碌，我也沒有閒著，一厚冊一厚冊的書被翻閱著，一夾又一夾的標本，被取出來對照。

三小時之後，專家嘆了一口氣，眼珠子向下，不敢平視我：「對不起，世界上植物實在太多了，幾乎每天都有新的品種被發現，這種樹葉……」

他沒有講下去，因為花了那麼多時間，他無法說出這是什麼樹葉。

我告辭，專家送我到門口，倒真的講了幾句專家才能講出來的話。他道：「這種樹葉，我雖然不能肯定它屬於什麼樹，但可以肯定，一定是生長在原始密林的一種樹，這個密林，一定是熱帶，而且雨量極多，這是從樹葉上的特徵判斷的結論！」

我聽得他如此說，心中一動：「譬如說，印度南部的叢林？」

專家想了一想：「有可能。」

我吸了一口氣，沒有再說什麼，將那不知名的東西小心放好，離開。

我想到了印度南部的叢林，是由於一連串的聯想而得到的結果。首先，這不知名的東西，從一個印度人的手中跌下來。其次，這印度人用這東西，吹出一種怪異的聲音。這種怪異的聲音在我們聽來，只覺其怪異，並不覺得有什麼別的特殊的意義。

但是這種怪異的聲音，對來自印度南部叢林的眼鏡猴而言，卻一定有特殊的意義。因為眼鏡猴在和健一建立了深厚的友情之後，竟也禁不起這種聲音的引誘，而躍向印度人。

而健一又是天生具有與猴子作朋友的本領的人。

小眼鏡猴來自印度南部叢林。

那麼，這種樹葉，也有可能產自印度南部叢林。眼鏡猴聽到了發出來自家鄉的樹葉的聲音，就毅然捨健一而去了！

這樣的聯想，看起來很合邏輯。

根據我的聯想，那印度人既然有這樣的樹葉，他應該來自印度南部，至少應該到過印度南部。他弄了這樣一個樹葉編成的東西，目的如果是要誘捕白色小眼鏡猴的話，他要那小猴子，又有什麼用呢？不見得他是動物的愛好者。

白色小眼鏡猴是罕有動物，當然很值錢，任何有規模的動物園，至少都會以超過一萬美元的價格收買牠，但我卻一點也不覺得這件事中有金錢的成分。我只覺得神秘的成分籠罩了一切。

我的首要任務，是找到這個印度人。

要找這個印度人，健一和他的同僚，已經盡過很大的努力，沒有結果。但如今的情形，多少有點不同。要找一個印度人難，要找一個有一頭白色小眼鏡猴在一起的印度人，應該容易得多。

那個印度人既然曾在酒吧出現過，我就從酒吧開始。

當晚，我一家一家酒吧找過去，東京的大小各式酒吧之多，如果不是我想在酒吧中找人，只怕一輩子也想像不到。當時間已接近午夜，我至少已進出一百五十家以上的酒吧，向酒保和吧女打聽一個印度人，一點沒有結果。在到了第一百五十一家酒吧時，那老板娘很善良，她告訴我：「印度人？印度人很少到普通的酒吧來，他們自已有一個小酒吧，在一個相當冷僻的地方，你不妨到那裏去找找看。」

老板娘也不知道確切的地址，只告訴了我一個大概，我循址前往，到了附近，在一個喝醉了的印度人口中知道，那不算是酒吧，只不過是一個在日本的印度人經常聚會的地方，性質和私人俱樂部比較接近，當我推門而入之際，我發現自己置身一個相當大的客廳之中，不少印度人在地上盤腿而坐，一個鬚髮皆白的印度人坐在中央，在彈著印度的多弦琴。

多弦琴的琴聲極動人，圍聽的人一點聲音也沒有，我進去，雖然令得每一個人都以極訝異的目光望著我，但是也沒有人出聲。而且，當我以標準的印度人姿態坐下來之後，訝異的目光也漸漸消失。

有一個印度婦人，給了我一杯味道十分古怪的飲料，我叫不出這種飲料的名堂，看看其他的人全在喝這種飲料，想來不會是毒藥，也就放心飲用。

多弦琴的琴音在繼續著，有四個印度婦女，搬出許多支蠟燭來，點燃，燈光全熄，燭火在黑暗中閃著光，氣氛在剎那間，變得十分神秘，甚至有一點妖異。

然後，琴音突然停止，白髮白鬚的印度老人輕輕放下抱著的多弦琴：「古老的國度，有各種古老的故事……」

他的聲音很低沉、蒼老，有一股說不出來的吸引力，似乎他的聲音比多弦琴更吸引人，四周也更靜。

我不知道這位印度老人想講什麼，但是他的聲音是這麼迷人，而且開場白又是這樣地令人心醉，所以我也自然而然地保持著沉默，不想去打擾他。

印度老人講了兩句之後，突然向我望過來。在燭光的閃映下，他的眼珠看來呈現一種深灰色，極其深邃。當他向我望來之際，我不由自主，直了直身子。

印度老人望著我：「有陌生朋友在。我不知道陌生朋友為什麼而來，在這裏，陌生朋友除了故事之外，不能得到別的什麼。陌生朋友想聽什麼故事？」

我在事先一秒鐘，根本未曾想到要聽故事，自然更想不到要聽什麼故事。可是這時，我一聽得印度老人這樣問我，我立時衝口而出：「我想聽聽有關白色小眼鏡猴的故事！」

我的話一出口，其餘的印度人都以奇怪的眼光望著我，印度老人也呆了半晌，在片刻之間，只見他無目的地撥動多弦琴琴弦的「錚錚」一聲。

靜默維持了好一會兒，印度老人才嘆了一口氣：「想不到陌生朋友要聽這樣的故事！」

他一面望著我，目光更深邃，又道：「這個故事，其實最令人失望！」

我道：「不要緊，請說。」

老人又嘆了一聲，聲音陡然之間，變得很平淡，純粹是一個置身事外的講故事者。他道：「白色的眼鏡猴，是最罕見的一種靈異之猴，是靈異猴神派到世間來的代表，古老的傳說，傳了好幾千年，誰能得到白色的眼鏡猴，這種靈異之猴，就會給他帶來三個願望。」

我聽得心頭怦怦亂跳，「三個願望」，這和我所知道的一樣。但是看在座印度人的神情，他們看來全像是第一次聽到這樣的說法，現出十分驚訝、十分有興趣的神情。由此可知，這古老的傳說，也不是每一個人都知道的。

我吸了一口氣，使自己略為鎮定一點，老人繼續道：「所以，自古以來，不知多少人，想捉到、見到白色小眼鏡猴，可以給他帶來三個願望，可是到現在為止，只有一個人成功過，那個人，是一位王子，他可以實現三個願望，可是靈異猴神，在他說出三個願望之前，要他先看看自己——」

我聽到這裏，心跳陡地加劇，再也忍不住：「看看自己，那是什麼意思？」

我打斷了老人的敘述，不少人都向我望來，目光大都很惱怒，但是老人卻看來並不怪我，只是道：「是，問得很好，我只知道講故事，也不知道靈異猴神說的『先看看自己』是什麼意思，只知道故事後來的發展！」

老人向我望了一眼，像是在徵詢我對他的答覆是不是滿意。我苦笑了一下，攤了攤手，示意他說下去。

老人這才道：「王子答應了，看到了自己。」

老人先說靈異猴神，要故事中的王子「看看自己」，接著又說王子「看到了自己」，他的這種說法，在我的心中，造成了極大的震動，以致我要集中精神，才能繼續聽下去。

在我提出要知道白色眼鏡猴故事之際，我只不過想知道一下古老的傳說而已。

我再也想不到，出自印度老人口中的古老傳說，內容竟如此豐富，而且有「看到了自己」這樣的句子。

「看到了自己」，這樣的一句話，對別人來說，或許是聽過就算；就算要深究，也無法弄得懂真正的涵義。

但是，我卻是知道的！

因為，我曾看到過自己！

老人繼續道：「王子看到了自己之後，靈異猴神問他：『現在你的三個願望是什麼？』

「王子毫不考慮地答道：『第一個願望，我要快樂；第二個願望，我要快樂；第三個願望，我還是要快樂！』」

我吞了一口口水，沒有說什麼，老人繼續說道：「本來，靈異猴神既然答應了給人三個願望，就一定會實現，可是，靈異猴神聽了王子的這三個願望之後，卻嘆了一聲：『很抱歉，你的這三個願望，我一個也無法實現！』王子哀求道：

『為什麼！偉大的神，我的三個願望極簡單，只不過要快樂！』靈異猴神回答道：『簡單？這是最難達到的願望！不信，你從今日起，開始去環遊天下，只要你能夠遇見一個快樂的人，我就可以使你實現這三個願望！』」

老人講到這裏，停了一下，又伸手撥了幾下琴弦。

四周圍靜到了極點。

老人的聲音更平靜：「於是王子就開始旅行，一天又一天，一年又一年，他的足跡遍天下，等到幾十年之後，年輕的王子，已經變成了一個老人，他才又回到了靈異猴神的面前，靈異猴神問道：『你有沒有遇見過一個快樂的人？』王子道：『沒有。』靈異猴神嘆了一聲：『世上根本沒有快樂的人，所以我也無法實現你的願望。現在，我准你再重提三個願望，請說。』王子仍然毫不考慮地道：『我只要一個願望就夠了』！」

老人說到這裏，停了下來，緩緩地轉著頭，視線自每人的臉上掃過。

有幾個人口唇掀動著，顯然是想說話，但看來他們對這個老人十分尊重，所以並沒有出聲。老人的目光，最後停在我的臉上：「陌生朋友，故事完了！」

我呆了一呆：「完了？沒有啊！王子重提願望，他的願望是什麼？」

老人嘆了一聲：「陌生朋友，故事到這裏就完了，王子的最後願望是什麼，講故事的人照例不講，如果一定要追問，講故事的人會反問你：『如果你是王子，在經歷了數十年，在旅行了萬千里而未曾遇到一個快樂的人之後，你的願望是什麼呢？』」

我呆住了，出不得聲。

照故事所說的情形看來，王子，或是任何人，只有一個選擇，不會有其他的願望了。

這唯一的願望是什麼？

講故事的印度老人不說出來。

我也不必說出來。

稍微想一想，誰都可以想得到的。

不但我沒出聲，別人也沒有出聲。

印度老人又拿起多弦琴來，撥弄著弦琴，琴音很平淡，並不淒愴，但是這種平淡，卻比任何的淒愴更令人不舒服。

我不等老人將曲奏完，就有點粗魯地打斷了演奏，大聲道：「如今，又有一頭白色小眼鏡猴出現了！」

周圍的人，本來對我極其憤怒，可是我說的話，分明引起了他們的興趣，所以他們的憤怒變成了訝異。

印度老人卻一點也不現出任何訝異的神情來，只是淡然道：「是麼？誰得到牠，誰就可以有三個願望。」

我不肯放鬆：「對著牠來許願？」

老人搖著頭：「故事中沒提到這一點，只是說，王子得了白色眼鏡猴之後，先去見靈異猴神。」

我道：「你的意思是，白色眼鏡猴會帶人去見靈異猴神？」

老人道：「我也不清楚。」

我知道再問下去，也問不出什麼來，因為老人始終是一個故事的傳述者，並不是故事的創造者，他已經傳述得很不錯了！

我吸了一口氣：「各位，有一頭這樣的白色眼鏡猴，由我帶到東京來，交給一個對猴類有特別心得的朋友，可是卻被一個印度人，用一種奇特的聲音引走了。」

我說到這裏，自口袋中取出了那不知名的東西來。

印度老人一看到我手中的那東西，忙道：「給我！」

我將那東西遞了過去，印度老人接在手中，將那東西湊向口中，像是吹口琴一樣，立時吹出了一首短曲來。那東西發出的聲音，十分奇特，說刺耳又不刺耳，說悅耳，也絕不悅耳。老人吹奏完畢，將東西還了給我：「這是用樹葉編成的葉笛，印度南部的人，都會編這種簡單的葉笛。」

我問道：「沒有什麼特別的意思？」

老人道：「這種樹葉，我以前從來也未曾見到過，除此之外，我看不出有什麼特別。」

我又道：「我想找一位印度先生，他的樣子是——」

我講到這裏，陡地講不下去，因為我發現如今在我身邊的印度男人，幾乎全和我要找的印度人外形相仿。我要找的那個印度人，至今為止，還未曾看清楚他的臉容，也說不出他有什麼特徵來，要找他，當然不是一件容易的事。

我在停了一停之後，只好道：「那位印度先生，有一頭白色的眼鏡猴，各位之中有誰如果發現他，是不是可以通知我一下？」

一個看來很有地位的男人走過來：「如果白色眼鏡猴真有這種靈異力量，我想，誰得了那頭白色眼鏡猴，一定以最快捷的方法，去見靈異猴神了！」

我怔了一怔，這人說得極其有理，我忙道：「靈異猴神在哪裏？」

那位先生笑了起來：「當然在印度！」

他的話，引起了一陣笑聲，但是我卻一點也不覺得好笑，反倒重重打自己一下頭！我怎麼沒想到這一點？

那印度人用這種不知名的樹葉所編成的「笛」，發出奇異的聲音，引走了白色眼鏡猴，他當然是回印度去了！而我卻還在東京的酒吧中找他，這多麼愚蠢！

雖然，我的時間不算是白浪費，在那印度老人的口中，我知道了更多有關白色眼鏡猴——「奇渥達卡」的故事。到如今為止，書上的記載和老人所講的故事結合起來看，很混亂、很不統一。老人說，白色眼鏡猴會帶人去見靈異猴神，書上記載的傳說是要用白色眼鏡猴的前爪來製成「猴子爪」。

有一點是相同的，白色眼鏡猴可以導致人類達成三個願望——傳說是如此。

我向印度老人行了一禮，感謝他講了那麼動人的一個故事給我聽，然後，我離開了那地方，和健一通了一個電話，要他給我若干方便，再然後，直赴機場。

在機場的出入境辦事處，我抱著一線希望，因為我要找的印度人，如果他離開日本，回印度去，和一隻白色的眼鏡猴一起。

這是很重要的線索，我想就憑這一點線索，找到這個印度人的行蹤。

我要求負責登記出入境的官員，將白眼鏡猴被哨聲引走之後起，出境的印度人的名單先找出來。很意外，並不多，一共只有九個印度人離境。

負責官員又找來了檢查行李的關員、警衛，以及有關的工作人員等等，來供我詢問。當我大致形容了那印度人的樣子，和指出這個印度人可能攜帶了一頭小猴子出境之際，一個中年關員，發出了「啊」的一聲低呼。

「是的，有這樣一個印度人，我記得他，他是搭夜班飛機離開的。」那中年關員敘述說：「當時，搭客並不多，那印度人也沒有什麼行李，只提著一隻手提袋！」

我忙道：「那隻小猴子，就藏在手提袋之中？」

中年關員的神情有點忸怩：「這……這我們著重於金屬品的檢查。而且，毒品、大麻等等，在日本最貴，不會有人帶出境，所以……所以……並沒有注意到——」

我苦笑了一下：「你沒見到那隻白色的小猴子，那你怎麼知道這個印度人，就是我要找的那一個？」

中年關員的神情變得很肯定：「我曾經伸手進那手提袋去，碰到一團毛茸茸的東西，我望向他，還沒有發問，他已經說道：『是一件玩具，帶回去給孩子的，日本的玩具，做得真可愛！』」

負責官員帶著責備的神情：「你就連看都不看一下？」

中年關員抹了抹汗：「我看了一下，看到有一團白色的毛，像是一件玩具，所以沒有在意。」

我心中迅速地轉著念，那印度人可能是替白色眼鏡猴注射了麻藥，才將牠當作玩具，就這樣放在手提袋中帶出去。

不知這個印度人的名字，但這也無關重要了，因為所有的離境印度人，目的全是印度的新德里。我不禁苦笑起來。在日本要找一個印度人還比較容易，但是當一個印度人到達了新德里，滲進了六億印度人之中，再要找他，那簡直沒有可能！

不過我也不是沒有收獲，至少，我已經知道，這個印度人，已經帶著白色眼鏡猴，回到印度去了！

第九部：雲子尋找職業殺手的經過

這個印度人，在整件事中，占有極重要的地位。

第一，他「拐走」了白色小眼鏡猴。

第二，那怪房間，和他有關，是他去購買建築材料的。

第三，推論下來，板垣的死、管理員武夫的死，也可能和他有關。所以，非找到這個印度人不可！

我的聲音很誠懇，因為我真心誠意想照我講的話去做。

「健一，」我叫著他的名字：「我要到印度去，找那個印度人！」

健一的眼瞪得老大，看起來有點像眼鏡猴，他像是聽到了最怪誕的事一樣，望著我，一聲不出。

我所要做的事，聽起來的確是夠古怪的：到印度去找一個印度人！所持的唯一線索，是這個印度人是男人——那樣，可以將六億人口減去一半，在三億人中間找他！

過了好一會兒，健一才吞了一口口水：「你有什麼法子可以在印度找到這個印度人？這裏的事，你不幫助我了？」

我苦笑：「我認為一切怪事的根源，全在於那印度人。我也不是全然無法，至少，我知道他一定先要去見所謂靈異猴神。傳說中的靈異猴神在什麼地方，一定有人知道，這樣，範圍就狹了許多！」

健一也苦笑：「我倒認為，在這裏找到雲子，可以解決問題。」

我實在連苦笑也發不出來：「看來我們兩人是難兄難弟，同病相憐。你要在日本找一個日本女人，我要到印度去找一個印度男人，希望同樣渺茫！」

健一大聲道：「不，至少我知道自己要找的人的樣子、姓名和資料！」

我攤了攤手：「好，你有資料，還是一樣找不到！」

健一被我的話氣得瞪著眼，吞著口水，答不上腔。找不到雲子，對健一來說，的確是一個相當大的打擊。

有了雲子的全部資料已經很久了，可以動用的人力，全都動用，雲子還是蹤影全無，到如今為止，只不過找到雲子的衣箱。

健一伸手，握著拳，先是在空中揮動著，然後，重重一拳打在桌上，震得桌上的一些東西全都彈了起來。

他以一種類似猩猩咆哮所發出的聲音吼叫道：「這女人究竟到哪裏去了？」雲子到了東京，這一點，我和健一可以從有人在小巷中找到了雲子的衣箱推測出來。但是雲子究竟到什麼地方去了呢？我和健一當然無法知道。

甚至是雲子自己，當那高大、英俊的男人，拋掉了她的衣箱，拉著她，穿出了那條巷子，又登上了一輛計程車之際，也不知道自己會到什麼地方去。

通常女人在這樣的情形下，一定會嚷叫，至少也要掙扎，以圖抗拒的。因為一個弱質女子，如果被一個高大的男人硬帶著走，不知那個男人的意圖究竟如何，是一件相當危險的事。

雲子卻只在開始，略有一下反抗的意思，以後一直只是抿著嘴，咬著下唇，並沒有出聲，也沒有掙扎。

雲子有著尖削的下顎，所以當她咬著下唇的時候，看來更有一種十分嬌俏的感覺。那高大、英俊的男子，神情看來很嚴肅，也像是有什麼急事，但也忍不住在上了車之後，看了她幾眼。

雲子的心中，本來還有點擔心，她甚至也驚訝於自己的不反抗、不嚷叫。連她自己也說不上何以如此鎮定，只是在心中，感到和這樣的一個男人在一起，很有安全感。

像雲子這樣，年紀輕輕就過著並不如意的夜生活，後來又不得不做男人秘密情婦的女子，安全感是極需要的。

雲子也不知道何以對這個行為如此奇異的陌生男人產生安全感，或許是因為他的高大？或許是因為他臉上的那種堅決的自信神情？或許是由於握住她手臂的手，是如此堅定有力？等到雲子看到那男人向她連望了幾眼之後，她心中更是了無恐懼之感，她甚至現出了一絲俏皮的神情來：「你準備將我帶到哪裏去？」

那陌生男子被雲子一問，神情反倒顯得有點狼狽，想了一想，才道：「一個適宜談話的地方。」

他說著，皺著眉，像是一面在想著，什麼地方才是「適宜談話的地方」。雲子輕輕吸了一口氣，她倒知道一個很適宜談話的地方，但是她卻沒有出聲。因為「一個適宜談話的地方」，可以作很多解釋，並不能單純作為到這個地方，就是去談話那麼簡單。

雲子保持著沉默，大約過了半分鐘，她才聽得那陌生男子對計程車司機說出了一個地址，雲子對這個地址所在的區域，相當陌生，但是也可以知道，從他們如今的地方去，路程還很遠。

接下來，車廂中一直沉默著，陌生男子居然鬆開了抓住雲子手臂的手。雲子其實反倒願意他緊緊抓著，被那樣一個男人緊抓著，心中會充實。

車子繼續向前駛，經過的地方似乎越來越冷僻。

雲子望著車外黑沉沉的街道，望著一直坐著不動的陌生男人，心中在想：這個陌生男人究竟是什麼人呢？他分明就是曾打電話來問自己：「計畫有沒有改變」的那個人，那是什麼計畫？

雲子不由自主地用力搖了搖頭，自從板垣忽然死了之後，她腦中一片混亂，只是在各地逃避，根本不知應該如何才好，而如今，又出現了這樣的一個陌生男人！這陌生男人不是警探，是不是認為板垣的死和自己有關？自己應不應該對警方講出和板垣的關係？

還有，那間書房，在那間書房裏，怎麼會有一個和自己一模一樣的女人？這個女人分明就是自己，這個女人的神情，是如此悲苦無依，那種深刻的痛苦，自己想也不敢想，卻如此明顯地在那女人的臉上表露了出來。

雲子又開始陷進了混亂的思緒之中，以致車子是什麼時候停下來的也不知道。只是手臂上又感到了疼痛，那陌生男人再度抓住了她的手臂，將她拉下了車。

雲子看到自己又是在一條巷子口，那巷子的兩旁，全是相當古老的平房。這種平房在高速發展的都市已不多見。

那男人拉著雲子，向巷子中走去，停在一家這樣的平房之前。平房既然是傳統的形式，門口的情形也是傳統式的，在門旁，掛著住這屋子主人的姓氏。

雲子向那塊木牌看去，看到上面寫著「鐵輪」兩個字。

那陌生男人取出了鑰匙，插入匙孔。木門的形式雖然古老，可是上面的鎖，卻是新型的鎖。

門打開，陌生男子作了一個手勢，請雲子進去。雲子站在門口，猶豫了一下。雖然到目前為止，那陌生男子沒有什麼粗暴的表示，但這裏是這樣靜僻，以後會發生什麼事，誰也不能預料！

雲子猶豫了一下：「這是你的屋子？」

那陌生男子皺著眉，點了點頭。

雲子再向門旁的木牌看了一眼：「鐵輪先生？你將我帶到這裏來，究竟想幹甚麼？」

那男子被雲子稱為「鐵輪先生」，並沒有反對的表示，反倒是對雲子接下來的那句話，表示了憤怒，他有點凶狠地瞪著雲子，用一種極度不滿的聲音道：「算了，你又不是第一次到這裏來，進去再說！」

雲子陡地一怔，全然不明白對方這樣說是什麼意思。她想反駁，可是對方的神情更加嚴厲，帶著一種極度的威勢，有一種叫人不能不服從的氣概。雲子沒有說什麼，順從地走了進去。鐵輪跟在她的後面，將門關上。

門內是一個傳統式的花園，有一條碎石鋪出的小徑，經過魚池上的木橋，通向建築物。

這是傳統的日本庭院，這樣的園子，當然以前曾經到過，自己如果曾到過這裏，那麼一定應該早已見過這位鐵輪先生。可是確確實實在車站中還是第一次見到他。

真的是在車站中第一次見到他？雲子又不禁有點疑惑起來，第一次見到的陌生人，行動又如此之怪異，為什麼自己一直跟著他來到這裏，心中並沒有什麼恐懼感？

雲子不能肯定，真的不能肯定。

來到了建築物前，鐵輪加快了腳步，走在雲子前面。傳統式的建築看來並沒有特別，但是在關著的拉門上，卻有著一只小小的鐵盒。雲子看到鐵輪用鑰匙打開了這只鐵盒，盒中是許多按鈕，有的有數字在按鈕上，有的只是用顏色來區別。

雲子看得莫名奇妙，不知道這許多按鈕有什麼用處，她只是看著鐵輪用手指在那些按鈕上熟練地按著。

鐵輪大約按了十來下，合上了鐵盒，過了很短的時間，拉門自動向一旁移開，鐵輪先走進去，雲子心中充滿了好奇，也跟了進去。鐵輪著亮了燈，裏面的陳設很舒服，令得雲子有一點局促不安的是兩個人才一進來，拉門又自動關上。

鐵輪的樣子，看來是竭力在維持著一個君子的風度，擺了擺手：「請坐！」

雲子答應了一聲，用標準的日本婦女坐的姿勢，坐在一張矮几之前，鐵輪仍然站著，以致雲子要仰起頭來看他。

鐵輪盯著雲子：「好了！現在只有我們兩個人，和上次一樣，什麼話都可以說了！」

雲子怔了怔，一時之間，不知該如何回答才好。

什麼叫做「和上次一樣」？難道自己曾經和這個叫鐵輪的男人在這裏見過？不可能的！雲子一面急速地想著，一面四面打量著。在記憶之中，真的未曾到過這裏！

雲子又轉過頭去，當她的目光接觸到鐵輪嚴厲的眼光之際，她心中有一股怯意，問道：「我……我以前和鐵輪先生見過面？就是在這裏？」

雲子的聲音充滿了疑惑，鐵輪的神情卻有著不可抑制的憤怒。他重重地坐了下來，伸出手來，直指著雲子，但是又覺得這樣做十分不禮貌，所以猶豫了一下，又縮回了手。可是他的聲音中充滿了憤怒：「你準備怎麼樣？出賣我？向警方告密？」

雲子的心中，本來充滿了疑惑，可是在她一聽得鐵輪這樣講之後，她反倒立即笑了起來。因為在那一剎那間，她對於一切不可解釋的事，有了一個最簡單的解釋：這位鐵輪先生，認錯人了！

雲子欠了欠身子：「鐵輪先生，你一定認錯人了！」

鐵輪略震動了一下，可是他的目光，卻變得更銳利，冷冷地道：「大良雲子小姐！」

雲子本能地應道：「是！」

鐵輪的身子向前略俯：「一個唱來唱去唱不紅的歌星，板垣一郎的秘密情婦？」

雲子口唇掀動著，沒有出聲。鐵輪繼續說著，說出了雲子的住址、雲子的電話。雲子驚訝得張大了口。

鐵輪的神情冷峻：「我認錯了人？」

雲子無法回答，只是道：「我……我的確是……大良雲子，不過可能……可能有人和我……和我……」

雲子本來想說「可能有人和我完全一樣」，但是這句話她卻說不出來，因為常識上，這是不可能的事！

鐵輪又冷笑了一聲：「我是什麼人，可能你也不記得了？」

鐵輪的話中，帶著明顯的諷刺意思，可是雲子卻像是得到了救星一樣，連聲道：「是！是！我實在未曾見過你！」

這一句話，令得一直遏制著憤怒的鐵輪，陡地發作了起來，「砰」的一聲，重重一拳，打在面前的矮几上，嚇得雲子忙不迭向後，閃了閃身子。

鐵輪接著道：「那麼，要不要我向你介紹一下自己？」

雲子吞著口水，道：「好！好！」

鐵輪將聲音壓得十分低沉：「我是一個第一流的職業殺手！」

雲子嚇得心怦怦亂跳。可是鐵輪接下來所說的話，卻嚇得雲子的心，幾乎停止了跳動。

「一個月之前，一個夜晚，」鐵輪的聲音仍然極低沉：「是你找到了我，要我去殺死一個叫板垣一郎的人！」

雲子足足呆了一分鐘之久，才能夠有所反應，她先是站了起來，胡亂地揮著手，口中不住地道：「先生，請不要胡說，請不要胡說，沒有這樣的事！」

雲子不斷否認著，鐵輪只是冷冷地望著她，過了好一會兒，等雲子揮手的動作已漸漸慢了下來，才道：「其實也不要緊，我做得極乾淨，沒有人知道是我做的事。不過，和過往不同的是，以前，我接受委託，委託人從來不和我見面，更不知道我住在什麼地方，但你卻有點特別，我們不但見過，而且你知道得太多，在我的職業而言，我不能不提防一下！」

雲子愈聽愈急，幾乎哭了出來，語言之中已經帶著明顯的哭音：「先生，你說些什麼，我完全不明白！」

鐵輪吸了一口氣：「我也有不明白的地方，要請你解釋，例如，你怎麼知道我那麼多？」

雲子真正地哭了起來：「我什麼也不知道，我……你根本是一個陌生人，我對你什麼也不知道！」

鐵輪的神情在惱怒之中，夾著揶揄：「當年你離開靜崗到東京來，如果不是唱歌，而是做演員的話，你已經是國際大明星了！」

雲子淚流滿面，她真感到害怕，像是自己在黑暗之中，墜進了一個無底的深淵之中。她一面抽泣著，一面只是翻來覆去地講著同一句話：「我真不知你在說什麼！」

鐵輪陡地大喝了一聲，止住了雲子的哭聲。同時，他粗暴地抓住了雲子的手臂，將坐著的雲子硬提了起來：「你或許未曾想到，上一次，由於你來得這樣突然，我必須保護自己，將你的一切行動，全部記錄下來了！」

雲子仍不知道鐵輪在講些什麼，在充滿淚花的眼中看來，只覺得鐵輪的樣子，真是凶惡得可以。

雲子很快就明白了「全部記錄下來了」是什麼意思。「全部記錄下來」就是將事情發生的經過，全部通過電視攝像管，用錄影帶記錄了下來。

雲子被鐵輪拉進了一間地下室，看到了記錄下來的一切。

而當雲子看完了「記錄下來的一切」之後，她癱坐在一張椅子上，可是在感覺上，卻像是飄浮在雲端，她的雙手緊緊地抓住了椅子的扶手，可是神情還像是怕從雲端掉下來。

鐵輪銳利的眼光一直注視著她，在等著她的答覆。

雲子在過了好久之後，才不斷地重複著同一句話：「那不是我，那是她！我也見過她，她一個人，關在一間空房間裏哭泣！」

雲子看到的是什麼呢？

以下，就是雲子看到的，「記錄」下來的一切。

電視錄影帶的帶盤在轉動著，連接著的電視放映機在螢光屏上，先是出現了一連串的線條，接著，便有了畫面，畫面是鐵輪住所的門，雲子剛才在這個門口，看到了門旁的木牌，才知道這個高大英俊的男人姓「鐵輪」。可是這時，她卻看到，就在這個門口，她站著，在不斷按著門鈴。

（剛才明明沒有按門鈴，是鐵輪先生來到門前，打開了一個鐵盒子開門的！雲子想著，心中極度駭異。）

螢光屏上看來，在按門鈴的雲子，神情極焦切，而且有一種深切的悲哀，不過這種悲哀，正被一種極度的仇恨所掩遮。

門打開，雲子急急向內走進來。（雲子駭異更甚，真是來過這裏的，一走進門，可不是那條碎石鋪成的小徑？）

碎石鋪成的小徑並沒有出現在螢光屏上，又是一連串不規則的線條之後，看到的是廳堂，雲子坐著，坐在她對面的是鐵輪。

鐵輪的神情，看來是驚惶之中帶著疑懼，雲子則反而直盯著他。鐵輪先開口：「請問小姐是——」

雲子道：「我叫大良雲子！」（雲子又嚇了一大跳。一般來說，自己聽自己發出的聲音的錄音，會有一種陌生的感覺。因為人在聽自己說話的時候，不是通過耳膜的震盪而得到聲音，但是聽一切外來的聲音，卻全是從耳膜的震盪，得到聲音。所以，一個人初次聽到自己聲音的錄音時，會有「那不是我的聲音」的感覺。）

（但是雲子卻不一樣，因為她是一個職業歌星，平時在練習的時候，已經習慣將自己的聲音用錄音機錄下來，再播放出來聽。所以她對於記錄下來的自己的聲音，極其熟悉。）

（那的確是自己的聲音！雲子可以肯定。她的身子在發著抖，不明白這是怎麼一回事。）

記錄下來的一切，還在螢光屏上進行著。鐵輪略揚眉：「請問有什麼指教？我好像不認識你——」

雲子打斷了鐵輪的話頭：「我認識你，你有好幾十個不同的化名，現在，在東京，你用的名字是鐵輪！」

鐵輪的神色變得極度難看，面肉抽搐著。雲子卻接著又道：「你的收入很好，而且完全不用納稅，你是一個第一流的職業殺手！」

鐵輪的面色更難看到了極點，兩個人對坐著，鐵輪看來高大而強有力，雲子看來嬌小纖弱，但是高大的鐵輪，分明完全處於劣勢。

鐵輪正竭力想扭轉這種劣勢，他現出十分勉強的笑容：「小姐，我不知道你在說些什麼！」

雲子忽然笑了起來，伸出手來，作了一個手勢，示意鐵輪接近她一點。鐵輪神情勉強地向前俯了俯身子。雲子也伸過頭去，在他的耳際，低聲說了幾句話。

那幾句話，令得鐵輪大是震動，伸手抓住了矮几的一角，整個人都坐不穩！

（雲子看到這裏，禁不住苦笑。她想：我說了什麼，令他那麼吃驚？這幾句附耳而說的話，聲音極低，所以並沒有錄下來，可是，真的，自己絕未曾對他說過什麼，那個來看鐵輪的女人不是自己！）

（那女人不是自己，是她！雲子突然想起了那個躲在空房間裏的女人，是她，一定是她！雲子心中不斷叫著：是她！）

螢光屏上的事情在繼續發展，看到鐵輪陡然站了起來，面肉抖動，急速踱著步，雲子則以一種憐憫的神情望著他。鐵輪在踱了一會兒之後：「請問，這些事，你是怎麼知道的？」

雲子道：「有人告訴我的！」

鐵輪像是被灼紅的鐵塊烙了一下，陡地叫了起來：「誰？誰告訴你的？」

雲子道：「當然有人！」

鐵輪的神情驚異莫測，指著雲子：「你……你究竟想……怎樣？」

雲子咬牙切齒，現出了一個極度憎恨的神情來，道：「對你來說，其實很容易，我要你殺一個人！」

鐵輪盯著雲子。

雲子繼續道：「這個該死的人叫板垣一郎！」

鐵輪並沒有說什麼，只是吞一口口水，可以清楚聽到他吞口水的聲音。

雲子的神情愈來愈充滿著恨意：「這個板垣一郎，我是他的情婦，他不住說愛我，可是每次只見我幾小時，回去就摟著他的妻子睡覺，我要他死，他用他的錢在玩弄我，我要他死！」

鐵輪已鎮定了下來，冷冷地望著雲子！

（雲子更吃驚。）

（真是那樣恨他！雲子在想：我不敢那樣恨他，一點不敢，因為他供給我的生活費用，養著我，我就算那樣恨板垣，也一定將恨意埋藏在心底，不會對任何人講出來！可是，為什麼竟然講出來了？那要殺板垣的不是我，是她，是那個在空房間中哭泣的女人！）

鐵輪道：「要是我殺了這個叫板垣的人——」

雲子道：「那麼，你的秘密，就永遠不會有人知道！」

鐵輪冷冷地道：「其實，我不必去殺什麼，只要——」

鐵輪講到這裏，伸出手來，向雲子作了個「射擊」的手勢。

鐵輪的意思再明白也沒有，要他的秘密不洩露，只要殺了雲子就行。

（雲子看到這裏，心中很吃驚，那怎麼辦？他說得對，去威脅一個職業殺手，那是最愚蠢的事，會招致殺身之禍！）

可是，在螢光屏上的雲子，卻十分鎮定，發出了兩下冷笑聲：「你一定知道，我既然敢來找你，自然已經將我知道的一切，交托了一個可靠的人，只要一死，這些秘密，就會公佈出來！」

鐵輪拉長了臉，神情變得十分難看，雲子又道：「怎麼樣？這是很公平的交易！」

鐵輪伸手在臉上撫摸了一下：「我想，你可能只是一時衝動，你要殺的人，是你的情夫，雖然他用他的金錢，占用了你的肉體。但是這種買賣，在大都市中，十分普遍，也沒有什麼人強逼你，你何至於要殺他？」

（我是不要殺他——雲子心中叫著：誰要殺板垣？要殺他的人不是我，是另外一個女人，那個躲在書房中哭泣的女人！）

不過，螢光屏上出現的情形，卻和看著電視的雲子所想的，大不相同。螢光屏上的雲子，現出一種相當狠毒的神色來：「當然，我另外有要殺他的原因！」

鐵輪搓著手，道：「好，講給我聽。我在下手殺人之前，總喜歡知道會死在我手下的人，有他致死的原因！」

雲子盯著鐵輪半晌，打開手袋，取出了一柄手槍來，放在她和鐵輪之間的矮几上，道：「請你看看這柄槍。」

（雲子看到這裏，更是吃驚！一柄手槍！我根本沒有手槍，而且，一輩子也沒有碰過這樣可怕的東西。那當然不是我，是那個女人！）

錄影帶的轉盤在繼續轉動，螢光屏上也繼續在播映著當日記錄下來的實際情形。

鐵輪猶豫了一下，自几上拿起了那柄手槍，槍到了鐵輪的手中，就像是麵粉團到了麵包師傅的手中一樣。

第十部：特製手槍殺人又自殺

鐵輪一下子就卸出了子彈夾，子彈夾中，有兩顆子彈。鐵輪再將槍移近些，審視了一下，突然現出極度吃驚的神色來，一下子，又將槍打了開來，拆成三個部分，然後，用一種極度疑惑的神情望著雲子：「這柄槍……這柄槍，你是哪裏弄來的？」

雲子並沒有回答鐵輪這個問題，反問道：「你是職業殺手，對各種殺人利器，一定有深刻的研究，照你看來，這是一柄什麼性質的手槍，有什麼特殊性能？」

鐵輪深深吸了一口氣：「這樣的槍，我以前，只看到過一次，這是第二次——」

他講到這裏，抬頭向雲子望來：「你不可能有這樣的手槍！」

雲子盯著鐵輪，說道：「你先別管我是怎麼得到這柄槍的，請告訴我，這柄槍特別在什麼地方？」

鐵輪又吸了一口氣，拿起子彈夾來：「好，我可以告訴你，你看，子彈夾中，一共有兩顆子彈，這種槍，也只能發射兩枚子彈。看來，它和一般手槍沒有分別，事實上，如果不是專家，也根本察看不出。可是這是一柄經過極其複雜的技術製造出來的槍，當你扳動槍機時，兩顆子彈同時發射，一顆子彈射向前，另外一顆，自槍柄部分射出來，射向後面！」

雲子的神情很鎮定，她作了一個手勢，示意鐵輪將拔開來的槍再裝好，鐵輪只花了三秒鐘就做到了這一點。雲子將槍接了過來，握著，將槍放近自己的額角，做出射擊的姿勢：「鐵輪先生，如果我用這樣的姿勢，扳動槍機，而我的目的是殺一個人，想將子彈射進對方的頭部，結果會怎樣？」

鐵輪乾笑了幾聲，「我剛才已經解釋過了，兩顆子彈同時由相反的方向一起射出來，你射殺了你要殺的人，同時也有一顆子彈，射進你自己的頭部！」

雲子低下頭，將手槍放在矮几上。

鐵輪道：「你為什麼要這樣問？實際上不會有人這樣做，那一定會殺死自己！」

雲子低著頭，可以清楚地看到她的睫毛因為眼睛的急速開合而在顫動，她的聲音聽來倒很平靜，說道：「有人給了我這柄槍，叫我去殺一個人，而且強調，我一定要用剛才的那種姿勢握槍，才能一下子射中對方的腦部，令得對方幾乎毫無痛楚地立時死亡！」

鐵輪發出了「哦」的一聲，神情更是疑惑：「這個人——」

鐵輪的話還沒有說完，雲子已接下去道：「這個人告訴我，只要我殺了那個人，他就可以自由，他可以和我結婚，我們可以在一起過無憂無慮的快樂生活，我們之間的一切，都可以公開！」

鐵輪極吃驚，說道：「這個人——」

雲子道：「這個人就是板垣一郎，他叫我殺的人，是他的妻子貞弓！」

鐵輪吞下了一口口水，顯然這樣的事，即使在一個職業殺手聽來，也足夠震驚。他道：「那麼，板垣的目的，不單要殺死他的妻子，而且，連你也一起殺死！」

雲子抬了一下頭，臉上有一種木然的悲哀的神情：「我想是的，他將槍給我，教我怎樣開槍，又告訴我，他的妻子貞弓，在兩天後，有一個婦女界的集會，到時會有很多人，在一家禮堂外面，只要我向她走過去，開上一槍，立即逃走，不會有人捉得住我。而且，我和貞弓之間一點關係也沒有，絕不會有人懷疑我是兇手！」

鐵輪悶哼了一聲：「他也答應了你，貞弓死了之後，就由你代替貞弓的位置？」

雲子咬著下唇，點了點頭。

鐵輪又問道：「那是任何情婦都想得到的地位，你為什麼不做？」

（雲子一直看著，沒有出聲。這時，她反倒不覺得驚奇，只是被螢光屏中那種奇異的故事情節所吸引，像是在觀看一齣引人入勝的電視劇，彷彿事情與她全然無關！）

（事實上，她也不認為事情和她有關，她一直肯定，螢光屏上的那個不是她，是另外一個女人，板垣或者曾叫過那女人幹這樣古怪的事，誰知道那女人和板垣是什麼關係！）

（雲子想到這裏，心中突然又起了一種極其奇異的感覺，這個女人，如果不是自己，那麼，她是什麼人？何以自己第一次看到她的時候，有強烈的、幾乎立刻肯定「看到了自己」的那種感覺？）

螢光屏上的雲子，口角略為牽動了一下：「我當時很震驚，連接過手槍來的勇氣都沒有。可是板垣不斷告訴我，貞弓一死，我就可以得到一切。我可以晉身上流社會，從一個來自貧窮小地方的九流歌星，可以變成一個成功商人的妻子。他又一再說他是如何愛我，這樣的秘密來往，使他覺得痛苦，也使我覺得痛苦，除了這個辦法之外，不會有第二個解決方法，因為他不可能和貞弓離婚，他也一再向我保證，只要我照他的方法去做，貞弓會在毫無痛苦的情形下死亡！」

鐵輪喃喃地道：「你也一樣，我相信，不會有什麼痛苦。」

雲子現出一個十分苦澀的笑容：「我被他說動了心，也感到只要除去了貞弓，我幾乎可以得到一切，所以我接過了手槍，答應他到時照他安排而行事。板垣又說，事情發生之後，警方一定以為那是一個女瘋子無目的殺人，只要我當時稍微改變一下外型，永遠不會有人找到我！」

鐵輪「唔」地一聲，不置可否。雲子繼續道：「從我接過手槍起，我就決心開始行動——」

鐵輪道：「可是，你沒有做，貞弓還活著，你也活著。」

雲子道：「是的，那是因為在行事前的一個小時，有一個印度人來見我，對我說了一番話的緣故。」

（雲子看到這裏，忍不住罵了一聲：「見鬼！」）

（印度人！）

（雲子在記憶之中，見過印度人的次數不會超過三次，每次都只不過以好奇的眼光打量他們一下，從來也未曾和印度人有過任何的交往！印度人！）

螢光屏上，鐵輪的神情也很驚訝：「印度人？事情和印度人又有什麼關係？」

雲子道：「我也不明白，那天，我記住了貞弓參加集會的時間，一小時之前就開始準備。我戴了一個假髮，又改變了化妝，配上太陽眼鏡，還穿了一件可以翻起衣領來的衣服，將手槍放在手袋裏，才一出門，就看到那個印度人，站在我的門口，看樣子正準備敲門。」

鐵輪問道：「你以前見過他？」

雲子道：「沒有！那印度人一見我，就道：『大良雲子小姐？』我感到十分驚訝，點了點頭，印度人又道：『將你手袋中的手槍取出來，我告訴你這柄手槍特別的地方！』當時我一聽，整個人都軟了下來，根本連站穩身子的氣力都沒有，向一旁倒了下去，印度人扶住了我。我只覺得全身都在冒汗，恐懼到了極點，所以任由印度人扶著我坐下來，他又去將門關上，我除了睜大了眼望著他之外，什麼也不能做。」

鐵輪「哼」的一聲：「當然，任何犯罪者被人識破之後，總是這樣子的！」

雲子像是根本沒聽得鐵輪在說什麼，只是自顧自地說下去。

她繼續道：「印度人將門關上之後，伸手向著我，我沒有力量可以抗拒他，自然而然，打開手袋來，將包在手帕中的槍，交給了他。他接過了手槍，和你一樣——」

雲子講到這裏，伸手向鐵輪指了一指，才道：「他一下子就將槍拆了開來，向我解釋這柄槍的特殊地方，並且對我說道：『只要你一扳槍機，死的不單是貞弓，也包括了你！』我當時吃驚得難以形容，只是不住地道：『板垣為什麼要殺我？板垣為什麼要殺我！』」

鐵輪揚了揚眉：「這位板垣先生，除了你之外，一定另外有比你條件更好的情婦！所以他要利用你殺他的妻子，好將你們兩人一起除去！」

雲子尖聲叫了起來：「不可能！不是這樣！板垣只有我一個情婦，他年紀不輕，雖然身體很好，可是有時和我一起，也有點力不從心，不會有第二個情婦。他只不過是想除去貞弓，又怕沒有貞弓之後，我會纏住他，妨礙他去找更好的女人，所以連帶也要將我除去！」

鐵輪搖著頭，道：「那看來和我的推測，沒有什麼不同！」

「當然不同！」雲子的聲音仍然尖厲：「至少，他有我，不再會有第二個女人！」

鐵輪的聲音很低，但還可以聽得情楚，他在道：「這算什麼？這也算是自尊心？」

（雲子看到這裏，睜大了眼，簡直不相信自己看到的是事實。一切全都太荒誕了，自己怎麼會做這樣的事？怎麼會講這樣的話？那個女人究竟在玩什麼把戲呢？）

螢光屏上的雲子，現出一種哀傷的神色來，對於鐵輪的那句話，她居然並沒有什麼反應，只是喃喃地道：「或許是，自尊心，雖然像我這樣，被人玩弄，但是我一定也有自尊心，是不是？」

鐵輪嘆了一聲，望著雲子，神情顯得很同情：「那印度人——」

雲子吸了一口氣：「那印度人看來像是很同情我的處境，他對我說：『雲子小姐，板垣要殺你，你準備怎麼樣？』我心中氣甚，連想也不想，就道：『我要先殺了他！』……」

雲子續道：「印度人聳了聳肩：『你自己沒有本事去殺，我倒知道有一個職業殺手，東京是他的活動重點，這個職業殺手在東京所用的名字是鐵輪——』」

雲子講到這裏，向鐵輪望了一眼。

鐵輪的臉色變得很難看，發出了一下悶哼聲。雲子繼續道：「我問那印度人：『怎樣才可以找到這個殺手？』印度人告訴了我你的地址，又告訴了我你的一些秘密——就是我剛才低聲告訴你的那些，看來那真是你的秘密，是不是？」

鐵輪的臉色更難看，雲子道：「印度人講完之後，就自己開門出去了！我就照他說的地址來找你！」

雲子講到這裏，停止了不再說，望著鐵輪，兩人都好一會兒不講話，鐵輪才道：「好的，我替你去殺板垣一郎！」

鐵輪在說及答應去殺一個人之際，他的語氣如此之平淡，就像是去做一件最普通的事情一樣。而雲子聽了之後，居然站了起來，向鐵輪鞠躬行禮：「謝謝你！你幫了我一個忙，謝謝你！」

鐵輪現出一種苦澀的神情來，想說什麼，但是並未發出聲來，雲子已道：「鐵輪先生既然已經答應，我該告辭了！」

她一面說，一面向外走去，鐵輪並沒有送她出去，只是怔怔地望著她的背影。

錄影帶到這裏，也已播放完畢，鐵輪走過去，按下了停止掣，然後轉過身來，盯著雲子。雲子立時叫了起來：「那不是我，那是她！我也見過她，她一個人，關在一間空房間裏哭泣！」

鐵輪的目光愈來愈凌厲，大踏步走過去，抓住了雲子的手臂，他的手指是那麼強而有力，令得雲子手臂生痛。鐵輪振動手臂，將雲子提了起來，厲聲道：「你再說一遍！」

雲子說的還是那句話：「那不是我，那是她，我也見過她的，她一個人關在一間空房間哭泣！」

在接下來的半小時之內，鐵輪軟硬兼施，威逼利誘，要雲子說出真相來，雲子也說出了她見到「那女人」時的實際情形，可是仍然堅持「那不是我」。

到後來，鐵輪無法可施，打開一瓶酒，大口喝著，酒自他的口角流下來，他也不去抹乾。他來到坐在沙發上的雲子面前，雙手撐在沙發的扶手上，俯視著雲子。他是身形高大強壯的一個男人，嬌小的雲子，在他這樣的俯視下，除了怯生生地回望著他之外，無法有別的反應。

鐵輪苦笑了一下：「雲子小姐，我是一個職業殺手，無時無刻不在提心弔膽，我不想被人知道我的任何秘密！」

雲子無助地道：「我根本不知道你任何秘密，那女人不是我，是她！」

鐵輪已經聽雲子講過她看到「那女人」的經過，他只好苦笑：「希望你對任何人都這麼說，但是，那個印度人，他竟然知道我的秘密，我一定要將他找出來，我不但不能容忍人家知道我的秘密，也想知道，那個印度人是憑什麼知道我的秘密的！」

雲子幾乎要哭了出來：「我根本沒見過什麼印度人！」

鐵輪的濃眉打著結，雲子嘆了一聲：「你根本不相信我說的話？」

鐵輪悶哼了一聲，挺直了身子：「好，你堅持說見過一個和你一模一樣的女人，她在哪裏，你帶我去見她！」

雲子吞下了一口口水：「全東京的警察都在找我，那地方……是我和板垣幽會的場所，如果你去了——」

鐵輪道：「多謝你關心我，我為了找你，也花了不少心血，警員就算看到了我，也認不出我是什麼人來，你放心好了！我一定要見一見你說的那個女人！」

雲子有點無可奈何地嘆了一聲：「好，我帶你去！當晚我一看到她，驚駭莫名，奪門奔逃，我不敢肯定她是不是還在那裏！」

鐵輪來回踱著步，沒有開口。

雲子又道：「那個地方，警方早就知道了，可能，可能——」

鐵輪的聲音突然變得極嚴厲：「除非你一直全在說謊，不然，立刻帶我去！」

鐵輪幾乎已在大聲吼叫了，雲子順從地站了起來。鐵輪又抓了她的手臂，回到了廳堂。雲子拿起了手袋，和鐵輪一起離開，登上了鐵輪停在門口的車子，向雲子曾見過那女人的地方，也就是她和板垣幽會的地方駛去。

在我對健一表示我要到印度去找那個印度人之後，健一一直不贊成我做這種沒有結果的事。

但是我卻覺得，關鍵在那個印度人身上，若不找到那個印度人，一切怪異的問題全得不到解決。

所以，我和健一之間，發生了一點爭執，我在當日下午七時左右，登上了一架印度航空公司的飛機，直飛印度。

我再也未曾想到，在登上了航機之後的兩小時，當我處身於接近一萬公尺高空之際，我會又聽到了健一的聲音。

當時，我正舒服地靠在座椅上，閉目養神，一位額心點著硃紅印記的空中小姐，來到了我的身邊，用柔軟的聲音道：「對不起，打擾你了！」

我睜開眼來，不知發生了什麼事，只看到空中小姐的身邊，還站著一個穿制服的機上人員，看來相當高級。

空中小姐問道：「衛斯理先生？」

我點了點頭。那穿制服的男人就向空中小姐作了一個手勢，示意她離開，我已經意識到有什麼事發生了，所以站了起來，那男人先示意我跟他一起走，走向駕駛艙，一面自我介紹道：「我是副機長！」

我「哦」的一聲：「有什麼意外？」

副機長道：「不算是什麼意外，東京警方，有一位警官，健一先生，要求和你作緊急通話。我們有義務讓你和他通話，但希望將通話的時間，盡量縮短！」

我吃了一驚，心中也有點惱怒，健一這傢伙，上次將我從飛機場叫了回去，發生了那麼多事，這次，又緊急到要利用航機上的無線電系統和我說話，不知又發生了什麼大事？

我連聲答應著，和副機長一起走進了駕駛艙，一位通訊員將一副通話的耳機遞了給我，我立時道：「健一，什麼事？」

健一的聲音也立時傳了過來，他的聲音之中，充滿了興奮：「謀殺板垣一郎的兇手找到了！」

我陡地震了一震：「是麼？是什麼人？他為什麼要殺板垣？」

健一的聲音又顯得很懊喪：「可惜，死了！你能不能盡快回來？有些事情很怪，我一點也沒有頭緒！」

我被他說得心癢難熬：「我怎麼回來？航機已飛出了日本領空，你也無法令航機折回來，要是我手上有一枚手榴彈，或者可以令飛機回來！」

我和健一講的是日語，沒想到無線電通訊員聽得懂，他立時現出極緊張的神色，我忙向他作一個鬼臉，才使得緊張的氣氛緩和了下來。

健一道：「飛機會在香港停留一下，你在香港下機，立時轉機回東京！」

我苦笑了一下，這樣子趕來趕去，簡直是充軍了！

我道：「值得麼？」

健一道：「一定值得，要不然，你可以再也別理我，還有一點，雲子也找到了！」

我吞下一口口水：「也……也死了？」

健一道：「沒有，不過她說了一個世界上沒有任何人會相信的故事，現在，在警方扣押中，正在接受精神病專家的檢查！」

我道：「或許她受到了過度的刺激！」

健一道：「或許是，不過在她說及的怪誕故事之中，有兩點，你一定會感到興趣，第一點，她提及了一個印度人。第二點，她提及在那間怪房間中，曾看到過一個和她一模一樣的女人，正在傷心欲絕地哭泣！」

我「嗖」的吸了一口氣：「她……她看到了她自己！」

健一道：「可以這樣說，你是不是立刻就轉機來？」

我罵了他一句：「你是個流氓，你明知我一定會來！」

健一哈哈大笑了起來，在他的大笑聲中，我將聽筒還給了通訊員，並且拍了拍他的肩，表示感謝。通訊員猶有餘悸地望著我，我本來還想開點玩笑，但繼而一想，這種玩笑還是別開的好，所以沒有出聲，就走出了駕駛艙。

接下來的幾個小時之中，落機，等在機場，再登機，再落機，我又回到東京的時候，天還沒有亮。

健一在機場等我，登上了他的車，車子直駛到目的地，我下車一看，做夢也想不到健一一下子就會帶我到這樣的地方來。

健一自機場一接了我，就直接將我帶到了殮房來。

殮房存放死人，和死人有關的地方，總有一種陰森寒冷的感覺，或許這是由於人類到如今還未能勘破生死之謎的緣故。

健一顯然是殮房的常客，他和職員一聯絡，就到了冷藏房，拉開了一個長形的鐵櫃，掀開了白布。

我在健一掀開了白布之後，看到了一張生得相當英俊、很有性格、約莫三十五、六歲的男子的臉。

那男子的雙眼仍睜得極大，膚色相當黑，已經結了一層冰花在他的臉上。健一伸手，抹去了他臉上的冰花：「酒店的職員已來看過，認出他就是板垣死的那天，租用了那間房間的男子。」

我皺了皺眉，道：「職業殺手？」

健一道：「一定是，而且掩飾得極好、極成功的第一流職業殺手，我們已有了屍首，可是卻一點也查不出他的來龍去脈，只知道他叫鐵輪。」

我將白布拉開了些，看到死者結實的胸膛上，有著好幾個槍彈射穿的孔洞，看來黑黝黝的，極其恐怖。

我忙又蓋上白布：「這個……鐵輪，是怎麼死的？好像有不少人曾向他開槍！」

健一道：「是的，有四位警員，曾向他射擊，他一共中了八槍！」

我道：「槍戰？在哪裏發生的？」

健一道：「就在板垣和雲子幽會的那地方。」

健一將三個地方列為這件案子的主要需要注意的地點。一個是雲子的住所，一個是板垣的住所，而他認為最重要的，則是那個幽會場所。

健一在三個地方，都派了幹練的人員駐守，他派的是便衣人員，在幽會場所的八個探員，每四人一組，分成日夜班，二十四小時監視。在當班的時候，一個穿著管理員的制服，守在大堂。另外兩個，扮成清潔工人，在樓梯口，還有一個，則扮成電梯修理工人，不斷在電梯中上上落落，監視著每一個人。

健一當時也對我解釋過這樣佈置的目的，說是那印度人既佈置了這樣一間怪房間，他可能捨不得放棄，會回來。

他也對我說過，在這裏等那印度人出現，可能比到印度去找那印度人更有用。當時，我講了一個中國的成語故事「守株待兔」給他聽，氣得他半晌說不出話來。

這時，他可能存心報復，當我再問到進一步的情形之際，他不立刻回答我，只是道：「讓你聽四個探員的直接敘述，比較好得多，別心急，他們全在我的辦公室中。」

我拿他沒有法子，只好跟他再上車，到了他的辦公室。

四個探員已在他的辦公室中，那四個探員的樣子，我也不想多描述了，四個人，我簡單地稱之為甲、乙、丙、丁。

這甲、乙、丙、丁四個幹練的探員，向我敘述事情發生的經過。

第十一部：第一流職業殺手之死和秘密

「我被派駐在大廈的大堂，」甲說：「穿著大廈管理員的制服，每天十二小時，從晚上七時到早上七時，坐在大堂的櫃台後面，有夜班的管理員陪我，可是那管理員卻是一個言語十分乏味的老人！」

健一悶哼道：「你想粟原小卷來陪你？」

探員甲聽到了他的上司這樣諷刺他，現出了一種十分尷尬的神色來，幾乎囁嚅著難以再講下去。

我笑道：「的確，那是很悶的事，但長時期的等待，究竟有了代價，是不是？」

探員甲一聽得我這樣講，立時興奮了起來，連聲道：「是的，是的，有價值，那天晚上——」

探員甲吸了一口氣，帶點怯意地向健一望了一眼：「那天晚上，我正昏昏欲睡，大廈的玻璃門推開，一男一女，走了進來，我一眼就看出，那女的，雖然戴著黑眼鏡，也豎高了衣領，但絕對可以肯定，她就是我們千方百計要找的大良雲子！」

探員甲又道：「當時我的心情緊張極了，幾乎雙手一按櫃台，就要翻跳出去，但是立即想到，可能打草驚蛇，所以偏過頭去，假裝沒看到，一等到他們兩個人進了電梯，我立時通知守在上面的同事——」

探員甲講到這裏，補充了一句：「我們配備有無線電對講機。在上面守著的，是他們兩位——」

探員甲向探員乙、丙指了一指。

探員乙、丙一起站了起來，向我行了一個禮，探員乙道：「我們一接到了通知，簡直不敢相信，還以為夜班工作無聊，和我們開玩笑。可是看著電梯，電梯又的確是向上昇來，所以我們兩人，立時採取行動，先占據了有利的地區，躲在樓梯角上，可以看到從電梯中走出來的人。不久，電梯門打開，那一男一女走了出來，我們也立時可以肯定，那女的真是大良雲子！」

探員丙接下去道：「當時我們真是緊張極了！我們並沒有立時採取行動，因為這時，如果現身，那一男一女可以有幾條路逃走。所以我們等著。雲子在出了電梯之後，取出鑰匙來開門，那男的神情十分機警，跟在雲子的後面，四面看著，我們連氣都不敢透，唯恐被他發現——」

健一聽到這裏，揮手叱道：「少廢話，不必加什麼形容詞，不是叫你寫小說，是叫你講事情的經過！」

探員丙作了一個鬼臉，繼續道：「是。等到大良雲子開了門，走進去，那男人也跟了進去，我立時和同僚聯絡，在大堂的，和在樓梯角處守候著的兩人，在他們剛一進屋子時，也就趕了上來。」

探員丁繼續說下去：「我是在接到了無線電對講機的通知之後趕到的，我到的時候，那一雙男女已經進了屋子，我們商量了一下，決定撞門而入。我先去按門鈴，立時傳來一個緊張的男人聲音：『什麼人？』」

為了使事情的經過，容易明白起見，不再用四個探員敘述的方式，而將他們敘述出來的經過，作一番整理之後，再加以記述。

探員丁按門鈴，在裏面的一男一女，女的是雲子，男的自然是鐵輪，探員丁聽到的那個緊張的男人聲音，在問「什麼人」，那自然是鐵輪發出來的。

探員丁立時回答：「是大廈管理員，才看到你們上來，你們很久沒有來了，有一點事情，需要通知你們！」

鐵輪的聲音，自內傳來，喝道：「現在沒有空，明天再來！」

在門外的四個探員互望了一眼，作了一個「撞門」的手勢。

他們等了那麼久，好不容易等到了雲子，當然不肯「明天再來」，而且，雲子就在那個居住單位之內，沒有別的出路，他們守住了門口，撞門而入，當然是最恰當的拘捕雲子的方法！

就在四人交換了一下手勢之後，探員甲、乙向後略退，探員丙、丁已向前衝去，準備用自己的肩頭去撞門，將門撞開來，可以衝進去。然而，也就在這一剎那間，只聽得門內，傳來了一下極其尖銳的女子叫聲。

發出這下尖叫聲來的，當然是雲子。

四個探員在門外，那時的心情，雖然十分緊張，但是還是可以清楚的聽到那女子（雲子），在叫的是什麼，她叫道：「看，是她，不是我！」

緊接著，探員丙、丁的肩頭，已經撞上了門。

只不過一下子，並沒有將門撞開，他們撞上去的力道雖然大，但是第一下撞擊，只不過令得那扇門劇烈地震盪了一下。

就在他們撞上門，發出隆然巨響之際，又聽得門內，那男子（鐵輪）的聲音，高吭而充滿了恐懼，在嚷叫：「你是誰？你究竟是誰？」

探員丙和丁的動作十分敏捷，一下子撞不開門，立時後退，又去撞第二下，他們聽到鐵輪的叫聲，是他們的身子後退，再撞向前的那一剎那的事。

第二下撞門，十分成功，門被撞開。由於兩人撞擊的力量大，門一被撞開之後，探員丙、丁的身子，不由自主，向內跌了進去。

探員丙、丁一跌進去，探員甲、乙立時也準備進屋子。

就在這時，槍聲響起。

槍聲一連兩響，探員甲、乙立時伏向地上。

他們一伏向地上，就看到那男子（鐵輪）的手中，握著一柄威力強大的軍用手槍，神情像是瘋了一樣，手指緊扣在槍機上。任何有經驗的警務人員一看，就可以知道這個握槍的人決計沒有停手的意思！

所以，探員甲和乙，在那樣緊張的情形之下，也根本不及去察看剛才那兩下槍響所造成的後果，一面在地上打著滾，一面也已拔出了槍來，而且，一拔槍在手，幾乎毫不猶豫就向對方射擊。

探員甲、乙手中的槍響了起來，鐵輪手中的槍，也同時響起，同時，在房子的一角，也有槍聲響起。

探員甲只覺得自己的肩頭，先是一陣發涼，接著是一陣灼熱，在極短的時間內，他只覺得自己右手臂上的力量，在迅速地消失。但是在力量消失之前，他還來得及連扳了四下槍機，將手槍中所剩下的四顆子彈，一起發射出去。

探員乙的情形比較好，他滾到一張沙發之後。在沙發之後，向著鐵輪發射。

至於探員丙和丁，他們一撞門進來，槍聲就響起，他們全是久經訓練的警務人員，在槍聲未響之前，他們已看到有人握槍在手。

所以他們在槍聲響起之前就伏向地上。

鐵輪首先的兩槍，沒有射中探員丙、丁，探員丙、丁由於機警的緣故，避開了鐵輪射過來的兩槍。他們在事後回憶中，一講起當時那一剎那的情形來，就臉色發白。因為鐵輪是真正的神槍手，兩人的生命在那一剎那，簡直是一隻腳已進了鬼門關，子彈在他們的額旁擦過，甚至灼傷了皮膚！

他們一面避開了射來的子彈，一面也已拔槍在手，所以，當鐵輪第二次又扳動槍機之際，他只來得及射出了兩枚子彈——一枚射中了探員甲的肩頭，一枚射進了沙發。

而四個探員發射的子彈，一共是二十一顆，其中，八顆射進了鐵輪的身子。

接下來發生的情形，四個探員的敘述眾口一詞，可知那一定是事實。

鐵輪在身中多槍之後，身子轉了一轉，可能是他主動轉動身子的，也有可能是子彈的射擊力量，使他不得不轉過身去。

但不論怎樣，鐵輪在轉過身子之後，面對著那扇打開了的書房的門。

那時，大良雲子正站在書房的門旁。

半分鐘之前，在這間小小的客廳之中，一共超過二十顆子彈，呼嘯橫飛，雲子居然沒有中流彈，那可以說是一個奇蹟。不過，那時四個探員都沒有注意雲子，只是留意中了彈之後的鐵輪。

據四人的敘述，鐵輪在轉過身之後，血自他中彈處湧出來，滴在地上，在槍聲靜寂了之後，連血滴在地上的聲音，都一下一下可以聽得清楚。

鐵輪居然沒有立即死去，他轉過身之後，還向前跨出了一步——這一點，有兩個探員說，他事實上只是提了一下腳，想跨出一步而已，這其實無關緊要——身子向著書房的門，仆跌在地，手發著抖，揚起來，指著書房，用極其微弱的聲音問道：「你是誰？」

鐵輪在問出了那一聲之後，頭低下來，手也一下子落到了地上，死了！

以上，是鐵輪臨死之前的詳細情形。

我聽四個探員講述鐵輪死前的情形，情形大致上可以了解。

鐵輪是職業殺手，當然有槍在身。

兩個探員突然衝進去，鐵輪的第一個反應，自然是想擊傷闖進來的人，從而逃脫。可是他所遇到的卻是四個久經訓練的探員，而任何受過訓練的警務人員，在這樣的情形之下，一定會還擊，四個探員一起還擊的結果，就是鐵輪的死亡。

令我所不能理解的是，根據四個探員的敘述，他們第一下撞門之後，鐵輪已經在裏面，高叫過一聲：「你是誰？」

而在他臨死之前，他還轉向書房的門，盡了他最後的一分力量，又問了一句：「你是誰？」

「你是誰？」，是鐵輪一生之中最後一句話！

這很難令人明白，除非，在那間書房中，有著一個鐵輪所不認識的人在！

所以，當四個探員一說完，健一轉頭向我望來之際，我立時問道：「在書房中的是什麼人？」

四個探員各自吞了一口口水，神情變得極其詭異，探員甲道：「沒有人，書房中根本沒有人！屋子中，除了我們四個人之外，只有死者和雲子兩個人！」

我「嘿」的一聲，攤開手：「那麼，死者是在向誰問『你是誰？』」

探員乙道：「不知道，根本沒有人！」

我再一次強調：「根據你們的敘述，在沒有撞門而入之際，已經聽到過鐵輪問過一次『你是誰？』」

四個探員齊聲道：「是的！」

我轉向健一：「健一君，這好像極不合邏輯，如果鐵輪不是見到了一個陌生人，他決計不會問出這樣一句話來！」

健一苦笑了一下：「是的，邏輯上是這樣，但是整件事情，這扇反製的門、遮住窗的牆、板垣的死，根本沒有一件事是合邏輯的！」

我揮了揮手，沒有再就這件事問下去，因為我覺得問下去沒有意思，鐵輪死了，還有一個主要的關鍵人物還在，就是雲子。

有許多疑問，可以從雲子口中問出究竟來。

我問道：「雲子小姐呢？她應該可以解釋許多疑問，她在哪裏？」

健一苦笑了一下：「她很好，沒有受槍傷，我可以帶你去見她！」健一說了之後，向四個探員揮了揮手：「你們可以走了！」

我忙道：「等一等！」

四個已向外走去的探員，又停了下來。

我問道：「在鐵輪死了之後，你們對雲子採取了什麼樣的行動？」

探員甲道：「我先來到雲子小姐的面前：『雲子小姐，你被捕了！』然後，我又指著死者問：『這是什麼人？你們到這裏來幹甚麼？』」

我問道：「雲子怎麼回答？」

探員甲聳了聳肩，道：「她的回答，怪到了極點。」

我有點不耐煩，追問道：「怪到了什麼程度？」

「雲子說：『不是我，是她，是另外一個女人！』」

探員甲轉述了雲子的話，他說得很慢。其實他不必說得這樣慢，他就算說得快一點，我也一樣可以聽得清楚，因為那並不是什麼艱深晦澀的話。

可是這時，我雖然聽清楚了每一個字，以我的理解能力而言，我卻實實在在不知道這樣的一句話是什麼意思，表示了什麼！

我向健一望去，健一仍然是那樣無可奈何、苦澀，看來他也不明白雲子這樣說是什麼意思？

我道：「讓我去見雲子！」

健一點了點頭。

一條長而窄的白色走廊，走廊的兩旁，全是一扇扇的門。門、牆、天花板、地板，一切全是白色，加上並不明亮的燈光，這樣一條白色的走廊，真令人感到極度不舒服。

當我和健一，還有一個穿著白色長袍的人跟在後面，走進這條走廊之際，這種不舒服，像是身上有無數的蟻在嚙咬著。

加深了這種不舒服感覺的因素是，在長走廊兩旁的房間中，每一間都有一些極其古怪的聲音傳出來，有的是雜亂無章的「拍拍」聲，有的是固定的「砰砰」聲，像是有人不斷地在重複著同一個動作所發出來的聲音。這種聲音聽來還只不過是沉悶而已，最令人有毛骨悚然之感的是，有幾間房間中，不斷地傳來一種十分可怕的呼叫聲、喃喃聲、笑聲和號哭聲。

這是一家精神病院的病房。

當健一說帶我去見雲子，而結果車子駛進了一家精神病院的大門之際，我已經知道不妙了！

而如今，走在這樣的一條走廊上，我好幾次問：「雲子究竟怎麼了？」健一都不回答。一直等我和健一，以及那個穿白袍的精神病醫生，來到了走廊的盡頭處，那醫生打開了門上的一個小窗，窗上也有鐵枝圍著。他打開窗子之後，側了側身子，健一向我作了一個手勢，我踏前一步，湊到小窗口，向內看去，我看到了雲子。

在我參與整件事情之後，我早已知道了有大良雲子其人，但直到這時，我才第一次看到她。

雲子很美麗，雖然她的臉色極度蒼白，但仍然相當美麗。房間中的陳設極簡單，她坐在床沿，神情木然，口中喃喃地在說著什麼。她尖削的下頦看來相當稚氣。

雲子發出的聲音很低，我要集中精神才能聽得出她是不斷地在說：「那不是我，是另外一個女人！」

我呆了一呆，回頭向健一望了一眼，健一苦笑道：「一直是這一句話。」

我再轉過頭去看雲子，雲子忽然現出一種極驚怖的神情來，她也看到了自門上的小窗子向內張望的我，驚怖的神情，自然是因為發現了我而來的。

我被她那種神情嚇了一跳，她忽然又笑了起來。

她一面笑，一面伸手向我指來，她笑得十分輕鬆，像小孩子看到了可口的糖果。

我被她的樣子弄得莫名其妙，健一在我身後道：「她快要說另一句話了！」

健一的話才一出口，雲子一面笑著，一面道：「你不是她！你不是她！你不是她！」

她一連說了三遍，高興地笑了起來，然後，神情又變得緊張，四面看看，像是在提防什麼，然後，不再向我看來，低下頭：「不是我，是另一個女人！」

我後退了一步，向醫生望去，醫生搖了搖頭，作了一個無可奈何的手勢。健一道：「我接到報告趕到現場，她就是這個樣子，醫生說她的腦部因為刺激過度，根本已不能思想了！」

我問道：「你沒有問過她什麼？」

健一有點光火：「我想問她一百萬條問題，可是她不肯回答，老是說『那不是我，是另一個女人！』，我有什麼辦法！」

我再轉問醫生：「這樣情形的病人，有沒有痊癒的希望？」

醫生道：「理論上來說，任何受突然刺激而成的精神病，都會痊癒，但是需要時間！」

我來回踱了幾步：「請將門打開，我進去和她談談！」

健一作了一個嘲弄的神情，顯然，他已經作過這樣的努力而沒有結果。醫生倒沒有表示什麼，取出鑰匙來，打開了門，我示意健一別進來，我為了避免雲子受驚，所以慢慢推開門。在我還沒有完全推開之前，我忽然想起了一件事來，轉頭，低聲對健一道：「奈可呢？」

健一悶哼一聲：「那傢伙！」

我對健一的這種態度很不以為然，事實上，雲子受了過度的刺激，召奈可來，比叫我來更有用！我道：「去叫奈可來，他是雲子唯一的親人，雲子見了他，或者會想想有什麼要說的話！」

健一點了點頭：「好，我要繼續去查死者的身分，我會叫奈可到這裏來的！」

我吸了一口氣，推開門，走了進去。雲子看到了我，倒並沒有什麼特別駭異的情形，只是自然而然地站了起來，望著我，直到我向她作了一個「請坐」的手勢，她才又坐了下來。

這是一般日本女性常有的禮貌。由此可知，她雖然神智不清，可是素常所受的訓練，卻也不是全忘記了，這使我充滿了信心。由於房間中除了床之外，並沒有其他可供坐的東西，所以我也在床沿坐了下來，坐在她的身邊。

身子側著頭，用一種十分好奇的眼光望著我，我盡量使自己的聲音聽來柔和：「雲子小姐，我已經知道了你很多事！」

雲子居然立時開口說話了，可是，她說的還是那一句：「不是我，是另一個女人！」

我笑道：「當然不是你！」

雲子怔了一怔，陡然之間，大是高興，叫了一聲日本女性常用的表示高興的「好呀」，道：「不是我！」

我心中大是興奮，使得自己的聲音再誠懇些：「不是你，可是，那另一個女人是誰呢？」

我根本不明白雲子口中「不是我，是另一個女人」意思是什麼，只是感到她不斷這樣說，目的像是想否定什麼而沒有人肯相信她，所以我才「投其所好」這樣子問她的，也沒有想得到什麼滿意的回答。

可是雲子一聽我這樣問，卻有異常的反應。

她先是陡地一怔，像是正在想什麼，接著，她現出極其茫然的神情來，聲音苦澀，倒是回答了我的問題，可是只有一個瘋子，才會說出這樣的話來。

她說道：「另一個女人？是我！」

要不是我明知雲子已經神經失常，我一聽得她這樣講，早起身就走，不會再和她談下去了！

聽她說的話，簡直不是人話！

雲子先說：「不是我，是另一個女人！」

雲子又說：「另一個女人，是我！」

天下再沒有比這兩句話更矛盾荒誕的了，我只好苦笑，望了她片刻：「你還記得板垣一郎？」

雲子側著頭，一副茫然的神情。

我又問道：「你記得你自己是什麼人？你是一個歌星，是一個很美麗動人的女孩子，你來自靜崗，你獨處在東京生活——」

我就我所知，盡可能提示著她，希望她至少能記起自己是什麼人。可是雲子對我的話，只是搖頭，一點反應都沒有！

大約四十分鐘後，奈可來了！

這時候，我早已在十分鐘前，放棄了和雲子的對話，只是我望著她，她望著我，一起坐在床沿上。奈可推門進來，一看到了雲子，便發出了一下低呼聲，急步來到了雲子的身前。

雲子看到了奈可，也陡地震動一下，突然站起，向奈可撲了過去，抱住了奈可，叫了起來：「不是我！是另一個女人！」

奈可一手撫著她的頭，一手拍著她的背：「什麼另一個女人？板垣這傢伙，又有了另一個女人？」

雲子卻不理會奈可在說什麼：「那另一個女人，就是我！」

奈可怔了一怔，向我望了過來：「雲子她怎麼了？這是什麼話？」

我苦笑了一下：「她神經失常了！」接著，我將警方發現雲子的經過，約略地講了一遍。

雲子一直抱著奈可，奈可聽完之後，輕輕推開了她，扶著她坐了下來，托起了雲子的下頦。在這樣的一個江湖小混混的臉上，居然充滿了極其真摯的關切：「雲子，別急，慢慢來，事情不會一直壞下去，一定會變好的！」

奈可的這兩句話，真是出自肺腑，看來他對雲子的感情，絕不是偽裝的，真和兄妹一樣，這使我對奈可尊重了許多。

雲子聽了奈可的話，像是她早已聽熟了這句話，呆了一呆之後，緩緩地嘆了一口氣。奈可向我望來：「和雲子在一起，被警察謀殺了的是什麼人？」

奈可這樣身分的人，必然對任何警務人員都沒有好感，所以他才會自然而然用了「謀殺」這樣的字眼，我道：「不明身分，健一君在查，死者先開槍！」

奈可「哼」的一聲：「警察殺了人，一定說是人家先向他攻擊！有什麼法子，誰叫警察有合法殺人的權力，哼！」

我沒有理會奈可的不滿，正想要奈可向雲子發一些問題，看看雲子是不是會有反應之際，一個探員陡然推開門，氣咻咻地道：「衛先生，查明死者的身分了，請你立即跟我來，健一君在等你！」

雲子已經瘋了，不能回答什麼問題，雖然死人更不能回答什麼問題，但查明了那個神秘死者的身分，這畢竟是一件十分重要的事，所以我向奈可道：「你在這裏陪雲子，我會和你聯絡！」

我說完了這句話，就匆匆跟著那探員離去。

探員將車子駕得極快，而且響起了警號，所以接連闖過了幾個紅燈，直駛向一個幽靜的高級住宅區。

一路上，探員還解釋如何查明死者身分的經過。他說：「我們將死者的相片，廣泛印發，又在電視上播出來，有人看到了打電話來，說死者名字叫鐵輪，住在一個高尚住宅區中的一幢獨立的、日本式的房子中，打電話來的人是死者的鄰居，我們立即派人到那屋子中去，健一君也去，一到，就找到了一些東西，而且發現了這個鐵輪的一些重大的秘密！」

我忙問道：「甚麼重大的秘密？」

探員道：「這個鐵輪，是一個職業殺手！」

我沒好氣道：「這一點，早已知道了，何必還要找到了他的住所才發現？」

探員忙道：「不，不，我的意思是，他是一個職業殺手，世界上，有好幾件重大的謀殺案，一直懸而未決，全是他幹的！好傢伙，這樣的一個殺手，居然匿居在東京！」

我笑道：「那有什麼稀奇，東京，比職業殺手更驚人的罪犯，多的是！」

探員連點頭，表示同意，車子這時已駛進了一條相當寬的巷子。平時，這種高尚住宅區的巷子，十分幽靜，但這時，卻塞滿了各種各樣的車子。其中，大部分是警車，也有幾輛房車，我一眼就看出來，至少有三輛房車上，是有著國際警方高級人員所用的車子的特殊秘密徽號。

這種秘密徽號，只有極高級的國際警方人員，才有資格使用，由此可知，這個職業殺人犯，真曾幹過許多駭人的謀殺案。

車子無法駛過去，我只好下車，側著身子，在車子中走過去，一到門口，就看到花園中已張起了探射燈。

整幢屋子，燈火通明，人影幢幢，熱鬧非凡。

我還沒有走進屋子，就聽到了健一的聲音，他的聲音聽來極激動，正在叫道：「我不同意，絕不同意！」

我走進去，看到在一個傳統的日本式廳堂之中，有著不少人，但是所有的人，都絲毫沒有傳統的日本尊重禮貌的作風。我才一進去，就看到健一脹紅著臉，向著一個人在揮動著拳頭。那人年紀相當大，大聲斥道：「健一君，你失態了！」

健一喘著氣，縮回了拳頭來：「對不起，可是我還是絕不同意！」

他說到這裏，看到了我，立時又叫了起來：「衛斯理君一定支持我！」

我不知道他們在爭執什麼，因為每一個人看來全很激動，剛才險些被健一擊中的那個神情莊嚴的老人，我認得出他是東京警察廳的高級負責人。另外有六、七個西方人，我全認識，是國際警方的高級人員，其中，還有兩個穿著軍服，看來是將軍一級的軍人。整個廳堂中，像是在舉行軍、警高級人員聯席會議，但是氣氛卻十分差，人人都面紅耳赤，各人在爭著講話。

我走到眾人之中，高舉雙手，大喝了一聲：「各位都請靜一靜！」

在我大喝一聲之後，廳堂陡地靜了下來。

可是同時，也有好幾個人，向我怒目而視，當然是因為他們不知道我是何方神聖之故，向我怒目而視的全是日本軍方、警方的高級人員。幸而，國際警方的幾個高級人員，本來並沒有注意我，在我大叫一聲之後，就紛紛向我打招呼，使那幾個對我怒目而視的人，知道我一定有來頭，不是泛泛之輩。

健一轉過頭來，看到了我，像是看到了救星，立即叫出了一大串話來，從他叫出來的話中，我也明白了這裏為什麼聚集了那麼多軍警要人，和他們在爭執些什麼。

健一大聲叫道：「衛君，你來得正好，你來評評這個道理。板垣一案，一直是由我在負責處理的，現在我找到了射殺板垣的兇手，由於這個兇手的身分特殊，曾做過不少的大案子，軍方和國際警方，竟然都要來插手，我們還怎麼辦案？」

健一的話才出口，一個國際警方的高級人員便道：「這個兇手，是國際警方十餘件懸案的關鍵人物！」

另一個穿著軍服的將官也嚷著道：「不行，軍方要追究這個人！」

健一用力揮著手：「不行！不行！」

我吸了一口氣：「各位，我知道各位在爭執什麼了，我想，這個兇手的身分雖然特殊，但是他是由於板垣一案才被揭發出來的，應該由健一君繼續調查下去——」

我才講到這裏，一片反對聲已經傳了過來，我作了一個「請稍安毋躁」的手勢，大聲向幾個國際警方高級人員道：「我保證健一君會將他的調查所得的所有資料，毫無保留地移送給國際警方！」

那幾個首腦互望著，低聲商量了一下，一起點頭，表示同意我這個辦法。我再向日本軍方的一個高級人員道：「軍方也可以得到同樣的資料，這樣，只有使調查工作更容易進行！」

軍方的幾個高級人員商量了一下，似乎也沒有別的意見，我看問題已差不多解決了，就道：「那麼，請大家離去，以免阻礙調查工作的進行！」

一個日本警方的人員，年紀不大，看來職位相當高，多半是健一的上司，瞪著我，一副不服氣的樣子：「請問，你以什麼身分說話？」

我笑了笑：「以我個人的身分！我個人的身分，能使國際警方完全聽我的話，也能使日本警方如果少了我，就什麼也查不出來！」

那警官還待說什麼，健一已道：「是的，少了衛君，我們將一無所得！」他講了這一句之後，頓了一頓，又加強語氣地道：「而且，我也立即辭職！」

健一的口氣如此堅決，令得那警官張了張口，卻沒有發出聲音來。我和健一開始堅決而有禮貌地請眾人離去，這項工作頗不易為，至少花了半小時之久，然後，屋子中只剩下我、健一和受健一指揮的若干探員。

我們開始搜索鐵輪的屋子。

在發現了鐵輪的住址之後，所以會引起這樣的轟動，是因為健一找到了一本記事簿之故。在那本記事簿中，簡單而扼要地記錄了鐵輪在他從事職業殺手的六年之中所幹的案件。

由於所記錄的案件實在太驚人，健一沉不住氣，立時報告了他的上司。消息就是從他上司那裏傳出去的。

在屋子裏靜下來之後，健一先給我看那本記事簿。記事簿中記載的案件，的確駭人聽聞，包括收了多少錢，在什麼時候，什麼地點，殺了什麼人。可是鐵輪的「職業道德」好像很好，最重要的一點，是誰要托他去殺人的，卻一個字也沒有留下來。

健一問我：「你看怎麼樣？」

我道：「板垣一事沒有記著，不過你看，僱他去殺人，至少也要二十萬美金，誰會花那麼高的代價去請他殺板垣？從簿中記載著的被害人名單看來，板垣一郎只不過是一個微不足道的小角色！」

健一道：「是的，這一點很奇怪，不過我們已經找到了他的巢穴，一定可以在這裏搜尋到答案的！」他揮著手，向他的手下道：「展開搜查！」

願望猴神

序言

「願望猴神」是「連鎖」的下集，因為猴神可以給人願望。整個故事中十分異特的一點是，當人在一化為二時，化身和本身，性格行為上截然不同。

在故事中，把化身稱為「副本」，副本其實還是和正本一樣的，只不過把正本隱藏著的一切，由隱性變為顯性而已。

勇敢的人有懦弱的一面，忠誠的人有狡猾的一面，每一個人，都有雙重性格，《鏡花緣》中的兩面人，早已把這一點形象化了。而人與人之間的關係，如果能由得人的心意去作調整，會出現什麼樣的變化，那是誰都無法預料的事——連當事人自己都無法預料！因為「一個所不敢想不敢做的事，另一個卻敢想敢做」！

在現實生活中，人人皆有假面具，一般來說，頗受非議，但這種面具，還是繼續戴下去的好，一旦大家都除下了面具，就可怕之極，一切秩序關係，全都不再存在了！

願望，人人都有，什麼願望才重要，也只有每個人自己心中才知道。又，整個故事中的都市小人物，都各有他們的面具和本來面目，可愛與可憎，自然也無法定論，只好各憑感覺了。

倪匡

第十二部：分裂的兩個人和猴神傳說

參加搜查工作的全是久經訓練的專家，其中當然也包括了我和健一。鐵輪的住所，簡直令我們所有的人目為之眩。單是他的臥室，就有三重門，每個窗子上，都裝有微波防盜系統，看來，伊朗國王的住所，保安程度都不會有這樣嚴密。

而且，在許多意想不到的地方，全有暗格、暗櫃，例如廚房的一只大冰箱的後面，發熱裝置處，就有一個小暗格，放了大量現金。

搜查工作進行了足足一日一夜，由於不斷有新的發現，所以參加搜查的人，幾乎都忘記了疲倦。

搜查出來的資料極多，尤其是各種稀奇古怪的殺人武器，數量和種類之多，足以使任何國家的特務機構目瞪口呆，自嘆不如。

但是，和板垣案有關的，卻只是兩卷錄影帶。

其餘搜出來的東西，只說明鐵輪這個人，是一個犯案累累的職業殺手。這一點，我和健一都不感興趣，國際警方和日本軍方反倒更有興趣。

我和健一有興趣的只是：鐵輪是受了誰的僱用去殺板垣。而那個人，為什麼要殺板垣？

所以，在鐵輪住所中找到的東西，對我和健一有用的，就是那兩卷錄影帶。

當我們才一找到那兩卷錄影帶的時候，當然不知道它的內容，但一定要看一看，恰好鐵輪住所地下室中有著放映設備，所以健一就順手拿了其中的一卷，放進錄影機中，按下了掣鈕。

健一順手取起的那一卷，就是鐵輪曾放給雲子看的「記錄」。

當我和健一兩人，在電視的螢光屏上，看到雲子來找鐵輪，用言語威脅鐵輪，要鐵輪去殺板垣的時候，我們兩人真正呆住了！

這絕對難以想像！

雲子如果沒有板垣，生活立時會成問題！她不能唱歌！當然，憑她的年輕貌美，她可以活下去，但是在這樣繁華的大都市之中，她除了出賣自己之外，可以說決無第二條路可走！

一樣是出賣自己，她為什麼不出賣給板垣？如果說因為板垣用金錢收買了她的身子，她就這樣恨板垣，那無論如何說不過去！

在開始看那卷錄影帶的時候，我和健一兩人的心中，充滿了疑惑，不知道有多少問題。

等到我們看到雲子提及了一個「印度人」之際，健一苦笑著，我則不由自主發出了一下呻吟聲來！

印度人！我可以肯定，就是我要到印度去找的那個印度人！

心中的疑問更多，這個印度人，究竟是何方神聖？何以他無處不在，又什麼都知道？

這個神秘的印度人，一定是整件神秘事件中的核心關鍵人物！

看完了第一卷錄影帶之後，我心中得出的結論，就是這樣。而健一的結論，和我略有不同，他嘆了一聲，說道：「原來是雲子！」

我道：「你這樣說，是什麼意思？」

健一道：「雲子買兇殺人，再明白也沒有了！」

我狠狠瞪著健一，或許是我的目光太凌厲了，令得健一有點坐立不安，我道：「你將問題看得太簡單了，你忽略了那個印度人！」

健一叫了起來：「又是那個印度人！」

我也大聲道：「是的，那個印度人！他告訴雲子可以來找鐵輪，而且，那印度人也告訴了雲子如何要脅鐵輪的法子！」

健一用力揮著手：「那印度人和整件案子沒有關係！板垣想一舉而除去他的妻子和情婦，雲子知道了他的毒辣計劃，轉而請職業殺手殺死板垣，事情就是這樣！」

我冷笑著：「這樣，倒很有好處！」

健一有點惱怒：「什麼意思？」

我道：「可不是麼？兇手死了，板垣死了，主謀人又成了瘋子，整件案子真相大白，可以圓滿歸入檔案了！」

我特地在「真相大白」四個字上，加重語氣，使健一聽得出我是在諷刺他。

健一當然聽得出，他冷笑道：「那應該怎麼樣？」

我道：「我不知道，我要去找那印度人！」

健一不置可否：「我沒有意見，還有一卷錄影帶，看不看？」

我也不知道第二卷錄影帶的內容，也不想和健一再爭下去，因為再爭下去，我也沒有什麼意見可以發表。整件事情，怪不可言，我全然抓不到任何中心，只覺得那印度人，是問題的關鍵而已。

健一又放入了第二卷錄影帶，我和他一起看著。

第二卷錄影帶記錄的，是雲子一回到東京之後，被鐵輪帶到這裏來之後的全部過程。

我和健一兩人看完了這些記錄之後，面面相覷，更是一句話也說不出來，只是相互望著對方，眨著眼，心中亂成了一片，疑問增加了三倍。

過了好一會，健一才道：「什麼意思？雲子否認她曾見過鐵輪？」

我點頭道：「是的，雲子說，第一次去見鐵輪的不是她，是另外一個女人——」

我這句話才一出口，我和健一兩人，陡然之間，如遭受雷殛一樣，兩人都一起站了起來。

健一叫道：「你剛才的話——」

我立時道：「那正是雲子翻來覆去，不斷在說的那句話，就是那一句！」

雲子不斷地翻來覆去說著那一句話是：「不是我，那是另一個女人！」

健一吸了一口氣：「另外還有一個女人，這個女人和雲子長得一模一樣，她買兇殺人！」

我斜睨著他：「連名字也一樣？」

健一吞下了一口口水，這點很難解釋，但是健一還是立即想出了解釋來：「正因為這個女人和雲子長得一模一樣，所以她才盜用了雲子的名字！」

我毫不留情地對健一的「解釋」反擊：「也盜用了雲子的情夫？雲子的幽會地點？」

健一對我的問題，答不上來，他有點腦羞成怒：「那麼照你說，情形怎麼樣？」

我只好苦笑了一下：「我不知道。我只能說，我不知道。不過我感到，根本沒有所謂『兩個女人』，兩個人，我們在錄影帶上見到的兩個女人，根本全是雲子！沒有另一個人！」

健一略為冷靜了一下，有點明白了我的意思：「你的意思是，雲子患了嚴重的精神分裂症？在精神上，她分裂為A、B兩個人，A部分不知道B部分在幹甚麼？」

我用力撫著臉，其實，我不是這樣的意思，不過健一總算捉摸到了我想表達的觀點。事實上，我模糊地想到了一些概念，根本無法用言語表達出來。

人類的語言，用來表達人類生活中出現過的、人類可以理解的一切事物。如果有一些事，在人類活動之中根本未曾出現過，那麼，人類的語言如何表達？

健一使用了「嚴重的精神分裂」這樣的詞彙，已經說明他的理解能力很高。精神分裂，如果到了嚴重的程度，的確可以使一個人成為雙重性格的人，像兩卷錄影帶中的雲子，可以全然不知道自己曾委託過鐵輪去殺板垣。

這樣的病例，在精神病專家的檔案中，多的是。

但是我所模糊想到的，卻比精神分裂更進一步！我心中有一個模糊的概念。我想到的是，一個人精神分裂，可以使一個人在思想上成為兩個不同的人。

但如果一個人不單是精神分裂，連他的身體都分裂了呢？那是什麼樣的一種情形？那一定是一個人，化為兩個人，兩個看來一模一樣的人，但是想法卻完全不同，或者，其中的一個所不敢想、不敢做的事，另一個卻敢想，敢做。

本來，任何人，都有他的另一面，只不過另一面往往被極其巧妙地隱藏著，絕不在任何人面前顯露。但如果忽然發生了某種變化，使人的另一面變成了真實，那麼情形會如何？

一個人的兩面，如果從精神到肉體，完全獨立了，那麼，當這獨立的兩面互相看到的時候，他們會有什麼感覺？他們互相之間的感覺一定是看到了自己。

我曾見過我自己！

在那間怪房間中，我曾清清楚楚地看到過自己！

我有這古怪的想法，因為我有過「看到過自己」這樣怪異的經歷。

我的古怪想法，用人類的文字或語言來闡釋，只能到此為止，沒有法子再進一步，因為這是人類生活中從來也未曾發生過的事！

或者，勉強還可以進一步的解釋。

健一的解釋是嚴重的精神分裂，可以出現如雲子這樣的情形：她曾去找過鐵輪，但事後全然不復記憶。

而我的想法則是，一個雲子在找鐵輪之際，另一個雲子根本在另一處！一共有兩個雲子，而兩個雲子，根本是一個雲子分裂開來的兩面！

我不知道這算是進一步的闡釋，還是愈說愈糊塗了！

我當時並沒有向健一多作解釋，因為健一未曾有過「看到自己」的經歷。一個人在未曾有過「看到自己」的經歷之前，對他說這樣的假設，他無論如何不會接受。我只是道：「有可能是嚴重的精神分裂，但是我們也不能忽略『另一個人的存在』！」

健一瞪著我，我作了一個無可奈何的手勢：「要記得，鐵輪在進入那幽會地點之後，曾兩次大聲喝問：『你是誰！』」

健一道：「可是，那裏根本沒有另外任何人！」

我嘆了一聲：「這就是最難使人明白的一點，作為腳踏實地的辦案人員，板垣案子可以算是結束了，但是我的立場和你不同！」

健一悶哼一聲，沒有說什麼。我道：「我要解決一切疑難未決的問題，直到有了確實的答案，整件事才算是完結，所以，我——」

我的話還沒有講完，健一已接上了口，和我一起道：「要去找那個印度人！」

健一沒有再說什麼，我和他一起站了起來，我道：「那兩卷錄影帶，可以不必給任何人看，或者，只將第一卷公開，作為雲子僱用兇手的證據！」

健一同意我說的話，我又道：「要設法使雲子多見奈可，或者，雲子會對奈可說出實情來。」

健一皺了皺眉，顯然他並不喜歡奈可，但是他還是再次同意了我的話。

我又道：「雲子如果恢復正常了，請和我聯絡，我給你一個通訊聯絡的地點！」

健一立時取出了口袋中的小記事簿來，記下了我給他的聯絡地址。我給健一的那個地址當然是在印度，就是那位將小白色眼鏡猴托給我帶來日本的那位動物學家，也就是一本猴類專書的作者，在他的作品中，曾提及「奇渥達卡」的神奇傳說。

我不到印度則已，一到印度，一定首先和他聯絡，所以我將他的地址，留給了健一。

這位印度傑出的動物學家，尤其對熱帶森林的靈長類生物，有著極其深刻研究的學者的名字是那蒂星。

和健一分開之後，這一次，總算順利成行，沒有在機場被健一叫回去，也沒有在飛機上接到緊急通話。飛機在印度降落之後的兩小時，我已經坐在那蒂星的客廳的籐椅上。

那蒂星看到了我，極其高興。他的客廳，陳設並不豪奢，可是卻極舒服，所有的傢俬，幾乎全是熱帶森林中的老籐所製，有一種柔和的光澤，看來古拙而有奇趣。他滿面笑容：「好了，你將牠藏在哪裏？」

我呆了一呆：「什麼藏在哪裏？」

那蒂星叫了起來：「那頭白色的眼鏡猴啊！我曾接到日本方面的報告，說牠在你的朋友的照料下，已經完全恢復，一定已叫你帶回來了，你藏在衣服裏面？小心將牠悶死了！」

我不禁苦笑，掙脫了他熱情的雙手：「事情有一點意料不到的變化。」

那蒂星大吃一驚，連聲音都有點發顫：「那……小眼鏡猴……」

我明白一位動物學家對稀有動物的關心，是以忙道：「放心，我相信那眼鏡猴的健康良好！」

那蒂星瞪大了眼：「你相信？什麼意思？」

我道：「眼鏡猴叫一個印度人拐走了！」我將那印度人用一種奇怪的「笛子」，發出一種古怪的聲音，眼鏡猴一聽到了那種聲音之後，就跳進了那印度人懷中的情形，向那蒂星講了一遍。

在我講述這件事發生的經過之際，那蒂星的臉上，現出極其奇怪的神情來，來回踱著步。我講完之後，他仍然只是怔怔地望著我。

我道：「怎麼，你不相信？」

那蒂星道：「不是不相信，但是這種捕捉眼鏡猴的方法，只有生活在那一帶森林中的土人才知道！」

我取出了那支用樹葉編成的笛子來：「那印度人走得匆忙，留下了這笛子。日本的一個植物學家，不知道這是什麼樹葉編成的！」

那蒂星接過了笛子：「是的，這種樹，只有在印度的南部才有。它是眼鏡猴的天然療病劑！」

我有點不明白他的意思，他進一步解釋道：「眼鏡猴的毛很長，牠又喜歡用爪抓自己的毛，再放在口中舔著爪，久而久之，會有不少毛積聚在胃中，要吃這種樹葉才能將積年累月進入口中的毛排泄出來。所以，這種樹，也是眼鏡猴最喜棲身的樹！」

我道：「那和這種樹葉編成的笛子——」

那蒂星不等我說完，就知道我要問什麼，他道：「這種樹的樹葉十分濃密，風吹過的時候，鋸齒狀的樹葉邊緣，會因為震動而發出一種相當古怪的聲音。」

那蒂星又道：「由於眼鏡猴習慣於棲身在這種樹上，所以也特別喜歡這種聲音，當地土人就利用這一點來捕捉牠們！」

我「哦」的一聲：「看來，那印度人對眼鏡猴的知識，極其豐富，他也知道白色的變種眼鏡猴，土名叫作『奇渥達卡』。」

那蒂星皺起了眉：「這個人，他拐走了那頭眼鏡猴，有什麼作用？他又不能拿去出售給動物園？一出售，就知道是他偷來的！」

我攤了攤手：「或許，他拐走了那頭白色小眼鏡猴，是要砍下牠的右前爪來，製成『猴子爪』，可以使他達到三個願望！」

那蒂星現出極滑稽的神情，直勾勾地望著我。

我又道：「或許，他想白色小眼鏡猴，帶著他去見靈異猴神，那也可以使他有三個願望！」

那蒂星揮著手，看來像是想阻止我說下去：「你，你是從哪裏聽來這麼多怪異傳說的？」

我笑道：「一部分是在你的大作之中，還有一些，從一個印度老人口中聽來。兩種說法雖然有所不同，但那可能是由於年代久遠的傳說發生了變異，被傳說者加油添醋改變了的結果。但有一點，似乎可以肯定，白色變種的眼鏡猴，幾百年出現一次，和三個願望有關！」

我雖然是笑著說出那一番話的，但是，我並沒有開玩笑的神情，任何人均可以看出這一點來。相反地，那蒂星卻哈哈大笑了起來。

他一面笑，一面道：「我真不敢相信，你會對這種傳說這樣認真！」

我正色道：「別笑，我和你，同樣來自一個古老的民族。古老民族的古老傳說，雖然充滿了神話的色彩，但也未必全然無稽！」

那蒂星對我的態度有點吃驚，望了我半晌：「那你想怎麼樣？」

我直接道：「我要你的幫助！」

那蒂星攤開了雙手：「只要我能做得到。但是，我不是靈異猴神，我無法助你完成三個願望！」

我揮了一下手：「少說俏皮話，我想盡量知道有關靈異猴神的傳說！」

那蒂星現出了一副無可奈何的樣子來：「我研究的目標是猴子，不是猴神，不過，有一個朋友，他是印度古代神話研究的權威，他或者可以幫助你！」

我忙道：「介紹我認識他！」

那蒂星又望了我一會兒，像是想肯定我是不是在開玩笑，等到他肯定了我不是在開玩笑，他才拿起了電話來，撥了號碼，大聲和對方交談起來。

他在電話中講了大約五分鐘之久，才放下電話：「你現在就可以去見他！」

我忙道：「我還有事要你幫忙，有很多問題要問你！」

那蒂星高舉雙手：「只關於猴類，我對於一切神祗的傳說，沒有興趣！」

我拍了他的肩頭一下：「一言為定！」

那蒂星將他的車子和司機讓給我用，我一點也不耽擱，去見那位研究印度古代神話的專家。

神話專家搓著手，在散亂堆在地上的各種各樣舊書中，來回踱著步，雙眼並不看著地上的書，居然不會踏在書上。

那些書，大多用梵文寫成，而且十分古舊，看來每一本書，都有它本身的古董價值。他踱了好一會兒，來到書櫥前，取出一本看來像是手抄本一樣的書來，打開，示意我過去，指著其中的一幅插畫：「請看，這就是傳說中，可以給人三個願望的靈異猴神！」

我先問道：「有許多靈異猴神？」

專家道：「是的，有很多，但只有這一個，可以給人三個願望。」

我想自他手中接過書來看，但是他卻縮了縮手，不肯將書給我，只讓我就著他的手看。那本書是羊皮的，已經成了赭黃色，看來十分脆弱，那一定是一本極珍貴的書，他怕我會不小心將之弄壞。

我低下頭，看到了畫著的「靈異猴神」。

畫的手法，相當拙劣，像是孩童的作品。

畫上所見，最明顯的是一隻猴子頭。

猴神，當然樣子像猴子，可是從畫上的看來，十足是一隻有猴子頭的人。而且，在猴頭之上，還有一個相當高的「冠」，像是帽子又不像。身體是人，好像還穿著一種式樣相當怪異的衣服，和一般所見的神像，大不相同。

我看了一會兒，望向神話專家：「這位猴神——」

專家道：「這是一個畫家，根據曾見過這位猴神的人的敘述而畫出來的。」

我有點疑惑：「這個人的敘述能力一定很差，怎麼有那麼多模糊不清的地方？」

專家的神情有點忸怩：「敘述給畫家聽的人，本身沒見過猴神，見過猴神的是他的祖先，那是他們家庭的傳說，一代一代傳下來的。」

我如果不是為了禮貌，一定要大聲笑起來了。

所謂「家庭的傳說」，可能已傳了幾百年，畫家根據這樣傳說畫出來的形象，和真正的「靈異猴神」的樣子，究竟還有幾分相似，那真是天曉得！

我忍住了笑的神情，一定相當明顯，所以專家在向我望了一眼之後，很不以為然：「這幅圖片，是唯一可以看到的靈異猴神像！」

我忙使自己的神情變得認真：「看起來，所謂猴神，就是一個有猴頭的人！」

專家道：「就是這樣，你們中國的傳說中也有一個這樣的猴神？」

我知道專家是指孫悟空而言，不少研究神話的人，都喜歡將中國的孫悟空和印度神話中的各種猴神作比較。其實兩者不大相同，孫悟空與其說是神，還不如說是文學創作上一個特出的人物更恰當。當然，在如今這樣的情形下，我沒有必要向專家詳細解釋這一點，我只是含糊其詞地道：「可以這樣說——這個猴神，他能給人三個願望的情形怎麼樣？」

專家來回踱了幾步，來到一張書桌前，將那本殘舊的書，小心地攤在桌上，一頁一頁地翻著看，然後，看一會兒，又抬起頭來，望我一眼：「照這裏記載的說法是，靈異猴神每隔若干時日，會派出祂的使者，名字叫『奇渥達卡』，那是一種極其罕見的小眼鏡猴，純白色。這種使者，會帶人去見靈異猴神！」

我聽過這樣的說法，但是專家的話，聽來有一股特別的力量。

那不單因為他是專家，而是由於他講的，根據一本如此古舊的書本而來！

我想了一想：「另一種說法是，將猴子的右前爪砍下來，經過一番手續——」

我還沒有講完，專家已經揮著手，打斷了我的話頭：「那是訛傳，猴子爪的傳說，源自西方，因為和猴子有關，所以便摻雜在一起，民間傳說，在很多情形下相當混亂！」

專家的這番分析，相當有理，我表示同意，我又道：「關於『奇渥達卡』，我曾聽一位老人講過牠的傳說，其中我有點不明白的地方——」

我將在東京聽那彈多弦琴的老人所講的故事，複述了一遍，然後問道：「故事中所說：『靈異猴神使他看到了自己』這句話，是什麼意思？」

專家瞪了我半晌，又去翻那本古舊的書，但是在二十分鐘之後，他皺著眉：「不知道，對這句沒有意義的話，書上沒有記載！」

我倒並不責怪專家的武斷，因為「看到了自己」這樣的話，幾乎對所有的人來說，全是沒有意義的，我又道：「我還想知道一點進一步的情形，例如，白色小眼鏡猴，通過什麼辦法，可以帶人去見靈異猴神，牠知道猴神在什麼地方？」

專家呵呵大笑：「你太心急了！」

我有點莫名其妙：「什麼意思？」

專家道：「等你找到了白色小眼鏡猴，你自然會知道，何必心急？」

我悶哼了一聲，並沒有向專家說起我曾將一頭白色小眼鏡猴從印度帶到日本去！那時，我不知道這頭白色小眼鏡猴可以有這樣的靈異，如果知道的話——

我想到這裏，連自己也不禁覺得好笑起來，如果我早知道，我會怎樣？難道我真相信一頭小眼鏡猴，會引我去見一位靈異猴神？

我當然不會相信！

我沒有作用地揮著手，專家望了我一會兒，我也提不出什麼別的問題來，專家作了一個手勢，看來準備送客，我也準備告辭了。就在這時，一個身形高大的僕人走了進來，向專家行了一個禮：「教授，耶里王子在客廳等你。」

我不知道那「耶里王子」是何等樣人，但是看專家的反應，我立時可以想得到，那一定是一個十分重要的人物。因為專家立時身子彈了一彈，連聲道：「來了多久了？我馬上就去！」

專家一面說，一面望著我。

我立時識趣地道：「打擾你了，我告辭了！」

專家已迫不及待地向外走去，我要離開專家的屋子，也得經過客廳才行，所以我跟在他的後面。印度國境之內，早已沒有了王朝，但是那僕人稱「耶里王子」，這樣稱呼我也不奇怪，因為印度境內，有不少土王，這些土王，本來一直統治著印度境內的許多小邦，不但有勢力，而且十分富有。

自從土王制度也被明令取消之後，土王的潛勢力，還是相當大，尤其是他們擁有極多的財富，所以仍然是極受人崇敬的人物，專家的態度如此，也是意料之中的事。

我跟著專家，進了客廳，我看到有一個穿得極其華美，身形相當高大，頭上紮著白布，布的邊緣，鑲織著金絲，穿的一身白衣上，也鑲著金邊的人，正背對著我，在看壁上的一幅畫。

專家一見到那人，立時趨前，一面向我揮手，示意我出去。

我在想，這個男人，大約就是耶里王子了，我也不想結識什麼權貴，而且，我自己還有很多事要做，所以我已跨出門去，但我突然停了下來。

在我向前走去之際，專家已在向來客招呼。

專家在說：「王子，累你久等了！」

那來客道：「不算什麼，不必介意。」

令我突然停步的，就是來客的那兩句話。那是兩句十分普通的話，可是剎那之間，帶給我的震動，真是難以言喻：我認得那聲音！

這個聲音給我的印象極深刻，我第一次聽到那聲音，是在東京的一間酒吧中，那時，我和健一在一起，突然有人在我們的身邊講話。

當時，他的第一句話是：「哦，奇渥達卡！」

那種低沉而帶著相當濃厚的陰森氣氛的聲音，我絕對不會認錯的！

發出那種聲音的人，就是那個用樹葉編成的笛子，將白色小眼鏡猴拐走了的那個印度人！

那個印度人，就是我到印度來，要在七億印度人中將他找出來的那個印度人！

第十三部：找回自己比任何事重要

要在七億印度人中找一個不知姓名的印度人，那幾乎不可能！

但如今，我卻聽到了他的聲音！

我陡地震了一震之後，立時轉過身來，在我轉過身來之際，那客人也恰好轉過身來，我們兩人打了一個照面。

在那一剎那間，我們兩人的神情，都像是受了雷殛！那印度人，雖然這時，他看來儀容出眾，衣飾華麗，鬍子經過小心的梳理，緊貼著頰旁，看起來威嚴莊重。但是我仍然可以毫不猶豫肯定，他就是那個在酒吧中在對我說話的那個看來像是流浪者一樣的印度人！

我做夢也想不到，這個神秘的印度人，竟有著什麼王子的頭銜。而這時，看他這身打扮和氣派，他那王子的頭銜，不是假的！

我想，對方一定做夢也想不到會在這裏突然見到我，他的震驚可能還在我之上！

那專家也發現了我們之間對視著的情形，他大步向我走來，十分不客氣地來推我，想將我推出門去，以免得罪他的貴客。

別說我突然見到了那印度人，決不會放過他，單是專家這種不客氣的態度，也足以令我冒火的了。所以我毫不客氣，用力向外一推，令得專家跌出了好幾步去。

而我一推開了專家，立時向那印度人走去：「想不到，真想不到！」

那印度人——耶里王子——的面肉抽動了幾下，也道：「是的，真想不到！」

我興奮得不由自主搓著手，因為找到了這個印度人，我心中的許多疑問，都可以得到解決了！

我一面搓著手，一面向著他走過去，直來到他的面前，才站定身子，不理會專家發出憤怒的吼叫聲，正在向我衝過來，我道：「原來你還是一個什麼王子？我想，我們應該好好地談一談！」

我的話才說完，對方還沒有反應間，專家已來到我的身邊，又用力來推我，可是我已經先行出手，這一次，我將他推得跌出更遠。

耶里王子面肉又抽動了一下：「其實，也沒有什麼好談的！」

我冷笑起來：「日本警方對你很有興趣！」

耶里也冷笑道：「這裏是印度！」

我有點冒火，但仍保持鎮定：「刑事案，可以通過國際警方來處理！」

耶里牽了牽口角，發出了一個相當陰森的笑容：「我不知道你在說什麼！」

我再踏前一步，用手指戳向前，抵住了耶里的胸口。這時，專家已經又掙扎著走了過來，但是他在吃了兩次虧之後，他顯然已不敢再亂來了，只是凶狠地瞪著我，沒有再動手，我也不去理他，一面用手指抵住了耶里，一面道：「你對武夫還有印象吧！」

耶里陡地震動了一下，我又道：「他曾幫你將磚頭灰漿運上去，我相信，這是那個大廈管理員致死的原因，是不是？」

耶里的神情更陰森，但是他顯然已經恢復了鎮定：「你是什麼人？」他又望向專家：「我一定要和這樣的一個瘋子交談麼？」

專家怒吼了起來：「出去！滾出去！再不走，我要召警察來了！」

他說著，已來到電話旁邊，拿起了電話來。

我考慮了一下當時的情形，如果我不走，唯一的結果，就是給印度警察押走，我可不想被拘禁在印度的監獄之中。而且，我要找的人，既然是「王子」，那一定是有頭有臉的人物。

要找一個普通的印度人難，要找一個有名有姓的王子，總不成是什麼難事！

我後退了一步，高舉雙手：「好，我走了！」

我一面說，一面向後退去，雙眼仍然盯著耶里。當我退到門口的時候，我道：「奇渥達卡還好麼？」我指著專家，「你來找他，其實並沒有什麼用處，他知道得不多，我知道的，可能比他更多！你來找我談，比和他談更好！」

耶里只是冷冷地望著我，我又向他說出了我所住宿的酒店的名稱和房間號碼，然後，輕輕地轉過身，大踏步地向外走去。

在我向外走去之際，我聽得專家連忙在向耶里道歉，耶里卻一句話也沒有說。

我的心情極其輕鬆，因為我竟然不費吹灰之力就找到了要找的人！

在印度找一個印度人，健一認為那沒有可能，可是我卻得來全不費功夫！我到了酒店，和那蒂星通了一個電話，表示我會和他再聯絡。然後，我將整件事，又從頭到尾，想了一遍。我已找到了那印度人，這是一大進展。而且我有信心，耶里一定會來找我！

耶里的身分特殊，而他卻在日本進行那樣神秘的活動，不管他活動的目的是什麼，他一定不想人知道和深究下去！

他一定會來找我，不管他來找我的目的，是對我有利還是有害，他一定會來找我！

沒有人會喜歡自己神秘的活動給人知道，耶里不會例外。

我在床上躺了下來，連日來我都相當疲倦，我雖然考慮到耶里會對我不利，但是我總不能不休息，在保持高度的警覺下，我才要矇矓入睡，電話鈴忽然響了起來。

我一躍而起，抓起了電話聽筒，聽到了那蒂星的聲音：「日本有一個長途電話來找你，我已叫他打到你酒店來！」

日本來的長途電話，那當然是健一打來的，我感到十分興奮，因為我已找到了那個印度人，這是健一再也意料不到的事情。

那蒂星並沒有耽擱我多少時間，我放下了電話，又通知了一下酒店的接線生，如果有來自日本的長途電話，立刻接到我房間裏來。

我在等著，等了三十分鐘，電話才又響起。

我一伸手，抓起電話來，在知道了的確是來自日本的長途電話之後，我已經準備立刻向健一大聲宣佈我的重大發現了。

所以，當我一聽到對方用日語在叫著「喂喂」之際，我立時道：「你再也想不到，我找到了那個印度人！那印度人可能是一個沒落王朝的後代，人家叫他王子！」

我講得十分快，電話那邊卻靜了下來，沒有了聲音，我又連「喂」了幾聲，才聽得一個人道：「對不起，你是衛斯理君？我不明白你講些什麼。」

我也呆了一呆，那不是健一的聲音，雖然長途電話中的聲音不是很清晰，但是那決不是健一，可以肯定。我略為猶豫了一下：「對不起，你是——」

那邊道：「我是奈可！你還記得我麼？我是奈可，雲子的好朋友！」

我呆了一呆，奈可！這個過夜生活的小人物，他打長途電話到印度來找我幹甚麼？而他是先打電話到那蒂星家裏去的，那當然是健一告訴他和我聯絡的方法，因為我只將這個方法告訴過健一，那麼，健一為什麼自己不打電話給我呢？

我已經意識到有什麼不平常的事發生了！

我忙道：「是的，我記得，奈可先生——」我唯恐他囉嗦下去，因為在我的印象之中，他不是一個說話爽氣的人，所以我立即道：「有什麼事，請快點說！」

奈可還是停了片刻，在那極短的時間中，他雖然沒有說話，可是我卻可以聽到他急促的呼吸聲，可知道事情真的有點不尋常。

正當我又要催促他之際，他開口了：「衛君，健一君，他……他……」

奈可在口吃著，講不出來，雖然遠隔重洋，但是我彷彿可以看到他那尖削的三角臉，面上肌肉在不住抽搐的那種氣息敗壞的樣子。

我大聲道：「健一怎麼了？」

奈可終於講了出來：「健一突然辭職，離開了東京，他只留下了一張字條給我——」

我聽到這裏，不禁暗罵奈可這傢伙，小題大做，大驚小怪！我還以為健一發生了什麼不得了的大事！

雖然健一突然辭職，這件事也可稱突兀，但無論如何不值得立刻向我報告！

我埋怨道：「就是健一君辭職的事？」

奈可急匆匆地道：「是的，不過，他留了一張字條給我，叫我立刻告訴你，還留下了和你聯絡的方法！他還要我將字條在電話裏念給你聽！」

我有點忍無可忍之感，大聲吼叫道：「那麼，請你快一點念！」

奈可給我一喝，接連說了七八下「是」，才將健一留給我的字條念了出來。不過，在念之前，他還是抽空加了一句他自己的話：「健一君留給你的字條，究竟是什麼意思，我一點也不懂！」

健一交給奈可，要他在長途電話中留給我的字條，如下：

「衛君，我看到了自己，在你看到自己的地方，我看到了自己。在我看到了自己之後，我明白這些年來，我自己根本不是我自己，我不想再繼續扮演不是我自己這個角色，所以我走了，我要使我自己是真正的自己，我回到我應該回去的地方，來不及和你說再見。還有，不論事情多麼神秘，我看你也不必再追尋下去了，你不必去找那個印度人，快快找回你自己，那比任何事情都重要，聽我的勸告，老朋友。」

奈可一個字一個字，小心翼翼地將那張健一留給我的便條，念了一遍。他總算是盡了責。念完之後，他又補充了一句：「我真不知道他在說什麼。不過，他真的辭了職，而且，立刻離開了東京，走了。」

我呆了半晌。

健一的話，我也不是全部明白，可是我至少懂得什麼叫作「我看到了自己」。也明白健一看到自己的地方，就是板垣和雲子幽會場所的那個怪房間之中。

健一在那怪房間裏看到了自己！

我腦中一片混亂，急於想知道事情的詳細經過，因為健一既然將便條交給奈可，在這之前，他一定曾和奈可聯絡過，我要知道詳細的情形。

我忙道：「奈可，你別急，你要將情形詳細告訴我，愈詳細愈好！」

奈可的聲音聽來很苦澀：「我……可以告訴你，但是我沒有長途電話費，我……我……」

我立時道：「你掛斷，再打給我，由我這裏繳費。」

奈可高興了起來，大聲答應著。

我和健一離開雲子的病房之後，由於健一的安排，而且在瘋子之中，雲子是十分文靜的那一類，醫生斷定她不會對人有傷害，所以允許奈可可以選擇任何時間，陪伴著雲子。

奈可這傢伙，對雲子真有一份異乎尋常的深厚感情，他所選擇的時間，是全部時間。也就是說，他一直在陪伴著雲子。

醫院方面事後說，雲子有了奈可的陪伴，精神好了許多，如果不是她仍然一直在翻來覆去說著那幾句話，從外表看來，簡直和常人無異。

奈可卻很傷心，因為雲子成了瘋子。他一直在對著雲子喃喃自語，叫著雲子的名字，不斷要雲子說出她的心事來，他一定替雲子分擔，哪怕事情再困難，他也願意負責。

由於奈可不斷地對雲子在自言自語，看起來又傷心又失常，以致一個不明情由的實習醫生，有一次，反倒認為奈可是病人，而雲子是來探病的！

雲子對於奈可的話，一點反應也沒有。當晚，奈可向醫院要了一張帆布床，就睡在雲子的病床之旁。這本來是不許可的。

但是醫院得到了好幾方面的通知，雲子這個女病人，和極重大的案件有關，要盡一切方法，使她能恢復記憶。奈可的作伴，也是方法之一，所以醫院方面只好答應。

睡到半夜——這是奈可的敘述——奈可突然被一陣啜泣聲所吵醒。

奈可本來不願意醒過來，因為他實在太疲倦。可是據他說，這一陣哭泣聲極傷心，聽了之後，令人心酸之極，覺得就算發出這種哭泣聲的，是自己不共戴天的仇人，也應該立即放棄仇恨，轉而去幫助這個在絕望中哭泣的人。

所以，奈可揉著眼，坐了起來，當他坐起身之後，他看到雲子就坐在床沿，哭著。那種傷心欲絕，使人一聽，心就向無底絕壑沉下去的啜泣聲，就是雲子所發！

奈可怔怔地望著雲子，一時之間，不知如何才好。雲子在以前，不是沒有對奈可哭過，有好幾次，雲子曾伏在奈可的肩上流淚。

奈可自然知道雲子在大都市中掙扎，日子並不如意，心情的開朗是表面化的，所以每當雲子哭的時候，他總是盡量輕鬆地道：「怎麼啦？陽光那麼好，又不愁吃，又不愁穿，應該快樂才是，為什麼要傷心？」

雲子是一個性格堅強的女子，每當奈可這樣說的時候，她便會立時昂起頭來，將頭髮掠向後，同時也抹去眼淚，現出一副毫不在乎的神情來：「誰說我傷心了？我根本很快樂！」

在這樣的時刻，奈可便只有暗暗嘆氣。他當然知道雲子的話，不是她的心底話，但是奈可自己既然沒有力量可以使雲子的生活真正幸福快樂，除了順著雲子的話打幾個哈哈之外，他也不能做些什麼。

自從雲子的聲帶出了毛病，不能再歌唱之後，雲子有更多次對著奈可流淚的經歷，但是每一次，也都能及時地表現自己「並不傷心」。

在奈可認識雲子以來，從來也未曾見過雲子這樣哭過，雲子哭得這樣傷心，奈可張大了口，想安慰她幾句，但是喉嚨發乾，一句話也講不出來。

他只是怔怔地看著雲子哭，過了好一會兒，他只覺得自己也想哭。但一個男人在女人面前哭，總不是很體面的事，所以他竭力忍著，聲音乾澀：「雲子，別哭了好不好？每一個人的生活都不如意，哭並不能改善生活的環境，別哭了好不好？」

雲子仍然哭著。

奈可又喃喃地說了很多安慰話，雲子仍在哭。

奈可在這樣說的時候，根本沒有期望雲子會回答自己什麼話。可是雲子卻突然開了口，她仍然在一面啜泣著，一面說話，她的聲音，也是同樣傷心欲絕，聽來令人心碎。她道：「至少我哭過，你連哭也不能隨心所欲，你也想哭，可是你不敢哭！」

雲子這幾句話，說得極其清醒，令得奈可一時之間，忘記了一個精神失常的人不會講出那樣清醒的話來。在那一剎那間，他只是被雲子的話怔住了，想到了他自己。

無論在生活中多麼不如意，無論受了多少屈辱，無論為了活下去，做過多少自己不願做的事，無論在大都市的夜生活中打滾，多麼令人覺得自己的卑賤，可是正如雲子所說那樣，他連哭都不敢哭！

一想到這一點，奈可幾乎忍不住要放聲大哭起來。

可是也就在這一剎那間，他還未曾哭出聲，就陡地省起，雲子一定已經清醒了，不然不會講出這樣的話來！

剎那之間，他大喜過望，忍不住高聲呼叫起來：「雲子，你醒了！」

雲子說道：「我根本沒睡著過！」

奈可更加高興，跳下地，站著，揮著手：「我不是這意思，我是說，你從神智不清中醒過來！」

雲子略為止住啜泣：「神智不清？我什麼時候神智不清？我……倒寧願神智不清，可是我……我清清楚楚感到絕望，我不知道如何活下去，我覺得睏倦，我實在不知道應該……怎麼樣……我……」

雲子還斷續講了不少話，但是奈可說，他沒有再聽下去，他只是向雲子作了一個手勢，示意雲子留在房間裏，他自己則打開病房的門，奔了出去，在走廊的轉角處，找到了電話。

健一是在半夜被奈可的電話吵醒的。他一聽到了奈可的聲音，便忍不住要破口大罵，但是他因為才打了一個呵欠，沒有來得及立刻罵出口，就已聽到奈可在叫道：「健一先生，雲子醒了！雲子清醒了！」

健一陡地將罵人的話縮了回去，疾聲道：「什麼？請你再說一遍！」

他居然在對奈可的對話中，用上了一個「請」字。

奈可又叫道：「雲子清醒了！」

健一躍起，將電話聽筒夾在頸際，一面已拉過褲子來穿上：「你在哪裏打電話的？快回去看著她，別讓她亂走，我立刻就來！」

健一放下電話，一面披著上衣，一面已出房門，在門口胡亂穿上了鞋子。

「健一先生來得真快，他穿的鞋子，一隻是黃色，一隻是黑色的。」奈可敘述說：「那時，我在病房門口，等著他。」

奈可放下電話，回到病房，雲子仍然哭著，奈可道：「等一會兒，有一位健一先生要來，他是警方人員，不過人倒是……挺好的。他說你和一件重要的案子有關，嗯，好像是板垣先生的死——」

奈可說到這裏，偷偷向雲子看了一眼，想看看雲子的反應如何，因為他一直不相信板垣的死和雲子有關，板垣是雲子生活的保障，雲子不能失去板垣！

可是雲子一點反應也沒有，自顧自哭著。

奈可繼續道：「他來了之後，你只要照實說就是了，不會有事的，請相信我！」

雲子幽幽地道：「會有什麼事？」

會有什麼事呢？奈可也說不上來。

雲子不等奈可回答，又幽幽地道：「什麼事，我都不在乎了！」她說著，抬頭望向窗子。窗上裝著鐵枝，月色很好。月色映得雲子的臉看來極蒼白，淚痕在閃著光。

雲子喃喃地道：「我還在乎什麼事？還有什麼事可以令我更痛苦、傷心？我根本不知道自己活著幹甚麼，也不知道應該怎麼樣！」

奈可聽得雲子這樣說，有點手忙腳亂，不知如何才好，他想要安慰雲子幾句，可是卻又不知說什麼才好，雲子向他望來，用的是一種相當同情的眼色，雲子這時的聲音，聽來反倒十分平靜：「奈可，你也該好好為你自己著想一下！」

奈可剛才曾被雲子勾起極度的悲哀來，因為驚異於雲子的清醒，所以才急急地通知了健一。這時，雲子的話，又令得奈可茫然，他除了嘆息之外，實在不知道該說些什麼才好？

為自己打算，奈可知道，像自己這樣的小人物，實在沒有什麼好為自己打算的地方。幸運不會突然降臨在他的身上，他所能為自己打算的一切，在大人物眼中看來，簡直可笑，那程度就像是人看到螞蟻在為一粒餅屑而出力一樣可笑！

奈可沒有說什麼，只是伸手在臉上重重撫摸了一下，雲子忽然道：「你說的那個叫健一的警務人員，什麼時候會來？」

奈可答道：「應該很快就到了！」

雲子道：「你到門口去等他，我想一個人靜一靜！」

奈可望了雲子片刻，伸手在雲子的頭髮上，輕撫了一下，這是奈可對雲子的一種親熱的表示，奈可知道自己是小人物，但同時，他也覺得自己比雲子堅強，所以常以長者的動作來表示對雲子的感情。

雲子像平常一樣，略側著頭，奈可又嘆了一聲，雲子側頭的那種神情很美麗，她應該可以成為一個知名度較高的歌星，奈可想。或許，在經過了這件事之後，全日本都知道有大良雲子這個人，她如果再登上歌壇，可能會成為紅歌星！

那麼，他——奈可——就可以成為一個紅歌星的經理人了！

當奈可想到這一點的時候，他心情相當振奮，順從地走出了病房，當雲子要他關上病房的門之際，他也將病房的門關上，就站在病房的門口。

當奈可站在病房門口的時候，病房的門關著。雲子在病房中做些什麼，奈可無法知道。

據奈可的敘述是，雲子是在那短短的一段時間中，十分平靜，因為他沒有聽到病房之中有什麼聲音傳出來。

而那時候，正是午夜，即使是在一個瘋人院中，午夜也是極其寂靜的，所以如果雲子在那時候，有什麼聲音發出來的話，奈可一定可以聽得到。

奈可在病房門口並沒有站了多久，健一就來了！

健一來得極匆忙，兩隻腳上所穿的鞋子，都不同顏色，他在走廊中急步奔過來時的腳步聲，打破了寂靜。當他看到奈可在門口之際，他立即問：「雲子呢？」

奈可向病房指了一指，健一立時握住了門柄，在他推門進去之前，他回頭，問奈可：「你說她已經完全清醒了？」

奈可點著頭：「是的，全清醒了！」

接著，奈可猶豫了一下：「太清醒了，她甚至勸我為自己打算，以前，她從來也未曾對我說過這樣清醒的話。」

奈可最後那一、兩句話，聲音很低，他不敢肯定健一是不是聽見，健一推開門，奈可想跟進去，可是健一卻立時用身體阻住了奈可的去路，冷冷地道：「對不起，我和雲子小姐要秘密談話，你在外面等著！」

「我可以堅持我也要進去的，」奈可在長途電話中的聲音，仍不免悻然：「但是，我也有自尊心，我忍受不了人家對我的輕視，不讓我進去，我就不進去好了，所以我立時退開，門在我的面前關上，健一君進了病房。不過，我實在應該進去，因為我如果跟進去，至少可以知道在病房之中發生了一些什麼事，而不是只聽到病房中傳出來的聲音。」

由於奈可被拒在門外，所以，健一進了病房之後，究竟發生了一些什麼事，奈可不知道。奈可只能聽到自病房中傳出來的聲音。根據傳出來的聲音，雖然可以判斷發生一些什麼事，但卻無法肯定。尤其是，奈可聽到的聲音，包括一些對話，簡直不可解釋。

病房的門才一關上，健一的話語就傳了出來，健一的語聲是充滿了驚訝的：「天，這是怎麼一回事，你們——」

健一的話說了一半，就陡地停了下來，接著，便是「砰」的一聲響。

據奈可說，「砰」的一聲響，他知道那是病房中唯一的一張椅子翻倒的聲音，可能是健一走得太急，絆倒了椅子。

接著，又是健一的語聲：「你們……你們是怎麼一回事？你們——」

據奈可說，他當時奇怪之極，因為健一傳出來的話中，從開始起，到這時為止，總共才不過講了兩句話，而在這兩句話之中，他一共用了四次「你們」。

「你們」本來是很普通的詞，每一個人在對著超過一個人說話的時候，都可能重複地使用很多次。但是奈可卻清楚地知道，病房中，健一所面對的，只是大良雲子一個人，不可能再有別人。

對著一個人講話，就應使用「你」，而不是「你們」。可是健一卻說「你們」！

如果不是剛才健一的語氣態度，對奈可的自尊心造成了太大的打擊的話，奈可一定會推開門去，看個究竟。不過這時，奈可卻並沒有這樣做，只是發出了一下低微的悶哼聲。

接著，奈可就聽到了雲子的聲音。

雲子的聲音很平靜，也很低，如果不是奈可平時聽慣了雲子的話，他可能聽不清那句話。但由於他和雲子太熟的緣故，所以他可以分得清雲子在說什麼，雲子道：「你來了？你別急，我可以使你知道你要知道的一切。」

健一的聲音仍然很急：「那個職業殺手，是誰和他接觸的，你們——」

健一在這裏，又用了一個「你們」，不過這一句話也被打斷了話頭，接著，便是一連串的低語聲。

奈可可以肯定，那持續了足有十分鐘之久的低語聲，是雲子所發。不過由於語音實在太低，以致即使奈可和雲子如此熟稔，也不知道雲子究竟講了些什麼。

這時，奈可的好奇心愈來愈強烈，他已經要不顧一切推開門衝進去了，可是也就在這時，他卻聽到，健一發出了一下如同被人痛擊之後呻吟一樣的聲音。

奈可陡地一怔，可不知道發生了什麼事。而在他還未曾定過神來之際，門打開，健一已走了出來。

健一出來，關上了門，在他關上門之後，雲子的一下叫聲，還自內傳了出來，那是雲子提高了聲音叫出來的，奈可完全聽得清楚。

雲子在叫：「你如果不信，可以去看一看！」

奈可向健一望去，一時之間，嚇得講不出話來。

「我對健一君，實在沒有什麼好感，」奈可說：「我對一切警務人員，都沒有什麼好感。所以，在我的一生之中，曾經起過不知多少古怪的念頭，然而決未曾起過一個念頭，想去同情一個警務人員。可是這時，我真的同情健一君，因為他的神情實在太可怕了！」

健一當時的神情，一定是真的可怕，在奈可的聲音中，猶有餘悸。他續道：

「健一君的臉色，比醫院的白牆更白，他雙眼發直，身子在簌簌發著抖，當他伸手握住了我的手臂的時候，即使隔著衣服，我也可以感到他手心中透出來的那股涼意。他平時呼來喝去，何等威風八面，可是這時，真比一頭待宰的羔羊還要可憐！」

奈可形容得很好，這就是健一當時的情形。

奈可被健一的神情嚇呆了，但他呆了並沒有多久，立時叫了起來：「健一君，你——」

健一失魂落魄：「她……她對我講了……講了……」他又望向奈可，忽然問道：「她也對你講過？她……她……對你講過？」

奈可全然莫名其妙：「講過什麼？」

健一將奈可的手臂抓著更緊，以致奈可竟不由自主地叫了起來，可是健一仍然不放手，不住地道：「她對我說了，還叫我去看看，她叫我去看看！」

由於健一在講這句話的時候，是直視著奈可的，所以奈可只好問：「她……她叫你去看什麼？」

健一道：「他叫我去看看自己！」

奈可不明白健一這樣說是什麼意思。事實上，不會有人明白這樣說是什麼意思。

我可以明白健一這樣說是什麼意思。

「看看自己」，意思其實極簡單，就是去看看自己，沒有別的解釋。

因為，我曾看到過自己，所以我明白。

奈可當時不知再說什麼好，健一則突然之間，顯得十分激動，不但握著奈可的手臂，而且搖著，說道：「我一定要去看看自己！」

奈可實在給健一握得太痛，只好道：「好，那你就去吧，快去看看你自己！」

健一鬆開了奈可的手臂，急急向前走了兩步，然後又轉過身來：「奈可，你去不去？去看看自己！人不是有很多的機會看到自己！」

奈可悶哼了一聲，口中雖然沒有說什麼，但是心中卻在暗罵：瘋人院應該多收留一個病人才對！當然，奈可在這樣想的時候，臉上的神情，對健一也不會太親切友善。健一倒沒有生氣，只是嘆了一聲，搖了搖頭，神情像是相當可惜。

接著，健一就走了。

健一還沒有走出走廊的盡頭，奈可便轉身推開了門，想去問問雲子，她究竟對健一說了些什麼。當奈可推開門之際，看到雲子坐在床沿，神情十分古怪。

奈可說道：「健一問了你什麼？」

雲子不答。

奈可又問道：「他對我說了一些莫名其妙的話，不知是什麼意思，你叫他去看什麼？」

雲子仍然不答，但忽然笑了起來，一面笑，一面道：「那不是我，是她！是另外一個女人，那不是我！」

雲子不斷說著，直到奈可抓住了她的手臂，用力搖撼著她的身子，她還是笑著，重複著那兩句話。

情形和以前全一樣，不過加上雲子不斷的笑聲，根據神經病專家的意見，一個不斷癡笑的瘋子，比單是喃喃自語的瘋子，更加沒有希望。

健一在離開了奈可之後，做了些什麼，奈可並不知道，但是健一的行蹤，有人知道。

有關健一離開了奈可之後的情形，當然不是奈可在長途電話中告訴我，是日後我一點一點調查出來的結果。我知道這些經過的時間上雖然有差距，但這些事，在事實上接連發生，所以我加在一起敘述。然後，再接上奈可再遇上健一的情形，以使整件事，有連貫，不致中斷，便於理解。

健一出現在那幢大廈的入口處，注意到他的，是一個探員。自從鐵輪出現，死於亂槍之下之後，仍然有探員駐守在那大廈中。

那探員看到健一，迎了上去，招呼了健一一聲，健一的腳步很匆亂——照那探員的說法——匆亂的意思就是，不但走得急，而且不是依直線行進的，那情形，就像是喝了酒，不勝酒力一樣。

探員想去扶他，但卻被他推開了，健一直走向升降機，走進去。

「我這時才注意到，他……健一君的鞋子，一隻黃色，一隻黑色，而他又走得那樣匆亂。是不是健一君有什麼意外呢？我自己想。」探員追憶當時的情形：「我想追上去看看，但是想到健一君是那樣有經驗的警官，不必多擔心，所以，我就沒有追上去。」

探員雖然沒有跟上去，但是對於健一的行動，多少有點懷疑，所以他一直在注意，看健一是不是會有意外。半小時之後，健一還沒有下來，探員覺得事情有點不正常，他剛想進升降機時，升降機向上昇去，到了十一樓，停止了片刻，又開始下落。

等到升降機到了大堂之後，門打開，健一走了出來。

探員追憶道：「健一君緊鎖雙眉，在自言自語，像是心事重重，我完全聽不懂他在說些什麼。我又叫了他一聲，他像是完全沒有聽到，他逕自向外走去，步履比進來時穩定很多，可是也沉重得多，我看著他走出了大門，就沒有再注意他。」

這是健一在離開了奈可之後，逕自來到板垣、雲子幽會場所的情形，從時間上來說，健一是在離開了奈可之後，立即來到這幢大廈的。

健一在離開了大廈之後，又到什麼地方去了？沒有人知道。但是估計，他可能回家，在家裏待了一會兒，因為事後，在健一的住所中，有過匆忙收拾行李的跡象。這一段時間，約莫是一小時，因為在一小時之後，健一又出現在他的辦公室中。

當時天色還未亮，辦公室中，只有一個值日警官在，值日警官是健一的朋友，一看到健一，就道：「早！為什麼那麼早？可是案子有什麼新的進展？」

健一沒有回答，逕自向前走，進了他的辦公室，很匆忙，甚至沒有關門，所以值日警官轉過頭去，可以從打開的門，看到健一在辦公室中做些什麼。

健一一進辦公室，就坐了下來，寫著信。

據那個值日警官說，健一一共寫了兩封信，第一封信，一揮而就，寫了之後，放在桌上。第二封信，寫了三次才成功。寫好之後，折起來，放進衣袋之中，然後，拿起第一封信，走出辦公室，交給了值日警官：「處長一來，就請交給他！」

值日警官說：「他不等我說話，就走了出去，等他走出去之後，我才看到信上寫著『辭職書』，我吃了一驚，想叫健一回來，但是健一君已走遠了。」

健一離開了辦公室之後，又到醫院去見奈可。

他在辦公室寫的第二封信，就是寫給我的。也就是奈可在第一次長途電話中讀給我聽的那一封。

健一和奈可再度見面，也沒有什麼特別之處。據奈可說，健一表現得十分快樂、輕鬆。奈可特別強調「輕鬆」，因為健一平時由於工作上需要他不斷思索，所以他的眉心，經常打結，但這時，完全沒有這樣的情形。

健一吩咐奈可，一定要盡快找到我，將這封信讀給我聽，他留下了一點錢給奈可作打電話之用。然後，他輕鬆地拍著奈可的肩，又打開病房的門來，將頭向內，看了一看。奈可也趁機跟著看了一看，雲子只是在傻笑，重複著那兩句話。奈可最後道：「我看了健一君留給你的信，覺得沒有什麼大不了，所以根本不想打電話給你，想把健一給我的錢……留著做別的用途。可是第二天，就有兩個探員來問我關於他的事。原來他不單辭職，而且人也離開了東京，在車站，有一個他的同事遇見他，健一只說了一句他到他應該去的地方去，沒有別的交代。」

發生在健一身上的事，由奈可在長途電話之中，詳詳細細地告訴了我。

我在放下了電話之後，連我自己也不知道呆了多久。我只是坐著發怔，思緒一片混亂。過了好久，我才將經過的情形，約莫理出了一個頭緒來，而值得注意的事，有以下幾點：

雲子曾忽然清醒，講了不少平時她不講的話，這些話，聽來很傷感（她對奈可講的）。至於她對健一講了些什麼，沒有人知道。只知道她曾叫健一去「看看自己」。

健一真的聽了雲子的話，我也相信健一「看到了自己」，健一看到了自己的結果是，留下了一封辭職信。

健一留下了一封給我的信，勸我別再理會這件怪事，就此不辭而別，到他「應該去的地方」去了。健一「應該去的地方」是什麼地方，我一點概念也沒有。

事情的經過，就是那麼簡單，但也是那麼不可思議。

其中還有一點相當難明白的，那就是健一在進了病房之後，曾不斷說「你們」。

而事實上，當時在病房內，健一面對著的，應該只有雲子一個人。

當我整理出這些來之後，我在想：我是不是應該回日本去找一找健一呢？找到了健一，當然可以在他口中明白很多事情，可是我只知道健一離開了東京，他到什麼地方去了，全然不知。要在日本找一個日本人，不會比在印度找一個印度人容易多少，而我要找的印度人，我已經知道了他的身分，和他交談過，我更可以肯定，這個印度人一定會主動來和我接觸，在這樣的情形下，我實在沒有理由離開印度到日本去！所以，在和奈可通了幾乎將近一小時的長途電話之後，我決定不到日本去，至少暫時不去。

我的睡意全消，在房中來回踱步，天色將明。我心中在想，在經過了專家那裏的交談之後，如果那位耶里王子，居然可以忍到天亮之前，不主動來找我，那麼，他可算是一個忍耐力極強的人了。

因為他在從事的勾當，是如此之神秘，這種神秘的勾當，通常是決不想給外人知道的，而我明顯地已經知道了很多，他怎麼可能不來找我？

第十四部：耶里王子的故事

我的心中，多少有點焦急，不過我一點也不擔心，因為我既然已經知道了他是什麼人，要去找他，也十分容易。

我一面踱著步，一面伸著懶腰，就在這時，我聽到從走廊中，傳來了一下頗為奇異的聲音。那聲音，聽來像是吹哨子發出來的，但是有點古怪，高吭之中，帶著點嘶啞。我一聽到那聲音，就立時認出，那是那種樹葉編成的笛子所發出來的聲響。

我也立即知道，耶里王子來了！我奔到門前，打開了門，自己站在門後：「請進來，我等你很久了！」

門外靜了片刻，才聽到了一下悶哼聲，接著，一個身形高大的印度人走了進來，就是耶里王子。他穿著一套傳統的白色印度服裝，手中拿著一支樹葉編成的笛子，一進房間，我就關上門，他也轉過身，向我望來。我們兩人，對望了片刻。我本來考慮到他可能會對我不利，所以極其警惕，但是我隨即發現，我這種警惕是多餘的。在他黝黑的臉上，找不到絲毫敵意，反而只看到一種徬徨無依的神態。當一個人的臉上有這種神態的時候，那表示他連怎樣對自己都拿不定主意，當然不會再去轉念加害他人。他先想說話，可是嘴唇動了動，沒有出聲。

我作了一個手勢，請他先坐下來：「我們的小朋友可好？」

他有點愕然，雙手合十，向我行了一個禮，才反問道：「我們的小朋友？」

我道：「奇渥達卡！」

耶里苦笑了起來，當他發出苦澀的笑容之際，他的面肉在不由自主抽動著，那顯得他心事重重，一時之間，倒使我以為那頭白色小眼鏡猴，又因為絕食而死亡了。但是他卻立時道：「很好，我們的……小朋友很好！」

耶里在講了那話之後，後退了幾步，坐了下來，我注意到他的態度，和日間在專家裏時大不相同。果然，他一坐下來之後，就喃喃地道：「真想不到，你到印度來，是專為了找我？」

我點了點頭，不出聲。我不出聲，是為了易於觀察他的反應。

耶里又苦澀地笑了一下：「我很佩服你的毅力，我叫耶里，全名很長，我也不必向你詳細介紹了！」

他一面說，一面向我伸出手來，在他粗大的手指上，有一枚巨大的綠玉戒指。

我為了表示對他的友好，和他握了手。

由於我心中有太多的謎團要靠他來揭開，所以他肯表示友好，我自然不會拒絕。我一面和他握手，一面道：「耶里王子？」

耶里更正道：「是，不過我的王朝，已經不再存在，只是一個虛名。」

我點頭，表示對印度各邦各部落的「王朝」興衰，相當明白，我只是問道：「你的領地——」

耶里道：「原來的領地在印度南部，現在我還有財產在領地上，那是一座早已傾圮了的宮殿——」

他講到這裏，苦笑了起來，樣子看來不像在可惜宮殿的傾圮，而是別有懷抱。我作了一個手勢，說道：「我真的不明白，雖然你的王朝已不再存在，但是在印度，你顯然還有相當高的地位——」

耶里接下去說：「也有相當多的財產！」

我說道：「是啊，那你為什麼還要到日本去，做那麼多的怪事？」

耶里的口唇動著，過了好一會兒，才問道：「你以為世上，或是整個宇宙之中，什麼最吸引人？」

我呆了一呆，這個問題，實在不容易回答。

什麼最吸引人？這個問題的答案，可能因人而異，每一個人，有每一個人的不同答案——當我想到這裏的時候，心中突然一動，有一個共同的答案，應該是每一個人都希望那樣的。

我立時道：「三個可以實現的任何願望！」

耶里點頭道：「三個願望！」

我更糊塗了，三個願望和白色小眼鏡猴有關，和靈異猴神有關，何以又和日本有關？

我要問的問題太多，以致一時之間，反倒一句也問不出來。耶里並不是反應遲鈍的人，他當然可以看得出我一臉詢問的神色。

他的雙手手指互相交叉握著：「說起來，是一個很長的故事，要是你想聽的話——」

我忙道：「想聽，想聽！不論故事多長，我一定聽。」

耶里直了直身子，我又道：「還有一點，我心中的疑問太多，希望在你的敘述中，我可以發問，請你答應我。」

耶里想了一想：「可以。」

他答應了我的要求，但立即又說道：「我對你，也有一個要求。」

我望著他，他道：「在你聽完了我的敘述之後，你要盡你一切力量幫助我！」

我不禁怔了一怔，因為我不知道耶里要我幫他做什麼，但是看他的神情，顯然是如果我不答應，他就不會講他的故事。

如果我得不到他的故事，心中的所有疑團，就不能解得開。看來，沒有選擇！我只好嘆了一聲：「你真會揀提條件的時機！」

耶里做了一個無可奈何的手勢，我也作了一個同樣的手勢：「好，我答應你。」

耶里倒很相信我口頭上的答應。

以下，就是耶里王子的故事。

印度有很多土王，每一個土王都有過他們真正的王朝。

耶里王子的祖先也有過王朝，王朝建立在印度南部，領土並不大，但也曾有過輝煌的歷史。

耶里王子的祖先，在領地上，建立了一座極其宏大巍峨的王宮，也和其他的土王一樣，儲藏珠寶，廣蓄美女，過著窮奢極侈的生活。

那時候，土王和土王之間，為了擴展勢力，爭奪利益，經常發生戰爭，勝利的一方，併吞失敗的一方。在許多次戰爭之中，耶里王子的祖先，幾乎無往不利，所以耶里王朝的領土在不斷擴大，勢力也在不斷膨脹，直到有一年，占領了一大片原始森林。

印度南部有很多原始森林，別說在幾百年前，就算直到現在，這種原始森林還存在，幾乎是人類的禁地，只有在森林中生長的動物，才能出沒。

那一年，耶里王朝的統治者，只有一個兒子，那位王子，據說自小就聰明過人，勇敢機智，所有的人都認為，這位王子長大了之後，如果接掌王朝，那麼耶里王朝的勢力，一定會更加擴展，說不定整個南印度，都可以歸耶里王朝的統治。

可是，這位王子在他十幾歲那年帶著幾個扈從，到原始森林去探險，去了一個多月，正當他父親已經組織好了龐大的搜索隊伍，懷疑他已在原始森林中遭了不幸之際，他才回來。

王子去探險的時候，帶了六個扈從，全是精挑細選的勇士，但回來的時候，卻只有他一個人，沒有人知道他在原始森林中究竟遇到了什麼，只知道他回到王宮之後，將自己關在一間房間中，足足三天，然後，就離開了王宮，不知所終。

說這位王子，「不知所終」，其實可以有點補充。在這位王子離開王宮之後，他的父親，耶里王朝的統治者，曾派許多人去找尋他的蹤跡，也曾出巨額的獎金，希望知道他的下落，若干年來，也得了不少信息，所得到的消息是，這位王子一直在旅行，漫無目的地旅行，從這個地方到那個地方，一直在旅行，而且，這位王子似乎不肯放棄和每一個人交談的機會，只要遇到人，他一定和人交談，發問，問的問題，是同樣的，不變的一個問題。

當耶里將事情「從頭說起」，說到這裏之際，我陡地怔了一怔，失聲道：「這位王子問所有人的問題，我知道是什麼！」

耶里有點不以為然：「你怎可能知道？」

我固執地道：「我知道！」

耶里攤了攤手，不準備和我爭辯。

我又道：「他的問題是：『你快樂嗎？』而且他所得的答案，全是否定的！」

耶里本來是坐著的，一聽得我這樣講，陡地站起來。

然後他重重坐下來，睜大眼，瞪著我，半晌，才道：「你怎麼知道的？」

我道：「在東京，有一個印度人聚會的地方，我因為你，才到那地方去，有一個彈多弦琴的老人向我講了一個故事，內容是一個王子，如何向靈異猴神要求三個願望的事，我從那裏知道！」

耶里又呆了半晌，才道：「原來是這樣，這位曾經見過靈異猴神的王子，是我的祖先。」

我早已料到了這一點，所以耶里說了出來，我倒並不覺得奇怪。

我和耶里，對於那個王子的遭遇，似乎有一種奇妙的感覺。彈多弦琴的老人最後並沒有講明王子怎樣了，但王子在經過了三十年的旅行，向千萬人發出了同樣的問題之後，他會怎樣，是人人皆知的事，只不過所有的人都不願意講出來，甚至連想也不願意去想。

那時，我和耶里的心情就一樣，想也不願想。

所以，我們都沒有再提及那王子，而耶里則繼續他的敘述。

當耶里王子還是童年的時候，土王的權力消失，印度中央政府接管了權力，但是還有限度地保留了土王原來的財產。

由於時代的變遷，只有一小部分土王，還願意居住在原來的地方，大多數土王，都帶著財產、家人，向大城市遷移，去享受更豪華、更現代化的生活。耶里王子的父親，就是遷居到大城市的土王之一。雖然土王的權力已消失，但積累下來的財產，也足以使他們過豪奢的生活。

當土王遷離原來的居所之後，原來巍峨的王宮，便漸漸荒廢了下來。對耶里王子來說，如果不是那個日本人的話，他對於屬於他名下的那座王宮，根本一點印象也沒有。耶里王子在新德里大學學醫，儀表出眾，前途無限，生活舒適，女友眾多，在大學的附近，他有一幢房子，完全屬於他，是大學同學最喜歡聚會的地方。有一次聚會之中，一個同學，帶來了一個日本人。

那日本人一見耶里，就開門見山地道：「我叫板垣光義，從東京來，但希望你能幫助我！」

耶里有點莫名其妙，不過他生性好客，所以他一面大力拍著那個自稱板垣光義的日本人的肩，道：「只管說，有什麼事？」

光義道：「我研究過印度南部土王的歷史，知道你是其中一個土王的後裔！」

耶里有點得意：「是，到如今為止，我還有著王子的頭銜。」

光義又道：「在印度南部，你還有一座宮殿？」

提到了那座「宮殿」，耶里不禁有點啼笑皆非。在印度中央政府剝奪土王權利的時候，曾經允許土王保留「住所」，而許多土王立時發現，「保留住所」對他們來說，是一個極其沉重的負擔。因為土王的宮殿，又大又宏偉，要保留，每個月都得付出一筆為數極其巨大的保養費。所以不久，不少土王便將他們的宮殿無條件獻出來，作為國家管理的財產。不過，耶里王子的父親卻十分固執，他雖然一樣無法支付龐大的保養費，而且也不再居住在那座宮殿之中，但是他卻任由宮殿荒廢，根本置之不理。耶里王子在兩年前，偶然想起自己還有一座宮殿，曾經租了一架直升機視察過。

自從那次起，他就寧願一世不離開他在新德里的豪華住所，再也不想到那座宮殿去了。

他那次去到宮殿之際，所謂「宮殿」，離一大堆頹垣敗瓦，已相去不遠。宮殿被附近的鄉民，將可以拆走的東西，全都拆走，而印度南部潮濕溫暖的天氣，又特別適宜植物的生長。耶里王子為了要進入原來的大堂，得僱請十個當地人，用利刀砍斷了盤繞在門上的老籐，才能勉強探頭進去看一看。

而他探頭進去一看的結果，是被一大群雙翅橫展，足有四十公分長的蝙蝠，嚇得逃了出來。

所以，這時，當一個日本人，忽然向他提及他還擁有一座宮殿之際，耶里忍不住笑了起來：「是的，我有一座宮殿，如果你需要的話，我可以送給你！」

耶里王子在當時這樣說，不過是隨口而出的一句玩笑，因為在他來說，宮殿和廢墟無異，任何人一看到之後，就決不會再感興趣。

可是，那個日本人板垣光義一聽，雙眼立時射出異樣的光芒來（耶里到這時，才詳細形容板垣光義的身形和容貌）。

板垣光義其貌不揚，身高大約在一百六十公分左右，有著尖削的下頦，和特大的門牙，眼珠在說話時不住轉動，看他的樣子，無論如何不像是一個學者，自稱專門研究印度古代歷史。

耶里王子也絕未想到，他和這個叫板垣光義的日本人的會面，會使他的生活發生天翻地覆的變化。

當時，光義雙眼發光，連連搓著手，說道：「太好了！太好了！」

他在連叫了兩聲「太好了」之後，又十分正經地道：「不過，就算你送給我，我也不敢接受，我的要求只是准許我進入你的宮殿！」

耶里更縱聲大笑了起來：「你只管去好了！你已經得到我的批准了！」

光義的神情更加興奮：「謝謝你！謝謝你！請你，是不是可以立即將宮殿的所有鑰匙，都交給我？」

耶里王子像是聽到了世界上最好笑的事一樣，轟笑了起來，他足足笑了幾分鐘之久，笑得光義臉紅耳赤，以為耶里自始至終，只不過是在拿他開玩笑。

可是耶里的轟笑，卻有原因，他在笑聲稍戢之後：「鑰匙？你不需要鑰匙，你需要的是斧頭、刀，或者是炸藥！」

光義不斷眨著眼，耶里才解釋道：「我兩年前去的時候已經是這樣子，現在，你還得提防吸血的蝙蝠、眼鏡蛇和大蟒，祝你好運！」

光義當時呆了半晌，發出了「啊」的一聲：「我沒想到會是這樣！」

耶里以為對方一定會放棄，可是光義卻立時又道：「不過，我知道有全套鑰匙，請問能不能借給我呢？」

耶里王子到這時，笑容已全部斂去，而改以十分嚴厲的目光，盯著光義——這個身形比他矮小得多的日本人，幾乎忍不住要一拳向他的臉上打去！

我聽到這裏，十分不明白，問耶里：「為什麼你要打他？他的要求很正當，還是根本沒有鑰匙，你拿不出來，所以才生氣？」

耶里苦笑了一下：「當然有鑰匙！我為什麼生氣，講出來你就明白了。整座宮殿，一共有七百三十多柄鑰匙！」

我「嗯」地一聲：「的確，那一定是一座偉大的宮殿！」

耶里王子接著又道：「每一柄鑰匙，都是黃金鑄造的！在鑰匙的柄上，還鑲滿了各種寶石，這副鑰匙，可以說是整個家族的傳家之寶，由於我已是族中最主要的人物，這套鑰匙由我保管，價值無可估計，那日本人卻將我當成傻瓜，借著要到宮殿去為名，想騙這套鑰匙！」

我聽得他這樣講，不禁笑了起來：「我不相信，因為這樣的行騙手法，未免太拙劣了。」

耶里望了我片刻，才嘆了一口氣：「你比我想得聰明，我當時只以為他是想來行騙的，幾乎要出拳打他。」

耶里究竟是一個有教養的人，他當時只是想打光義，而沒有真正的出手，但是他對光義的態度，已極不客氣，他揮著手，冷冷地道：「請你走吧！這套鑰匙，我給你，你也拿不動！」

光義忙道：「對不起，我想我沒有說明白，我當然知道這套鑰匙的價值，我只是希望你能讓我將鑰匙的樣子描下來，我去配製。在我描樣子的時候，你可以派無論多少人監視我！」

聽得光義這樣說，耶里不禁呆了一呆。

他在呆了一呆之後，才叫道：「天！看來你真的要到宮殿去！」

光義反倒現出十分古怪的神情來：「誰說我不是要到宮殿去？」

耶里這時，好奇心大起，他拉著光義，在一個比較靜的角落坐了下來，向光義詳細解釋著那座宮殿的頹敗情形，然後問道：「你要去一個老籐、蝙蝠、毒蛇盤踞的廢墟，幹甚麼？」

光義現出極其為難，也極其不好意思的神色來：「本來，我要到你的宮殿去，目的是什麼，應該讓你知道，可是……可是……可是……」

光義一連說了七八句「可是」，還沒有下文，耶里道：「還是不肯說！」

光義的神情更尷尬：「事實上，是我也不能肯定，不過，如果我有了發現，我一定讓你分享，我只要兩個就夠了，一個可以給你！」

耶里呆了一呆：「兩個什麼？一個什麼？」

當時，耶里的屋子裏，已經聚集了不少他的同學，由於耶里一直和光義在角落處講話，有兩個美麗的女同學十分不耐煩，大聲叫了耶里幾次。

耶里本來也不想再和光義談下去，一個頭髮半禿的日本中年人，無論如何比不上兩個曲線玲瓏、青春熱情的少女有趣，所以耶里在順口問了「兩個什麼，一個什麼」之後，已準備向那兩個女同學走去，不再理會光義。

可是就在這時候，光義卻用細小的聲音道：「兩個願望，和一個願望，一共是三個願望！」

耶里一聽得光義這樣說，陡地震動了一下，已跨出了的腳僵在半空，然後，他慢慢轉過身來，盯著光義，一時之間，說不出話來。

世界各地，各民族，都有「三個願望」的傳說，而且傳說的內容，大同小異。耶里這時之所以吃驚，是受到了光義提及「三個願望」時，那種認真而神秘的口氣的影響。而當他轉過身來之後，看到光義的神情，更令他吃驚，因為光義的神情如此認真，絕不像在開玩笑。

這時，兩個女同學已經來到了他的身後，拉住了他的手臂，但是耶里卻將她們推了開去，一伸手，抓住了光義的手臂，不由分說，拉著光義上了樓，進了他的書房。

耶里關上了書房的門，才道：「你，你說什麼？三個願望？」

光義說道：「是的，三個願望。」

耶里伸手摸著自己的下頰：「三個願望，那和我的宮殿有什麼關係？」

光義又眨了眨眼，才道：「你答應將宮殿的鑰匙讓我複製，才能告訴你！」

耶里立時道：「一言為定！」

光義吞了一口口水，舔了舔口唇：「我專程來研究印度古代史，在一家古老的圖書館中，得到了一份資料，說在你的祖先之中，有一個王子，曾經見過靈異猴神。」

耶里十分失望，他是這個家族的人，自然自小就聽過這樣的傳說，這種傳說，對耶里王子來說，早已失去吸引力！

但是耶里還是問了一句：「是有這樣的傳說，你發現了什麼新材料？」

光義遲疑了一下：「只是我的想像，我想，那位王子在見了靈異猴神之後，曾在宮殿中，有幾天時間什麼人都不見。」

耶里道：「是的，接著他就開始旅行。」

光義道：「對於他見到靈異猴神的情形，一直沒有明確的記載，我想，會不會他在宮殿的那幾天，曾經將他和靈異猴神見面的經過詳細記錄下來？如果是這樣，那麼我們就可以根據他的記載，找到靈異猴神，和猴神見面。」

光義講到這裏，臉上發出異樣的光采來，喘著氣：「如果見到了靈異猴神，就可有三個願望。」

我聽到這裏，忍不住哈哈大笑起來。

對於我的這種反應，耶里有一種無可如何的神情，他喃喃地道：「你和我一樣，覺得好笑！」

我沒有理會他說什麼，只是一面笑著，一面道：「這位板垣光義先生的想像力，未免太豐富了！」

我在這樣說了之後，心中才陡地一動。板垣光義，這是一個很普通的日本名字，板垣，是一個很普通的日本姓。但是大良雲子的情夫，被職業殺手鐵輪一槍射死的那個商人，也姓板垣。

板垣光義和板垣一郎之間，是不是有什麼關係呢？

我想著，順口問了一句，道：「請問，這個板垣光義，和板垣一郎——我相信你認識板垣一郎——之間，有什麼關係？」

耶里當然應該認識板垣一郎，在那個幽會地點的書房中，運來建築材料，砌成了一堵牆的，就是一個印度人，那印度人當然就是耶里。

耶里對於我的這個問題，並沒有直接回答，只是道：「你聽我說下去，就會明白。」

我沒有再問，耶里也繼續說下去。

耶里哈哈大笑，指著光義：「你剛才說過，你得了三個願望之後，分一個給我？」

光義道：「是的，如果你不滿意，給你兩個也可以，我只要一個願望就夠了！」

耶里仍然笑著。直到這時為止，他雖然感到好奇，雖然感到光義十分認真，但是對他而言，整件事還是十分無稽和可笑，所以他用開玩笑的態度處理這件事。

他笑著問道：「請原諒我的好奇心，你的願望是什麼？」

光義卻脹紅了臉，囁嚅了半晌，才道：「我的願望，只能對靈異猴神說！」

耶里當時，也覺得對方如此認真，如果自己再取笑下去，不是十分好，所以他道：「好，今天我沒有空，明天，我可以安排你取得鑰匙的模樣！」

光義大是高興，連連鞠躬，耶里和他約定了明天相會的時間，就送他離開。

第二天，光義準時來到，耶里和他一起到銀行的保險庫，取出了那套黃金鑄成的鑰匙。耶里十分留意光義看到了那套價值連城的鑰匙之後的反應，可是光義對於黃金、寶石，似乎無動於衷，只是攤開了帶來的紙，將每一柄鑰匙的樣子，小心描繪下來。

正如耶里曾經說過，鑰匙一共有七百多柄之多，而光義又描繪得十分小心，所以描繪鑰匙，也足足花了三天時間。耶里只是在開始的半小時陪著他，以後，就由銀行的守衛看著光義進行這項工作。

三天之後，光義的工作完成，他再到耶里的住所，向耶里致謝。這一次會面，光義向耶里提出了一個建議：「耶里王子，你是不是有興趣和我一起前去，找尋可能存在的記錄？」

耶里大搖其頭：「我沒有興趣，但是希望你在找到了你想像中的記錄之後，立即通知我！」

光義連聲道：「一定！一定！」

耶里又充滿好奇地道：「宮殿中有那麼多房間，大多數已經破敗不堪，我真不知道你的尋找工作如何開始！」

光義的回答倒很老實：「我稍有一點概念，知道那位王子當時是在宮殿的哪一部分居住。作為嫡儲，他是住在宮殿的中央部分的！」

耶里有點感慨：「如果我們的王朝還在，我也應該住在那一部分！」

光義沒有再說什麼，告辭離去。光義一去，就是半年，半年之中，毫無音訊。

耶里王子望著我：「光義去了半年之久，一點消息也沒有，我也根本已經將他忘記了。有一天，我忽然想起了他，心中想，這個日本人，是不是已經在廢棄的宮殿中叫毒蛇咬死了？還是他已找到了所謂記錄，卻不告訴我？甚至也有可能，他自己去見了靈異猴神，得到了三個願望，卻不分一個給我？」

我笑了起來：「你也想得太古怪了！」

耶里攤著手：「事情本身實在古怪，難怪我會這樣想。」

我皺著眉：「以後，光義一直沒有消息？」

耶里苦笑道：「他要是一直沒有消息，那倒好了。就在我忽然想起他之後不多久，忽然有一個航空公司的職員來找我，給了我一封信……」

耶里道：「他說是一個叫做板垣光義的日本人，臨上飛機回日本時，留下來，托他交給我的，我打發走了那職員，拆開信來看，看了一半，我就呆住了。」

我坐直了身子，板垣光義的這封信，一定極其重要。我甚至可以立時感覺到，耶里之所以會以王子之尊，在日本過著流浪式的生活，也一定與這封信有關！

是以我忙道：「這封信——」

耶里望了我半晌，伸手入袋，取出了一封信。或者應該說，他在望了我半晌之後，取出了一只皮夾來。皮夾十分精緻，打開皮夾，才取出了那封信來。

信封已經十分殘舊，如果這封信，他一直放在身邊的話，那麼雖然有精緻的皮夾保護，也應該很殘舊了。因為耶里遇到光義的時候，他還在讀大學，照如今耶里的年紀來推算，那至少也是十多年前的事。

耶里取出了信：「這就是光義留給我的那封信，請看。」

我接過了信，小心翼翼將信紙自信封之中抽了出來。信是用英文寫的。以下，就是板垣光義寫給耶里的信。

第十五部：板垣光義極其怪異的死亡

耶里王子先生：

我是板垣光義，謝謝你的幫助，給了我那麼大的方便，使我能在你的宮殿之中，進行了徹底地尋找。我的想像沒有錯。當年，曾見過靈異猴神的那位王子，的確在回來之後，留下了他的記錄，而我也找到了他的記錄，經過了詳細的研究之後，確定了靈異猴神的存在，也肯定了靈異猴神的確有著極其怪異的力量，可以給任何見到祂的人以三個願望。

本來，我發現了這一點之後，應該立即通知你，因為我曾經答應過，分一個或是兩個願望給你，可是當我確知可以見到靈異猴神之後，人總是貪心的，我對我自己的許諾，起了悔意，而且我看你一直不信人可以有實現三個願望的可能，所以我在經過考慮之後，單獨去會見靈異猴神。

結果，我見到了靈異猴神。

在見到了靈異猴神之後，我的確可以得到三個願望，但是結果卻意想不到，不但你絕對無法想像，連我自己也無法想像，而且，就算我詳詳細細說給你聽，你也一定不會相信。

我曾經因為未遵守自己的諾言，而騙過你一次，不想再騙你第二次，所以我也不想對我的遭遇，再作任何解釋，只是可以告訴你一點：如果你對靈異猴神真的有興趣，你可以到日本來找我，我在日本的地址是……，我們見面之後，我會告訴你如何和靈異猴神會面的途徑。我不會等你太久，如果你決定來，請快點來，因為在看到了自己之後，對我的一切生活、思想，發生了極其重大的影響，我已經知道自己應該如何做。

最後，我對自己的失信，致以極其誠懇的道歉。

板垣光義　敬上

我迅速地看完了這封信。

這封信帶給我的震驚，無可比擬。因為，幾百年前的那個王子，見到了所謂「靈異猴神」，畢竟只是古老的傳說，可信程度極低。

可是，板垣光義的信，卻清清楚楚說明，他曾見到了靈異猴神。板垣光義還肯定地說，靈異猴神有能力使人實現三個願望。

當然，更令我驚詫的是，板垣光義的信中，也有「看到了自己」這句話，這句話，普通人不能理解，除非這個人真的「看到過自己」！

我看到過自己，在那間怪異的房間內。

健一看到過他自己，也在那間怪異的房間內。

突然之間，我想起了大良雲子來。

雲子一直堅稱「那不是我，是另一個女人」，那是不是說，她也曾看到她自己？

一想到這一點，我不禁感到了一陣極度的寒意。

我不知道健一看到他自己的情形怎樣。至於我自己，那只是一瞥間的印象，雖然極其深刻，足以令人永誌不忘，但也不構成什麼特異的事件。

然而，雲子的情形卻不同。她如果看到了她自己，那另一個「她」，會活動，會做她不敢做的事，簡直就是另外一個人，也就是說，有兩個大良雲子，而兩個大良雲子是從一個大良雲子分裂出來的！

早在鐵輪的住所之中，看了第二卷錄影帶的時候，我就曾和健一討論過這個問題。當時，健一提出的是「精神分裂」：一個人的精神分裂為A、B兩方面。當時我有一個十分怪異的概念是，雲子的情形，是連身體也分裂為A、B兩個的。

如今，我已經更可以肯定，我的這種設想接近事實。

然而，如果這是事實，那太駭人了！試想，每一個人，事實上都有著性格上的A、B面，一面顯露，一面隱藏，但始終是一個人。如果因為人性上的A、B面，而使人的身體也一分為二，這實在是難以想像的一種可怖情形！一個人變成了兩個人！並不是在思想、精神上的分裂，而是身體上的分裂。那情形就像是複製一樣，一個人外形一模一樣的複製品，但是在感情、思想、性格上卻全然不同，本來隱藏的一面性格，進入了複製體之內！

我一面想，一面背脊之上，不由自主冒出了一股冷汗來。冷汗甚至還向下流著，像是一條有許多冰涼的腳的蟲，在我背上蠕蠕爬行。

這是一種什麼現象？什麼力量使這種根本不可能的現象出現？

這究竟是怎麼一回事？

我張大口，想要大聲疾呼，可是事實上，除了急速地喘氣之外，一點聲音也發不出來。

我用力揮著手，根本不知道該如何才好！

我的思緒紊亂，樣子也一定怪得可以，以致耶里望著我，現出十分驚詫的神情。過了好一會兒，我才漸漸鎮定了下來，能發出聲音來了。

雖然我發出的聲音，聽來是如此乾澀，不像是我的聲音，但是我總算能發出聲音來了。我道：「你一定一收到光義的信，就立即到日本去見他了？」

耶里聽得我這樣講，陡地呆了一呆。我這個問題，全然是情理之中。如果是我，見到了這封信，就一定要去找光義！

可是我一看耶里的反應，就知道我料錯了。果然，耶里苦笑了一下：「為什麼你會那樣想？」

我道：「光義見到了靈異猴神，這個猴神對人可以賜給三個願望，這對任何人來說都是極大的誘惑，難道你一點不受誘惑？」

耶里伸手在臉上撫摸了一下，像是這樣就可以抹去他臉上顯露出來的那種疲倦和苦澀一樣。

「我沒有去日本，也根本沒有將這封信放在心上，因為我從頭到尾都不相信有這樣的事！」耶里解釋著，又一再重複：「我根本不相信！」

我攤了攤手，對一個根本不相信有這種事的人，光義的信，當然沒有意義，耶里對光義的信這樣反應，也很自然。

可是，我卻知道耶里終於到了日本，他在日本還住了相當長時間，因為他的日語已學得不錯。而他在日本，又幹了那麼多古裏古怪的事情，什麼使他改變了主意？

我心中在這樣想著，還沒有發問，耶里已自嘲地笑了起來：「你一定在奇怪何以我後來又去了日本，是不是？」

我點了點頭，作了一個請他繼續說下去的手勢。耶里嘆了一聲：「人生很難逆料，在我收到信的時候，一來，我根本不相信有什麼猴神可以叫人實現三個願望。二來，我也根本沒有什麼特別的願望，我的生活過得極好，別無所求。所以我根本將這件事完全忘記了，全然沒有放在心上。一直到將近兩年之後——」

耶里說到這裏，停了下來，望著我，現出了一種極其深切的悲哀來。

我可以料得到，耶里在那時，一定是生活上遇到了什麼不如意的事。人到了不如意的時候，就會容易想到要神力的幫助。如意之際，以為自己的力量，可以頂得住天，耶里只怕也不能例外。

「我愛上了一個女子。」耶里說得開門見山：「我不必形容她是多麼美麗和多麼值得人去愛，那……不必要。總之，我一定要得到她，我要娶她為妻。可是，她根本不愛我，不論我如何追求她，用盡了一切我可能使用的方法，她都無動於衷，我簡直要發瘋了。那時，對我來說，生命的唯一的意義，就是得到她。」

耶里略停了一停。我吸了一口氣，並沒有打斷他的話頭。他的敘述雖然簡單，而且講的又是多年前的事情。但是從他那種悲苦的神情、焦促的語氣來判斷，我還是可以深刻地體會到，當時他愛那個女子，愛得多麼深。

「我在經過了將近半年的追求而一無所獲之後，」耶里的聲音由傷感變得平淡：「我忽然想到，如果有什麼神，可以賜給我願望的話，那麼，我唯一的願望，就是要她愛我，像我愛她一樣！」

我「哦」了一聲：「你需要一個願望！」

耶里的面肉抽動了一下：「當時，我的精神狀態極度痛苦，當我想到了這一點的時候，事實上，我還沒有想起光義給我的那封信，和他在信中所說的一切。那天晚上，我喝了很多酒，痛苦得全身都在扭曲，我在房間的一個角落裏跪了下來，十指纏扭在一起，我用最真誠的聲音，向我所不知道的神發出我心中的呼叫聲，我嘶叫道：『給我一個願望，給我一個願望，我要她愛我，像我愛她一樣！』」

是不是真有過神明聽到了耶里心底的呼叫，沒有人知道。

而耶里在近乎絕望的情緒下，身子發著抖，聲音發著顫，不住地在祈求他可以有一個立即能實現的願望之際，陡然之間，想起了板垣光義，想起了靈異猴神有關可以賜人三個願望的傳說。

耶里仍然跪著，但是身子已不再發抖，也不再號叫，他開始想，想光義的那封信。

他本來完全不相信有這樣的事，但這時，他為了要得到那女子的愛，任何再不可信的方法，他都願意試上一試。何況光義說得那麼明白，靈異猴神可以給人三個願望。

耶里跳了起來，找到了光義的那封信，立刻辦旅行手續。像他那樣地位的人，辦手續十分容易，而光義又留下了十分詳細的地址。

當他離開印度的時候，他曾向他所愛的女子道別，聲言再回來，就能娶她為妻，但是那女子卻只是回報他一陣笑聲。

耶里充滿了信心，以為一到日本，根據那地址，找到了板垣光義，根據光義的指示，回到印度，見靈異猴神，他就可以得到三個願望了！

然而，耶里到了日本，卻並沒有見到板垣光義。

一個駐守鄉村的日本警員，靠著自修，會講一些簡單的英語，耶里跟著這個警員，在一條兩旁全是枯草的小道上走著。

那時，正是深秋，枯草呈現一種神秘的紫紅色。生長在熱帶的耶里，從來也沒有想到過草會有這樣的顏色，而深秋的涼風，吹來也令得他有點寒意。那條小徑，蜿蜒向前，像是沒有盡頭。

耶里至少問了十次以上：「還有多遠？」

那警員在耶里每一次發問之後，總是停下來，以十分恭敬的態度回答道：

「不遠，就快到了！」

耶里有點不耐煩，他拉了拉衣領，問道：「我是來見板垣光義先生的，請問，我是不是可以見到他？」

耶里自從根據光義留給他的地址，找到了那個小市鎮之後，就一直在向他遇到的人說著同一句話，這句話是他學會的第一句日本話。

幾乎每一個人，聽到了耶里的這句話之後，都以一種十分訝異的神態望著他，這種神態，令得耶里莫名其妙，也莫測高深，不知道他要見板垣光義先生，有什麼不對頭的地方。

一直等到他遇上了當地一位小學教員，那小學教員才告訴他：「啊，你要見板垣光義先生？板垣先生就住在學校附近，可是他……他……」

那小學教員的英語還過得去，可是說到這裏，他的臉上同樣現出了那種古怪的神情來，耶里這時，反倒已經見怪不怪了，他道：「請你將板垣先生的住址告訴我，我會找得到。」

那小學教員卻道：「我看你還是先和當地的派出所聯絡一下才好！」

耶里十分奇訝：「為什麼？」

小學教員有點猶豫：「還是先聯絡一下才好，真的，你是外地來的，不明白當地發生過的事！」

耶里還想再問，小學教員已熱心地告訴耶里，派出所就在小市鎮唯一的街道的中心，很容易找，然後，連連鞠躬，滿面含笑，倒退告辭。

耶里呆了半晌，他不知道究竟發生了什麼事，所以只好先向派出所去。耶里走在街上，身後跟了不少好奇的兒童和少年，向耶里指指點點。耶里可能是在這個小市鎮中第一次出現的印度人。

耶里走進派出所，派出所中只有兩個警員，一個完全不懂英語，年紀較輕的那個會一些英語，耶里又重複著那句話：「我從印度來，特地來看板垣光義先生，可是一位教員卻提議我先到這裏來，不知是為了什麼！」

耶里在這樣說的時候，盡量想表示輕鬆，可是那年輕的警員一聽，神情卻變得十分嚴肅，立時和年長的那個，迅速交談了幾句，年長的那個警員，也變得嚴肅起來。

耶里雖然聽不懂他們談些什麼，可是他也可以肯定，一定曾經有什麼極不尋常的事，發生在板垣光義的身上！

他在焦急地等著答案，兩個警員又商量了好一會兒，才由年輕的那個道：「板垣光義已經死了，是在半年前死的！」

耶里陡地一呆，盡量回想著光義和他見面時的情形。光義的神態確然古怪，但是他的健康情形，決不像分別了一年多之後就會死去的人！但是警員又沒有理由胡說，耶里在那一剎那間，只感到極度的失望。他是充滿了希望來見光義的，可是光義卻死了。

耶里那時的臉色一定極其難看，也極其悲傷，所以那年輕的警員提議道：「你一定是板垣先生的老朋友了？要不要到他的墳地上去看看？」

耶里這時，心情極度混亂，他其實並沒有聽清楚那警員在提議什麼，只是道：「好！好！」

那警員又道：「板垣先生死了之後，由於他唯一的親人在東京，而且事情又有點……有點……怪，所以我們是立即把他葬了的，我是少數參加他葬禮工作的人之一。」

耶里這次，倒聽得清楚了那警員的話：「怪？他死得有點怪？」

警員的面肉不由自主抽搐了一下：「是的，死得很……怪……很怪。」

耶里望著那警員，一時之間，弄不明白什麼樣的情形才叫作「死得很怪很怪」。他還想繼續再問，那年長的一個警員，卻大聲叱責了年輕的警員幾下，年輕警員現出相當委屈的神情來，沒有再說什麼，只是道：「我帶你到板垣先生的墳地去！」

耶里的心中，充滿了疑惑，他跟著那年輕的警員離開了派出所，不一會兒，就離開了市鎮，走在那條兩旁全是枯成了赭紅色秋草的小徑上，而且走了將近四十分鐘，還未曾到達墓地。

耶里心中充滿了疑惑，不知道光義「死得很怪」是什麼意思。

不單是耶里當時不明白，當耶里向我詳細地敘述著經過，講到這裏的時候，我的心中也充滿了疑惑，不明白光義「死得很怪」是什麼意思。

我和耶里曾經有過協議，我可以在半途打斷他的話來提問題。

由於我心頭的疑惑實在太甚，所以我忍不住作了一個手勢，阻止他再講下去，而且立即問道：「死得很怪很怪，是什麼意思？」

耶里望了我一眼：「我無法用三言兩語向你說明白，你一定要耐心聽我講下去。光義真的死得極其怪異。不論當時親眼看到的人如何保守秘密，光義的那種怪異情形，一定已傳了開去。由於事情實在太怪異，根本無法令人相信，所以小鎮上的人也抱著懷疑的態度，但是又聽說過曾有怪事發生，這就是為什麼我一來到小鎮上，一問起板垣光義，人人都透著古怪神情的緣故。」

耶里這樣一解釋，我反倒更糊塗了！

光義的死亡，究竟有什麼真正的怪異之處呢？看來，除了聽他詳細敘述下去之外，沒有別的辦法。

足足一小時之後，耶里才看到了板垣光義的墳墓。

墓很簡單，只是一個土堆，略有幾塊平整的大石，壓在土堆上，在墓前，有一根木柱，上面寫著一行字。那時，耶里對日文全然不懂，也看不明白寫在木柱上面的，究竟是什麼字。

警員向墓地指一指，耶里向前走了幾步，越過了木柱，望著長滿了野草的土堆，心中傷感莫名，喃喃地道：「你怎麼死了？你死了，我怎麼才能找到靈異猴神？怎樣才能實現我的願望？」

耶里說了許多遍，轉過身來，他到這時，才發現那警員盯著光義的墳，現出十分駭異的神情。雖然這時，天色已經黑了下來，而且四周圍也極其荒涼，但是作為一個警員，實在沒有理由害怕。

當耶里注意到他的神態之際，那警員現出很不好意思的神情來：「對不起，板垣先生……死得實在太怪，所以我……有點害怕。」

耶里忍不住了，大聲道：「究竟他死得怎樣怪法？」

那警員嘆了一聲：「這……墳墓……一共埋葬了兩個人。」

耶里陡地一呆，一時之間，不知道那警員這樣說是什麼意思。那警員說道：「兩個……兩個……」

耶里大聲道：「另外一個是什麼人？」

那警員卻道：「沒有另外一個人。」

耶里有點發怒，如果在印度的話，他可能已經忍不住要出手打人了！但不論他心中如何不耐煩，如何焦躁，總也可以知道，在一個陌生的國度中，毆打當地警員，這可不是鬧著玩的。

所以，他忍住了氣，沒有動手，也同時不準備再和那警員說下去，因為他發現那警員簡直語無倫次。他只是悶哼了一聲，可是那警員卻還在繼續著：「兩個……兩個都是板垣先生！」

我聽到這裏，直跳了起來。

我跳了起來之後，神情一定怪異到了極點，以致在我對面的耶里，陡地向後仰了一仰身子，下意識地用行動來保護自己，怕我會有什麼怪異的行為。

我張大了口，聲音有點啞：「兩個……兩個……板垣光義？」

我在這樣講的時候，立即想到的，是「兩個大良雲子」。同時，我已想起了一個細節，那細節是奈可轉述健一在精神病院時見到雲子的情形時提及的，奈可提到，他隔著門，聽到健一和雲子的對話，健一在對話中，不斷用了「你們」這個字眼。

當時病房之中，如果只有雲子一個人，健一是沒有理由用「你們」這樣字眼的，一定是除了雲子之外，另外還有一個人在。

那另外一個人是什麼人？如果也是大良雲子，那就是兩個大良雲子！

還有，殺手鐵輪在進入那個幽會場所之後，也曾大叫「你是誰」。他自然是看到了另一個人，才會這樣喝問。

他是不是也看到了另一個大良雲子呢？看來不是。因為鐵輪在臨死之前，還掙扎著面向書房，問了那句：「你是誰？」

由此可知，他看到的那個人，一定令得他產生了極度的震驚，那麼這個人是誰？是鐵輪，另一個鐵輪，鐵輪看到了他自己！

我也曾看到過我自己，有兩個我！

耶里當時不明白那警員這樣說是什麼意思，但是我一聽得耶里轉述，我立時可以明白那是什麼意思。

我的呼吸不由自主地急促起來，這實在太匪夷所思、太怪誕了。

耶里望著我，神態很悲哀，他道：「根據以後發生的許多事，你大抵已經可以知道是怎麼一回事了。」

我毫無目的地攞著手：「不，我不明白。我只是知道了一種現象：雲子有兩個，職業殺手鐵輪可能也有兩個。我就曾看到過我自己，有兩個。健一……我不知在他身上發生了什麼事，但……可能也有兩個。」

耶里靜靜地望著我，對我的話，沒有反應。

我繼續道：「看來，每一個人，都有兩個！」

耶里又道：「不是看來，而是實際上，每一個人，都有兩個。」

我瞪大了眼，一時之間，不知如何接下去才好。耶里看來也不準備和我進一步討論下去，只是示意我別再打擾他，他要繼續說下去。

我深深地吸了一口氣，又坐了下來。

耶里當時尖聲叫了起來：「兩個板垣先生？」

那警員急促喘著氣：「是的，我們一直不知道板垣先生還有一個和他一模一樣的雙生兄弟，他是被他的雙生兄弟殺死，或者，他殺死了他的雙生兄弟，因為他們兩個，根本一模一樣，所以誰也分不清他們誰是誰，他們兩個人……」

警員還在向下說著，耶里忙道：「等一等，等一等，究竟你在說什麼？」

警員道：「事情發生的那天晚上，剛好我輪值巡邏。板垣先生的住所，離小學不遠。我才轉過小學的圍牆，就聽到了爭執聲從板垣先生的家中傳出來。」

警員望了耶里一眼，耶里也不由自主，退後一步，離得墳墓遠一點，並且示意警員繼續說下去。警員繼續道：「我當時覺得很奇怪，因為板垣先生獨住，全鎮都知道，鎮上的人尊敬他，知道他從事研究工作，沒有什麼人比他學問更好，也沒有他那麼多的書——」

警員還想說下去，耶里已大喝一聲：「別揀不相干的事來說！」

警員苦笑了一下，他顯然並不是想說這些不相干的話，只不過在他的下意識中，他不想將他目擊的古怪事情講出來而已。

在被耶里大喝了一聲之後，警員停了片刻，才又道：「我聽到有爭執聲傳來，立時就走了過去，來到了板垣先生的住所之前。一來到他住所之前。裏面傳出來的爭吵聲更清楚了，一聽就可以知道是兩個男人在爭吵。但是奇怪的是……奇怪的是……」

警員說到這裏，又向耶里望了一眼，才道：「在我感覺上，兩個在吵架的人，聲音一樣，只不過一個急躁、暴怒、有力，聽來十分凶惡，另外一個，則軟弱無力，聽來充滿悲哀。」

警員來到了板垣住所的門口，爭吵聲自板垣的住所中傳出來。

警員聽得極其清楚，他的記憶力也不壞，事後可以將兩個人爭吵時所說的話，源源本本追述出來。雖然當時只有他一個人，他的話，沒有什麼人可以佐證。但是這位警員決沒有理由編造出這一番話來。

所以，當後來，凶案發生之後，這個警員的報告，也被上級接納，將之歸入檔案。

警員聽到的爭吵聲如下：

粗暴的聲音，不斷吼叫著，在吼叫中，帶著一種可怕的咆哮：「你太沒有用了，為什麼就這樣離開？要不是你這樣不中用，又何必在這個小鎮上沒沒無聞？」

軟弱的聲音，無可奈何地：「我必須這樣，我只能這樣，請你不要逼我！」

粗暴的聲音，繼續吼叫著，先是一連串的粗話，然後是責難：「放屁！你完全可以提出你的願望，你要什麼就有什麼，你的願望可以實現！你可以擁有一切，可以成為世界上最有名望、最有權力、最富有的人！你可以成為擁有一切的人！」

軟弱的聲音：「那又怎麼樣？」

粗暴的聲音：「那又怎麼樣！你這白癡、飯桶，豬牛都比你知道應該怎麼樣，你不該放棄，不該溜回來！」

軟弱的聲音：「就算我擁有世界上的一切，可是有一樣最主要的，我還是沒有！」

粗暴的聲音，一連串的冷笑：「我知道，你所謂得不到的東西是快樂！既然人人都得不到快樂，為什麼你連可以得到的東西都放棄？」

軟弱的聲音：「沒有快樂，其餘一切會有什麼用？請你別再說下去了！」

粗暴的聲音：「我要說！一定要說！」

警員聽到這裏，又聽到了一些碰撞的聲音，像是有人推跌了什麼人。警員覺得自己應該採取一些行動，所以他用力拍著門，大聲叫：「板垣先生！板垣先生！」可是，拍門卻沒有反應，在裏面爭吵的兩個人，似乎並沒有聽到震天價響的拍門聲。反倒是住宿在小學的一位教員，聞聲披衣出來。這時，自裏面傳出來的，已經不是爭吵聲，而是聽來相當劇烈的打架聲了！

警員在教師出來之後，兩人作了一個手勢，一起用力去撞門，當他們撞開了門，衝進去之際，他們兩個人都呆住了！

他們看到了兩個板垣光義，正在扭打，其中的一個，已經扼住了另一個的咽喉，而被扼住咽喉的另一個，手在地板上摸索著，抓住了一柄鋒利的刀。

警員和教師一起驚叫起來，就在他們的驚叫聲中，被扼住了頸的那個，已經抓起了刀，一刀刺進了在他身上的那個的左脅。

那一刀刺得極深，直沒到刀柄。被刺中的那個發出一下可怕的吼叫聲，十指收緊，警員和教師又聽到了被扼住頸的那個，頸中發出一下可怕的聲響，顯然是連氣管都被扼斷了！

警員和教師才一進來，一切都已經發生，事情如此突然，而且如此恐怖，警員和教師兩人都嚇呆了。等到他們定過神來，企圖去分開那兩個已死的人時，發現他們糾纏得如此之甚，簡直分不開。

兩個人全死了，其中一個，肯定是板垣光義，另一個是什麼人，卻身分不明。

為了弄清另一個人的身分，當地警方真是傷透了腦筋。兩個人看來一模一樣，甚至指紋的記錄，也絕無差別。警方無法解釋這件事，只好將另外一個人，當作是板垣光義的從未露面的雙生兄弟來處理。雖然人人都知道，板垣光義並沒有雙生兄弟，但是除此之外，還有更好的解釋嗎？

板垣光義並沒有親人，只有一個遠房的堂侄，在東京經商，當地警方，輾轉找到了這個光義的唯一親人板垣一郎，但是一郎卻推托說商務太忙，無法到鄉下來主持喪禮，所以並沒有來。

我聽到這裏，「啊」的一聲：「原來板垣一郎是光義的堂侄！」

耶里道：「是的，不過關係很疏遠。」

我苦笑了一下：「不論關係多麼疏遠，兩者之間，已經拉上了關係，一環和另一環可以扣起來了！」

耶里也苦笑著：「我和這個在東京經商的板垣一郎，本來完全沒有關係，但也因此而發生了聯繫！」

我想了一想：「是的，由於你和板垣一郎有了聯繫，本來，我和你更是一點關係也扯不上的，也連帶有了聯繫。」

耶里喃喃地道：「是的，一環緊扣一環，本來是全然沒有聯繫的人和物，被這些環節串在一起，發生了連鎖關係。」

我點頭，同意耶里的說法。

我問道：「因為一郎是光義的侄子，所以才去東京找他？」

耶里道：「不是，當時我根本沒有在意，也根本不準備去找他。我沒有回印度，因為無法忍受失敗。得不到那女人的愛，我寧願流落在日本。」

我皺了皺眉，那女子的愛，對耶里來說，一定極其重要，我在日本遇到他時，他在日本的生活，顯然不是很好。

耶里繼續道：「我在日本住了好幾年，有一天，忽然在報紙上看到了一段尋人啟事，奇怪的是，被找的人是我，而要找我的人，並沒有署名。」

我有點不明白，望著耶里。

耶里吞了一口口水，講出了當時的經過。

第十六部：古老箱子中的怪東西使人看到自己

耶里看到那段啟事的時候，是黃昏，在一家低級酒吧之中。酒吧才開始營業，人很少，耶里是這家酒吧的常客，一個吧女也沒有來，老板娘在打著呵欠，耶里無聊地取過一份報紙，還是隔日的，但是他卻看到了那段找他的尋人啟事。

啟事如下：

一位印度先生請注意：多年前，一個日本人曾要求借用你的宮殿，去尋找一些東西，結果他找到了，回到了日本之後不久死去。我現在想會晤你，有很多不明白的事向你請教，我曾托人到印度去找你，知道你在日本，所以才刊登這段啟事，希望你見到之後，向報館的第三十八號信箱，和我聯絡。

耶里仔細地將這段尋人啟事看了好幾遍，直到肯定刊登這段啟事的人，要找的正是他這個流落在日本的印度人！當時，他的心頭起了一種異樣的感覺，覺得有一些事快要發生。

在隔了那麼久之後，忽然有人登報找他，事情是不是和板垣光義有關呢？因為啟事中提到的，曾向他借用宮殿的那個日本人，顯然就是板垣光義！

耶里立時離開了酒吧，到了那家報館，留下了一張字條，寫明了他目前的住所和聯絡方法。第二天，他就在住所接到了電話。

電話中傳來一個男人的聲音：「耶里先生，我收到了你的留字，我認為我們必須見一面，有一些事，實在神秘得不可思議！」

耶里問道：「你是誰？」

電話中的男人道：「電話中不是很方便解釋，我們見面之後我會介紹自己，我日間相當忙，下班時間之後，我給你一個地址，你到那裏來見我！」

電話中的男人聲音有點急促，而且也顯得很神秘。但是耶里卻並沒有什麼可以害怕的，不論對方懷有什麼目的，他都不會有損失。

耶里記下了那個地址，等候著下班時間的來到。

耶里在敘述中，講出了那個地址來，我一聽，就不禁嘆了一聲。

那地址，就是板垣一郎和他的情婦大良雲子幽會的地點。

通常來說，男人不會約其他人到幽會的地方去，除非他要見的人、要談的事，十分秘密。

由於這個地址，我自然不必等耶里說出來，也可以知道「電話中的那個男人」，就是板垣一郎！

我並沒有打斷耶里的敘述，只不過發出「啊」的一下低嘆聲，同時作了一個手勢，示意他繼續說下去。

耶里等到了下班時分，照著地址，來到了那幢大廈的大堂。耶里在日本生活的那段日子，經濟上事實絕不發生問題，他在印度的代理人，每月都有巨額的匯款寄來給他。由於心理上的自暴自棄，所以過的是流浪漢的日子，衣衫不整，儀表污穢。

他一走進那幢大廈，管理員就迎了上來，向他大聲叱喝。

請各位注意，這個管理員的名字叫武夫，也就是後來，意外地死在狩獵區的那個。

耶里的身分本來極尊貴，但這些日子來，他對於叱喝也早已習慣，所以他對管理員的態度，並不以為意，只是說出了他要見的人、所住的單位。管理員向他不信任地望著：「等一等！」

管理員通過大廈的內線電話，向耶里要見的人詢問著，耶里只聽得他不住地道：「是，井上先生，是，井上先生！」

然後，管理員放下了電話，向耶里作了一個手勢，示意他可以上去。

耶里進入了升降機，升降機停下，門打開，耶里已看到了一個中年日本男人，站在門口等他，樣子很客氣，但也透露著一種焦急的等待。那中年人見到耶里之後，好像有點意外，但隨即道：「請進來，耶里先生，請進來！」

耶里走進了那個單位，單位並不大，但是佈置得相當精緻，耶里四面看了一下，坐了下來，望著那中年男人：「井上先生，有什麼事？」

他叫那男人為「井上先生」，是因為他曾聽到管理員在內線電話中這樣稱呼之故。

可是那中年男人卻怔了怔，隨即道：「井上是我的假名，我的真名是板垣，板垣一郎！」

耶里怔了一怔，「啊」的一聲，立時站了起來。板垣這個姓，使他想起了光義。他立即道：「有一個板垣光義先生——」

板垣一郎立時道：「那是我的堂叔，一種相當疏遠的親戚關係，但由於光義堂叔根本沒有別的親人，所以我也可以說是他唯一的親人！」

耶里想起了很多事，想起了他要去找光義，結果卻在光義的墳前，聽警員敘述光義死時的古怪情形，警員好像曾提到過，光義有一個在東京營商的堂侄，根本沒有來參加喪禮。當時，耶里對這個「堂侄」並沒有留下什麼特別印象，現在他才知道，這個板垣一郎，可就是光義唯一親人。

耶里「嗯」的一聲：「是，我知道，你並沒有參加你堂叔的喪禮！」

板垣一郎的神情，多少有點忸怩，他解釋道：「因為我事務忙，走不開，鄉下傳來的消息說，我有兩個堂叔，毆鬥致死。我從來只知道我只有一個堂叔，所以……我以為傳錯了，就沒有去！」

一郎的解釋，當然極其勉強，但那和耶里全然無關，耶里也沒有興趣追問下去，只是道：「那麼，你要找我，是為了什麼？」

一郎神情有點猶豫：「你……真是光義堂叔遇到過的那位……耶里王子？」

看到一郎這種猶豫的神情，耶里並沒有說什麼，只是悶哼一聲，自頸際除下了一條頸鏈來，向一郎拋過去：「你看看這個！」

一郎一伸手，接住了頸鏈，鏈子是銀質的，已經發黑，而且還骯髒得很。可是當一郎看到了那頸鏈墜之際，他卻張大了口，合不攏來。

一郎已經是一個相當成功的商人，平時自然不少接觸珠寶的機會。可是一個商人，一生所接觸的珠寶，和一個印度土王的後裔相比較，簡直是太微不足道。他這時看到的，是一塊極大的藍寶石，至少在八十克拉以上，圍著這塊藍寶石，是一圈簡直無懈可擊的翡翠，每一粒皆在三克拉以上。

一郎吞了一口口水，雙手將頸鏈捧著，還給了耶里。當他在捧還頸鏈的時候，雙手甚至禁不住發抖。他當然知道，雖然他已經是一個相當成功的商人，可是他那全部財產，只怕也換不到這樣一個頸鏈墜！

耶里不經意地將頸鏈又掛上，一郎道：「對不起，我剛才竟然懷疑你的身分，真是見識太淺薄了，請你千萬不要見怪！」

耶里只是揮了揮手，又問道：「你要見我是為了——」

一郎搓著手，道：「事情是這樣，我堂叔死了之後不久，由當地警方轉來了一箱東西，說是我堂叔的遺物，有遺囑寫明，留給我的！」

耶里一聽到這裏，心頭不禁跳了起來！

他來日本的目的，是為了找光義，問他關於靈異猴神的事情。可是光義卻已經死了，耶里以為一切資料已經無法再找得到了。但如今，一郎卻說光義有一箱東西留下來給他！

那箱東西，是什麼東西？是不是和如何可以找到靈異猴神有關？

耶里霍地站起來，又陡然坐了下去，神情十分緊張，失聲道：「那箱東西——」

他在說了四個字之後，喉際因過度的緊張而感到一陣乾澀，竟然無法再講下去。

一郎道：「那箱東西送來的時候，只說是我堂叔的遺物，那是一口十分破舊的箱子，我根本沒有放在心上，隨便擱在儲物室中。」

耶里緊張得雙手緊握：「那口箱子——」

一郎道：「一直到前幾天，我在儲物室中找點東西，才又看到了那口箱子，一時好奇，心想，堂叔不知道留下了一些什麼給我？箱子鎖著，鑰匙也不知道被我拋到什麼地方去了，我順手將鎖撬了開來，箱子中，一大部分，是另外一只木箱——」

耶里道：「箱子中另外有一只木箱？」

一郎道：「是的，其餘的空間，是許多本書，和一些筆記，我堂叔記下來的！」

耶里聽到這裏，不由自主，發出了一下呻吟聲。他實在太興奮了！他到日本來，就是為了得到這些東西，他以為絕望了。尤其是近月來，他得到消息，他愛的那位女郎，已快嫁人，要是他能及時見到靈異猴神，得到三個願望，那麼，他就可以得到那女郎的愛！

這時，耶里再也沉不住氣了，他急促地道：「那正是我到日本來要找的東西，一定是……請你開一個價錢，我不惜任何代價要得到它們，我是一個十分富有的人，我的祖先曾經有過一個王朝！」

一郎聽得耶里這樣說，急急地眨著眼：「耶里先生，你鎮靜一下，聽我說下去！」

耶里還想說什麼，但一郎一再作著手勢，不讓他開口，耶里只好嘆了一口氣，又坐了下來。一郎道：「我是一個腳踏實地的生意人，對於不切實際的事情，我都沒有興趣。本來，我連翻閱那些筆記的興趣都不大，但是我在打開了另一只箱子之後，卻看到了一樣怪東西。」

耶里對於光義的筆記，是有概念的，因為光義留給他的那封信中，曾提及他在宮殿中所發現，而且他也曾見到了靈異猴神，那當然有可能留下了記錄。可是，什麼是「怪東西」呢？耶里卻莫名其妙，一點概念也沒有。他反問道：「怪東西？什麼怪東西？」

一郎道：「直到現在，我還不知道那是什麼，而且我也無法形容它的形狀，總之，那東西極怪，現在我將它搬到這裏來了，你可以看一看。」

一郎一面說道，一面指著一扇門。

那扇門，是通向一間書房的。

耶里對於什麼「怪東西」，其實興趣不大，他有興趣的是光義留下來的記錄，可以使他見到靈異猴神的方法！

所以耶里立時道：「不管那是什麼東西，先別理它，光義先生的筆記——」

一郎卻又打斷了他的話頭：「還是先看一看那東西好，這東西實在太奇怪

——」

耶里有點無可奈何，轉頭向那扇門看去，一郎已經走向那扇門，去打開那扇門，當一郎打開那扇門之際，耶里不禁發出了一下奇怪的聲音來。

因為他看到，一郎打開那扇門時，並不是握住了門柄推開門，而是從另一個方向打開的。耶里一面發出驚訝的聲音，一面站了起來。

一郎轉頭向他望來：「自從我將這東西搬到這裏之後，我雖然不知道那是什麼，但是感到一定極其重要，所以我將門反裝了，萬一有人偷進來，他也打不開這扇門，不會將那東西偷走！」

耶里只覺得好笑：「連你自己也不知道那是什麼，怎會有人來偷？」

一郎攤了攤手：「難說得很，整件事情，又怪又神秘，誰能預料！」

說話之間，他們已經進了書房。書房並不大，一進門就可以看到房中間放著一只殘舊的木箱。

一郎走向前，打開那木箱。

正如一郎剛才所說，打開木箱之後，箱中的一大半空間，被另一只木箱所占據。而那另一隻木箱，木質深紅，看來年代更加久遠，在可以看到的箱蓋部分，有著線條古怪的浮雕。

耶里一看到這種浮雕，就呆了一呆，浮雕所雕刻的，是一種神像。耶里可以肯定那是神像，而且是屬於印度的神像。

但是在印度，各種各樣造型不同的神，少說也有幾千個之多，耶里一時之間，也叫不出那神像的來歷名堂來。一郎再打開那箱蓋：「你看！」

耶里走前兩步，向箱中看去，一看之下，他也不禁呆了半晌。

箱中所放著的，自然就是一郎口中的「怪東西」了。那真是怪東西，只怕任何人一眼之下，都無法說出那是什麼東西來。

「怪東西」的體積，大約是五十公分立方，那是一堆奇形怪狀、漆黑色、隱隱閃耀著一種亮光的東西。它的形狀無法形容，全然不規則。如果有人將五十公斤的錫熔化了之後，陡然之間將之傾進一個冷水池中，那麼，這五十公斤的錫凝結起來的形狀，就和這個「怪東西」差可比擬。那是無以名之的怪形狀，而這樣形狀的東西，有什麼用處，也說不上來。

「怪東西」的重量不是十分重，耶里一看到那東西的形狀如此古怪，伸手去提了一提。

他在一提之下，發現了兩件事。第一，怪東西的分量很輕，輕到了出乎意料之外，因為它的體積相當大，而且顏色黝黑，看起來像是金屬製品，想像中，至少應該在二十公斤以上，可是耶里一提，卻發現還不到一公斤，他用的力氣相當大，一下子就將那怪東西提了起來。

嚴格來說，他不是將那怪東西一下子提了起來，而只是將那怪東西的一部分，一下子提起來。

那怪東西的結構，相當異特，看起來，奇形怪狀的一堆，全然是一個整體，但是一提之下，卻是無數層極薄的一層一層，堆疊在一起，每一層之間，有相當細的細絲，連結在一起。連結的細絲，只有一釐米，或許還不到一釐米長短。

耶里的體高大約是一百八十公分，他手臂從垂下到提起來的幅度，大約是八十公分，那也就是說，在他一提之間，那怪東西，已被拉成了八百層以上的薄片，而且，還有一大半，還留在箱子裏，如果將之整個拉開來，只怕在兩千層以上！

那情形，就像是一大堆極薄的薄紗，經過小心折疊之後，堆成一疊一樣。不過不同的是，薄紗如果經過拉起之後，再放下去，決不會還維持原來的形狀，一定亂成一團了。可是耶里在一拉之下，發覺那東西可以拉成許多層，心中一驚，立時鬆手，所有的薄層，立時下落，完全照原來的情形，仍然堆在一起！

耶里失聲道：「這……這究竟是什麼？」

一郎搖頭道：「我不知道，我只知道這東西如果完全取出來，可以完全拉成薄片，而且可以將之鋪開來，變成面積極大的一大片，但是也十分容易恢復原狀，薄片和薄片之間，好像有著某種聯繫！」

耶里吸了一口氣，輕輕拉起了幾層薄片，發現每一片薄片，比紙還薄，而且一拉開來之後，每一片薄片，看起來全然是無色的透明體，只是中間，有許多閃耀不定的閃光點。

而這些閃光點，如果不是將薄片對準了光源的話，也全然看不出來。

耶里盯著一郎：「光義的筆記之中，應該提到過這怪東西，光義的筆記呢？你將光義的筆記，藏到什麼地方去了？」

耶里一面說著，一面陡然衝動起來，雙手陡地伸出，抓住一郎雙臂，用力搖著。一郎給耶里的動作嚇得驚叫起來：「筆記在！在！我請你來，就是想和你共同研究一下。」

耶里鬆了雙手，一郎似有餘悸地向後退了一步，才說道：「對於這些筆記，我仍然很不明白，我已經買了不少參考書來看，但是還不明白，似乎筆記中提及，在印度，有一個神，是猴神——」

耶里發出了一下如同呻吟似的聲音：「靈異猴神！」

一郎忙說道：「是的，靈異猴神，這個神，可以給人三個願望？」

耶里道：「傳說是這樣，你快將光義的筆記取出來，我們一起研究一下。」

一郎望著耶里，眨著眼，神情有點狡猾，想說什麼，但卻又沒有說出聲來。

耶里看到這種情形，悶哼一聲：「你想說什麼？」

一郎道：「我不知道是每一個見到了這猴神的人都可以得到三個願望，還是一共只有三個願望！」

耶里有點不耐煩，喝道：「那有什麼分別？」

一郎繼續眨著眼：「如果每個人都可以有三個願望，那當然不成問題，如果總共只有三個願望——」

一郎講到這裏，耶里已經明白了他的意思：「行了，我只要一個願望已經夠了，餘下來的全是你的，你該滿意了吧？」

一郎高興地握著手：「那當然好！那當然好！太多謝你了！」

耶里作了一個手勢，請一郎快點拿光義的筆記出來，一郎打開了一個櫃中的一大疊文件，道：「全在這裏了。」

耶里看到的，是幾個塞得滿滿的牛皮紙袋，他立時全取了出來。

板垣光義的筆記，可以分為幾個部分。

第一部分，是他研究印度古代傳說中，有關靈異猴神部分的筆記。這一部分，所記下來的傳說，前面全提到過，所以不再重複。

第二部分，是記載著他如何在宮殿之中，尋找資料的經過，這一部分，記載得相當詳細，但是經過的情形和故事並沒有多大關係。總之，光義在耶里王朝的廢宮之中，找到了一大卷文字記載的實錄。

這一大卷實錄，在另一個牛皮紙袋之中，記載寫在一卷極薄的絹上，捲成一卷，絹色發黃，用的文字，是印度古代的文字。

板垣一郎當然看不懂印度的古代文字，如果他看得懂，他就不會在報上刊登尋人啟事找耶里來會面。但是耶里卻看得懂。耶里一面看，一郎不住在一旁問：「那是古代的文獻，上面寫著什麼？」

耶里直到看完，才吁了一口氣，說道：「這是很久以前，一個印度王子見到了靈異猴神之後，留下來的記錄，記載著一切經過。」

一郎的神情緊張：「那樣說來，是真的了？」

耶里道：「已經有兩個人，至少已經有兩個人曾見過靈異猴神，一個是幾百年前的王子，另一個是光義，讓我們再來看看光義的記錄！」

耶里又打開一只牛皮紙袋來，取出一大疊寫滿了字的紙張來。耶里雖然在日本住了相當久，但是卻也絕不夠程度看得懂草書日文。而光義的記錄，又全是用十分潦草的筆跡，日文書寫的。

耶里翻了一翻，就道：「他寫了些什麼？」

一郎卻道：「那王子寫了什麼？」

耶里說道：「我已經告訴你了！」

一郎道：「一大卷古代印度文字，就是那麼簡單的幾句話？」

耶里怔了一怔，立時明白了一郎的意思，一郎看到耶里的神情不怎麼自在，強調道：「我是商人，不怎麼肯吃虧。我們最好誰也別欺騙誰，你將印度古文一字不改地翻譯給我聽，我也將日文念給你聽！」

耶里苦笑了一下，心中十分鄙夷板垣一郎的提議，但是他卻也想不出有什麼辦法來，只好答應。一郎還不放心：「希望別騙我！」

耶里幾乎要一拳打過去，但是他終於忍住了：「幾百年前的記錄，當然沒有光義親身的記錄重要，你說是不是？」

一郎不置可否，只是狡獪地眨著眼。耶里無法可施，只好將那一卷絹上的印度古文，逐句翻譯出來，講給板垣一郎聽。

那位古代王子見到靈異猴神的經過，寫得極其詳細……

耶里在敘述之中，也曾詳細就他的記憶，向我講了出來。但是我卻不準備複述。因為後來光義的記錄中，同樣的情形，重複了一遍。

而且，光義的記錄，比那位古代印度王子更詳細，因為現代日文，究竟比古代印度文字進步，可以用來表達更多東西。

耶里在譯完絹上所記錄的一切之後，一郎開始將光義的記錄念給耶里聽。光義的記錄，採取日記體裁，記得極其詳盡。

各位一定以為我會將光義的筆記，詳細公佈複述？

不過，我仍不打算那樣做。因為以後事情的發展，使得光義筆記中發生的事，又發生了一遍，如果記述出來，又重複了。當然，記下發生的事，比轉述光義的筆記要好得多。

可是有一點，在光義的筆記之中，有關那件「怪東西」的，卻要先記述一下，因為這「怪東西」的地位，在整件事件中，十分重要，沒有它，根本不會有整個故事一開始之際的，鐵輪躲在酒店房間中射死板垣一郎的事件。

光義筆記中，有關那「怪東西」的記載，出現在他的三段日記之中。

當然，由於這三段日記，是板垣光義整個日記之中的一部分，所以，看來有頭無尾，但也可以看得明白。

某月某日

實在太興奮了，根本無法入睡。如果有誰在見到了靈異猴神之後，還能入睡的話，那麼，他不是白癡就是超人，我（這裏的「我」，當然是記日記的板垣光義）不是，所以我興奮得不知如何才好。猴神——我見到他的時候，只略為想了一想，他像是已猜到了我在思索他的身分，當時便喝道：「別胡思亂想，我是猴神，你不必想別的！」

沒有人能在這時候不聽吩咐，而且，見猴神的過程是如此之靈異，那令我不能不戰戰兢兢。昨天初見的時候，我由於太緊張，所以連半句話也講不出來。過了一夜之後，我考慮了千百遍，今天一定要鼓起勇氣，向他提出要求來。

我俯伏在地，以無比尊敬的神態和聲音祈求：「聽說，凡是見到你的人，都可以向你提出實現三個願望的要求！」

「是的，」猴神立時回答。猴神的聲音聽來極其柔和，有一種受催眠的感覺：「不過，在你提出你的三個願望之前，你最好確定一下，你所提的三個願望如果實現了，是不是真的心滿意足？」

我幾乎不必考慮，立即道：「我早已想過了，從我知道有你的存在開始，我已經將我要提的三個願望，想了千百遍！」

猴神笑著：「可能你還考慮得不夠周詳，我讓你先看看你自己，你才可以確定你已想好了的三個願望，是不是你真想提出來的。」

我覺得這是多餘的，但是吩咐既然如此，當然不能違拗，於是我道：「好，不過，什麼叫作『讓我看看自己』呢？」

猴神笑了起來，順手按著一個木箱子。木箱子很古老，上面有著美麗的雕刻。猴神指著那箱子，道：「打開它。」

我依言過去，打開了那木箱子，我看到了一堆奇形怪狀的東西。我相信，沒有人看了那堆東西之後，可以叫得出那東西是什麼。

我望了望那堆怪東西，又望了望猴神，猴神道：「你站著別動！」他在說話的時候，雙眼望定了我。由於他雙眼之中有一種異樣的光采，他的話有一種不可抗拒的力量，所以我立時站立不動，而且，在和他的目光相接觸之際，我有一種目眩的感覺。

我才站定，就看到猴神伸出了他的手。天啊，他的手臂，竟像是可以作無限度的伸張，他站得相當遠，但是他的手臂一直在延長，伸過來，抓住了那奇形怪狀的東西，提了起來。

那東西一被提起，就散了開來，散成了比紙還薄的薄片，看去全然透明，一點顏色也沒有。他提起了那東西之後，不住抖著手，令得那些薄片，貼在四壁的牆上。由於又薄又透明，貼上去之後，一點也看不出來。

那東西本來是形狀不規則的，可是一散成薄片之後，每一片的邊緣，恰好能夠吻合，就像是一種數百片不規則的紙片可以拼湊起一幅幅畫來的拼圖遊戲。我仍然站著不動，猴神向後退，命我緩緩轉動著身子。

我遵命轉動著身子，轉了一百八十度，猴神命我繼續轉，我又轉了一百八十度，轉了一個圈子，我呆住了。

我看到了我自己。

第一天，板垣光義提及那怪東西的日記，到此戛然而止。耶里顯然在事後，曾讀熟了光義的日記，所以當他向我轉述的時候，他像背書一樣地背出來。

我聽了光義的第一天日記，呆了一呆：「他看到了自己之後，怎麼樣？」

耶里道：「你再聽下去，就會明白！」

我拗著手指，神情極緊張：「光義的日記中，好像在強烈地暗示，他看到了自己，和那堆怪東西有關？」

耶里苦笑了一下：「不是強烈的暗示，簡直說得明明白白！」

我發出了「啊」的一聲，沒有再說下去。我也沒有想什麼，沒有去揣測以後事態可能的發展，因為耶里會毫不保留地講給我聽的。

耶里繼續他的敘述。

板垣光義第二天的日記：

某月某日

我看到我自己。

那不是一個和我一模一樣的人，那人就是我，我可以肯定：那人就是我！

我看到了我！

我看到我自己的情形，像是我對著一面鏡子。不同的是，如果我面對一面鏡子，鏡子中的我自己，只不過是一個虛像，摸不到，也不能交談。但現在，在我面前的，是一個實實在在的人。

這個人，就是我，可以碰到，可以交談，這個人，就是我。

我變成了兩個，一個變成了兩個，多了一個我出來，這個多出來的我，就在我的面前！我可以和我交談！

我和我自己談了很久。

板垣光義的第二天日記相當簡單，集中在寫述他「看到了自己」之後的情形。

當我聽耶里背出光義這一天日記之際，我不禁深深地吸了一口氣。

是的，「看到了自己」的情形，的確如此，光義的描述十分好！我也曾有一霎間「看到自己」的經歷，這種經歷告訴我，的確是看到了自己，一個我，變成兩個我！

我還怕耶里不明白光義日記中所記述的一切，想開口向他解釋，但是耶里已作了一個手勢，阻止我開口，他道：「我明白，我完全明白！」

我又吞了一口口水：「你也——」

耶里揚了揚眉：「是的，我也看到過自己分成兩個人，你別心急，再聽下去，你會了解更多，現在，隨便你怎麼想，也想不到事情的真相是怎樣的！」

我承認：「你說得對，我想也沒有用，因為我根本想不出來。」

板垣光義第三天的日記：

某月某日

我和我談了很久。

我在和我談了很久之後，才發現我原來是這樣的。三個願望現在沒有什麼意義了。

猴神問我：「你現在可以提出你的三個願望了！」

我的回答是：「我沒有願望，我只想回去，回到我應該去的地方！」

猴神說：「我不勉強你，你真的一點要求也沒有？」

我早已想好了，如果不是猴神這樣問我，我當然也不便提出來，但是他問了，我就不怕說。我道：「可不可以將這件怪東西給我？」

這時，那怪東西已從牆上取下，又被放回木箱子之中，看來仍是奇形怪狀的一堆。

猴神呆了一呆，像是想不到我會有這樣的要求，但是他立即道：「可以給你，不過我不明白，你要它來有什麼用？」

我道：「我想和我自己多談一點話，我還想多看一點自己！」

猴神沒有再說什麼，只是道：「你可以走了！」

我走過去，提起那箱子，那怪東西並不是很重。我提著它來到門口，轉過身子問：「這怪東西，究竟是什麼？」

猴神說了一個有很多音節的名詞，我無法記得住這許多音節，可能由於我現出了惘然的神情，猴神補充道：「你就將它當作是可以使你能看到你自己的東西好了。」

我表示明白，猴神忽然又道：「其實，你要了這東西，不會有好處！」

我苦笑了一下：「好處？什麼是好處？」

我說了之後，猴神就沒有再說什麼，而且，突然在我面前消失，我帶了這木箱，覓路離開。

那怪東西屬於我，我可以隨時看到我自己。不會有好處，是的，不會有好處，但我唯有這樣，才能知道我自己。

一個人如果連自己是怎樣的一個人都不知道，豈不是很可悲，活著有什麼意義？

更進一步來說，一個人，如果連自己是怎樣的一個人都沒有勇氣去知道，或是想也不敢去想，這豈不是更加可悲？

我不會這樣，我要知道自己究竟是怎樣的一個人，所以我要了那東西。

耶里望著我，我也望著耶里。

我的思緒極紊亂，一時之間，實在不知該想些什麼才好。在呆了半晌之後：「那東西……究竟是什麼？」

耶里道：「你和我一樣，當一郎將光義的日記念給我聽之後，我聽了這一段，也這樣問！」

我立時道：「一郎當然也不知道那東西是什麼！」

耶里道：「不，一郎知道！」

他在看到我一臉大惑不解的神情之後，又補充道：「其實，你和我也應該知道！」

我搖頭，表示自己不知道：「一郎怎麼回答？」

耶里當時，就站在那堆怪東西之前，他指著那堆怪東西問：「這究竟是什麼？」

板垣一郎立即回答：「日記中說得很明白，這東西，有一個很長音節的名字，但實際上，那是一個可以使你看到自己的東西！」

耶里陡地一呆，突然大聲笑了起來：「就算能看到自己，又有什麼用處？」

第十七部：一種可以複製出一個人的裝置

板垣一郎的神情十分嚴肅，他的那種嚴肅的神情，更使耶里覺得好笑。也難怪耶里，的確，就算看到了自己，又有什麼用處？

耶里不斷地笑著，令得一郎十分惱怒，他陡地大喝道：「別笑了！」

耶里止住了笑聲，愕然地望著一郎，一郎作了一個請他靜聽的手勢：「事情一點也不好笑！你難道未曾注意到，不論是那個王子，或是光義的記載，都提到了十分重要的一點！」

耶里怔了一怔，「嗯」了一聲，未置可否。一郎立時又道：「這十分重要的一點是：他們向靈異猴神提出三個願望，可是，靈異猴神一定先要他們看看自己！」

耶里點頭道：「不錯，是這樣。而且……而且……」

一郎不等耶里講完，就道：「兩個見過猴神的人，在看到了自己之後，都放棄了向猴神提出三個願望的要求！」

耶里深深吸了一口氣，說道：「是，這其中……多少有點古怪。為什麼當他們在看到了自己之後，會放棄了三個願望的要求呢？」

一郎道：「我也想過，但是想是沒有用的，要知道其中究竟，我們必須設法先看到自己！」

耶里再吸了一口氣：「我仍然不明白，就算看到了自己，又怎麼樣？」

一郎盯著耶里：「我是一個生意人，每當我和對手談論一樁生意之前，我總要設法先了解這個對手的性格，和他應付別人的方法，有了準備，就容易成功和擊中對方的要害！」

耶里仍然有點不明白，他沒有出聲，只是等著一郎繼續講下去。

一郎道：「既然有兩個人，都在看到了自己之後，放棄了向神提出要求，這其中就一定有某種原因在。我……我們最終目的，要去見猴神，是不是？」

耶里立時道：「當然是！」

一郎道：「我們要先做準備，不論情形如何，我們的目的是要有可以實現的願望，即使猴神使我們看到自己之後，也不改變主意！」

耶里到這時，總算完全明白了一郎的意思。一郎是先要求一次「實習」，免得到時，像王子和光義一樣，臨時改變了主意。耶里對於一郎的深謀遠慮，十分佩服，他指著那堆奇形怪狀的東西：「你懂得怎樣使用這個東西？」

一郎道：「我不懂，但是光義的記錄之中不是說得很明白麼？那東西，那東西全攤開來之後，他只不過轉了一個圈，就看到了他自己！」

耶里道：「你的意思是，我們也可以照樣試一試？」

板垣一郎點著頭：「是。」

耶里來回踱了幾步，眼睛一直盯著那堆怪東西：「這件事，做起來並不困難，你完全可以獨立完成，為什麼你要見我，和我一起進行，分薄了你可能得到的三個願望呢？」

我聽到這裏，立時道：「問得好，一郎怎麼回答？」

耶里吸了一口氣：「他的回答，倒也很合情合理。他說，一來，對這種怪異的事，他有一種恐懼感，一個人不敢進行。二來，他看不懂印度文字的記載，要等完全弄清楚了才進行。」

我呆了半晌：「你……你們真的進行了？」

耶里點了點頭，半晌不出聲，忽然自嘲似地笑了起來，繼續他的敘述。

進行起來，一點也不困難，將那怪東西提起來，怪東西變成薄片，薄片對於附近的物質，有一種吸力，當它靠近牆的時候，會吸附在牆上。由於它是如此之薄，而且又是透明的，所以當它附吸在牆上之際，根本看不出牆上已附了一層薄片。

怪東西放在箱中，看來體積並不大，可是在抖了開來之後，面積相當大，那間書房的三面牆、天花板、地板上全附滿了之後，還是有一小部分留在箱子裏。

一郎顯得相當焦躁：「怎麼辦，房間不夠大。」

耶里指著靠窗的一面道：「如果這一面不是窗，也是一堵牆，我看恰好夠全部鋪上。」

一郎道：「是啊，我們可以在那裏砌一堵牆。」

耶里道：「那好像怪一點，會引起人家注意。」

一郎說道：「不要緊，我們可以在晚間進行，我們兩人合力，我因為家庭的關係，不能抽太多的時間出來，你可以全力進行，反正晚上這裏很靜，只有管理員一個人，可以收買他，叫他別出聲。」

耶里這時，也被一郎的話，和王子、光義的筆記，以及那堆怪東西弄得好奇心大起，而且他也實在需要一個可以實現的願望，所以他答應了一郎，由他來負責，在房間的臨窗一面，砌上一堵牆。耶里的砌牆工作進行得很順利，由一郎出面，買通了管理員武夫，請武夫別對任何人提起。耶里出面，去買磚頭、灰漿，只不過花了兩晚工夫，就在臨窗的一面，砌成了一堵牆。

這堵牆，使這間房間成為怪房間。也是這堵牆，使得一個探員，在準備跳進去時，撞在牆上，反彈了出來，跌到街上斃命。這些，耶里和一郎兩人，在計畫砌這堵牆時，當然料不到。

牆砌好之後，拉成薄片的怪東西，還是不夠地方全部鋪開來，但是只餘下一小部分。當怪東西全被拉出來之後，那一小部分，又自動附吸在已有薄片的牆上，仍然一點也看不出來。

當做好了這一切之後，他們兩人的心中，都緊張到了極點。

為了在這間房間中進行這樣的事，板垣一郎已經好幾天沒和他的情婦雲子幽會了。他不能讓雲子發現他在進行這事，這件事是他和耶里兩人之間的秘密。

一郎和耶里兩人互望著，隔了好半晌，一郎才道：「是你先轉，還是我先轉？」

耶里舉起手來：「讓我先來看看我自己！」

耶里一面說，一面迅速地轉了一個身，當他又面對著原來的方向時，他神情十分滑稽地眨著眼，因為在他的面前，根本沒有什麼他自己。

耶里笑了一下，再轉了一個身，在他面前的，仍然是什麼也沒有。一郎也眨著眼，跟著轉身。

他們兩人，每個人至少轉了七、八十次身，耶里甚至有點頭昏腦脹的感覺，但是房間之中，仍然只有他們兩個人，並沒有奇蹟出現。

他們都停止了轉動，一郎道：「一定有什麼地方不對頭！」

耶里苦笑：「就算有，我們也沒有辦法，因為那東西究竟是什麼，我們根本不知道！」

一郎十分粗暴地道：「已經對你說過了，那東西是可以使你看到自己的東西。」

耶里也怒道：「可是你看到了什麼？」

一郎吸了一口氣：「我沒有看到什麼，但是光義卻會使用那東西，他有了兩個自己，每一個可以看到對方，他會用。」

耶里當時呆了一呆，他是知道板垣光義死前的情形的，當地警方，認為光義有一個雙生兄弟，相互之間殺死了對方。可是這時，一郎卻提出了截然不同的看法。

板垣一郎提出來的說法是：光義有兩個，兩個全是光義。一個光義，是與生俱來的，原來的光義。而另一個光義，則是由於那怪東西的作用而出現的！

我聽耶里講到這裏，陡然作了一個手勢，阻止他再講下去，同時，我急速地喘著氣：「等一等，你是說，光義臨死之前，已經一個人變成了兩個人？」

耶里搖頭道：「不，還是一個光義，不過化成了兩個！」

我忍不住大聲道：「他媽的，這算是什麼意思？究竟是一個還是兩個？」

耶里瞪了我半晌，說道：「一張文件，複印一份，連同原來的文件，你說是一份，還是兩份呢？」

一份文件，複印了一份之後，一共是兩份還是一份呢？

應該是兩份，一份是副本，一份是正本。

可是，始終只是一份，因為副本是由正本而來的，來來去去都是一份。

我被這個問題弄得思緒十分紊亂，我呆了片刻之後：「耶里，你接觸這個問題比我久，你的心中一定已經有了設想，你能不能將你的設想講出來給我聽聽，別再打啞謎了！」

耶里低下了頭，不出聲，我注意到他的身子在微微發抖，這顯然是由於他的心中，想到了一個極其可怕的問題之故。

我等了半晌，聽不到他出聲，才又道：「不論你的設想如何可怖、怪誕，都不要緊，只管講出來，根本整件事已經夠怪誕的了。」

耶里聽得我這樣說，才抬起了頭來：「你說得不錯，在接觸了許多怪事之後，我的確有一個十分可怖的假設，但我的這個假設，在經過了若干事實之後才逐漸形成。我想，我將事情的發生接次敘述下去，你會比較容易了解我的假設。」

我有點不願意，但是耶里的話也未始沒有理由，所以我點了點頭，表示同意。

耶里當時瞪著一郎：「你的意思是，光義一化為二了？」

一郎道：「你可有別的解釋？」

耶里走前幾步，伸手去觸摸附在壁上的薄片，轉過身來：「這怎麼可能，一個人怎麼可能化成兩個？如果將一個人從中割開，那是兩個半邊的人，不是兩個人。」

一郎十分焦躁：「別和我爭這個問題，我不知道！我不知道！」

他一連說了十來聲「我不知道」，忽然自言自語地道：「或許，我們沒有那種白色的小眼鏡猴，所以才不能成事？」

一郎的語聲很低，可是那時已是深夜，四周圍極靜，房間中更是一點聲音也沒有，耶里立時聽到了他的話，也立刻問：「什麼小眼鏡猴？」

一郎神情有點慌張，想要掩飾，可是耶里知道白色小眼鏡猴在傳說中的地位，他知道白色小眼鏡猴，土名叫奇渥達卡，是靈異猴神的使者。從一郎的神色之中，他也可以看出，一郎正對他隱瞞著什麼。

這使得耶里極其惱怒，狠狠地瞪視著一郎。一個身形高大的印度大漢發起怒來，樣子相當可怕，一郎後退了幾步：「我……沒有……我只不過……有一頁光義的日記，沒有給你看！」

耶里怒吼一聲，一拳揮出，那一拳，已快擊中一郎的鼻子之際，一郎已將一頁撕下的紙張，取了出來，所以耶里能及時收住了勢子。

一郎已大聲讀了出來，這一頁日記提及的事，是說要見到靈異猴神，必須有白色的小眼鏡猴帶路，白色的小眼鏡猴，是靈異猴神的使者。

耶里仍瞪著一郎，一郎解釋道：「這種白色小眼鏡猴，不知去哪兒找，等到找到了，我一定不會再瞞你，真的，我們必須合作才好。」

一郎為了向耶里討好，又道：「你看，這裏我不是每天用，一個星期最多用一兩次，其餘的時候，你可以一個人在這裏，盡量研究！」

耶里緩緩放下了拳頭，心中罵了好幾遍「卑鄙的日本人」，但是對於一郎的提議，他卻不表示反對。

當晚，一郎離去，耶里留了下來。

接下來的日子，每當一郎不用這個單位和雲子幽會，耶里就時常來，獨自一個人在那間房間中，不過他一直沒有「看到他自己」。

耶里注意到，一郎有時也會獨自一個人在那間房間中，可是看一郎的情形，他也沒有看到「自己」。

這樣的情形，又維持了一年的光景。

耶里接到印度來的信息，他夢裏的情人已經結婚，那使他傷心欲絕。

他接到信息的那天，喝得極醉，又來到了那間房間之中，一腔怨憤，無處發洩，到了房間之後，不住地用拳向牆上打著。

當他不住拳擊著牆壁之際，他根本沒有想到什麼，只是想發洩，他根本沒想到牆上附著一層極薄的薄片，就是那堆怪東西化出來的。

而就在這時，耶里突然聽到了他的身後，傳來了一陣嘿嘿的冷笑聲。

這間房間，在近一年來，幾乎只有耶里和一郎兩個人到過，照常理來說，耶里忽然聽到背後有人冷笑，一定會以為那發出冷笑的人是一郎。

可是耶里卻絕沒有這樣的感覺，他雖然喝得相當醉，但是他還是立時覺出，發出冷笑聲的人是他自己！他的第一個反應動作十分可笑，他雙手緊捏住自己的腮，想使自己發不出冷笑聲來。

但是冷笑聲還在繼續著，耶里只覺得寒意陡生，甚至沒有勇氣轉過頭去看，他全身的肌肉變得僵硬，酒意也從冷汗之中消失。

冷笑聲在他的身後大約維持了半分鐘之久，他又聽到在他的背後，傳來了一個冰冷的聲音：「逃避、喝酒，有什麼用？」

耶里全身震動，那是他自己的聲音！

他陡地轉過身來，就在那一剎那，他看到了他自己！

耶里講到這裏的時候，身子仍在不由自主地顫動。我自然明白他為什麼會這樣。因為每當我想起我看到自己的那一剎那，我也會有同樣的反應。

所以，我為了表示安慰他，將手用力按在他的肩頭上，好令得他比較鎮定些。

耶里喘了一會兒氣，才道：「我看到了自己，站在對面，用一種極不屑的神情望著我，那種嘲弄、鄙視的神情，我一輩子都忘不了，在我一生之中，從來也沒有人這樣鄙視過我，原來最最看不起我的人是我自己，我自己最看不起自己！」

對於耶里這樣的話，我實在無以應對，只好繼續拍著他的肩。

耶里又道：「當時我整個人都呆住了，我只記得我什麼也說不出來，我只是大聲叫了一下，然後問道：『你是誰？』這句問話，我可能在剎那間持續重複了六七次之多，那純粹出於極度的驚駭！」

我陡地震動了一下。

「你是誰？」這是一句相當普通的問話，照理不應該引起任何震動，但是在剎那之間，我想起了職業殺手鐵輪。鐵輪臨死之際的情形，曾經由四個幹練的探員向我詳細敘述過，他們都說，鐵輪曾竭力使自己的身子，移近書房，然後，發出了一句問話，才斷了氣。他問的那句話就是：「你是誰？」那是不是說，鐵輪在一進了那個單位之際，也看到了他自己？鐵輪已死，大良雲子成了瘋子，這個問題不能再有肯定的答案，但是我相信推測不錯，因為一個人若不是受了極度的震驚，不會這樣，而還有什麼比看到自己更吃驚的？

耶里見我發怔，道：「你想到了什麼？」

我揮著手，沒有說什麼，因為鐵輪臨死的情形耶里並不知道，向他解釋，太費唇舌。我只是問：「接下去又怎麼樣呢？」

耶里喘著氣：「我事後也不明白當時反應如何會這樣奇特。一開始，我只感到極度的驚恐，但是當我一看到了我自己，我突然轉為無比的憤怒，我實在無法忍受任何人對我這樣鄙視，即使是我自己，我也不能忍受，所以我一面喝問，一面衝過去，向著我自己重重地揮出了一拳！」

聽得耶里這樣說，我忽然有了一種十分滑稽的感覺，但同時，卻也不禁遍體生寒，我想講一兩句比較輕鬆一點的話，可是卻又講不出口。

耶里一面喘著氣，一面道：「一拳打出，我打中了……我自己，我可以肯定，那是一個實實在在的人，並不是什麼幻覺、想像，一拳打得很重，打得……中了拳的後退一步，我看到口角有血流出來，可是……他……我自己……的那種鄙夷的神情更甚，我實在無法再忍受，就轉身疾奔了出去，我甚至不用升降機，是由樓梯疾奔下去，衝出了那幢大廈。」

我靜靜地聽著，不表示什麼。

我只是輕輕地道：「這樣的經歷，給你的打擊一定十分沉重？」

耶里的神情極其苦澀：「豈止是沉重，簡直致命。本來，我心底深處，或者說在我的潛意識之中，對自己確然有一份鄙視，我算是什麼呢？我是一個土王的後裔，一出生，就擁有巨大的財富，可以生活無憂，長大了，是一個花花公子，可以任意揮霍，但我究竟算是什麼呢？連一個我最愛的人也得不到，在日本，如果沒有印度來的財源，早已餓斃街頭！我算是什麼？我什麼也不是。」

我搖著頭道：「不單是你，每一個人，如果自己問自己：『我算是什麼』，都不會有答案。」

耶里道：「是，但不是每一個人都可以看到自己對自己現出這樣鄙視的神情。」

我沒有說什麼。耶里又道：「當晚，我又去喝酒，喝得酩酊大醉，在公園裏露宿了一晚，第二天一早，我就和一郎聯絡，約他到公園來見我。」

我問道：「他來了？」

耶里道：「來了。」

耶里和板垣一郎在公園見面的時候，宿酒未醒，眼中佈滿了紅絲，神情十分可怕，一郎一見了他，就嚇了老大一跳：「怎麼啦？」

耶里陡地一伸手，拉住了一郎的衣領，將一郎直扯了過來，厲聲道：「板垣一郎，你聽著，我和你之間的關係，到如今為止！以後，我不要再見你，我對你那他媽的三個願望，一點興趣也沒有。你自己全都要去好了，聽到沒有？」

耶里說到後來，簡直是在吼叫，神態瘋狂。

一郎一面掙扎，一面道：「好！好！」

耶里鬆開了手，轉過身去，一郎在他的身後，整理著衣領，問道：「究竟……發生了什麼事情？」

耶里深深地吸了一口氣：「什麼也沒有發生過！根本什麼也不會發生！」

耶里一說完，就大踏步向外，走了開去，剩下板垣一郎一個人呆立在公園中。

「從那一天起，我就一直沒有再見過一郎。」耶里說，神態極其誠懇。

我心中充滿了疑惑，望著他，緩緩地搖著頭：「不對。」

耶里道：「我知道事情有點怪，可是我，自從那一刻起，就未曾再見過他。」

耶里特別加重語氣。我沒有理由不信他的話，但是如果相信了他的話，我心中的疑團，如何解釋呢？

我仍然盯著他：「不對，或者你沒有見過一郎，可是你去見過他的情婦大良雲子。」

耶里陡地瞪大了眼，像是聽到了最無稽的話，大聲叫了起來：「大良雲子？一郎的情婦？我發誓絕對沒有見過這女人。」

我來回走了幾步，將在鐵輪家裏，發現那卷錄影帶的事情，和錄影帶的內容，向他簡略地說了一遍。當我說完之後，發現耶里的神情，可怕到了極點。他黝黑的臉上，泛著一層死灰色，人坐著，可是身子卻不由自主地在搖擺，口唇顫動著，發出了一連串聲音，我聽得他在不住地叫著：「天啊！天啊！」

我大聲道：「你對這件事，總得有一個解釋才行。」

耶里又發了半晌抖，才道：「那不是我，那是另一個人，那不是我！」

同樣的話，正是瘋了的雲子不斷在說的。

耶里所說的，和雲子所說的，幾乎一字不易。

「那不是我，那是另一個人，那不是我！」

耶里張大口，像是空氣中的氧氣突然稀薄了：「我相信，衛先生，你一定已知道那個去見雲子的人是誰！」

我吸了一口氣：「是……你見過的你自己？」

耶里發出了一下呻吟聲：「當然是。天！他竟是確確實實的存在。他可以做任何事，他……他……就像我一樣。」

剎那之間，我思緒紊亂到了極點，只是無助地揮著手，不知如何才好。

耶里仍在繼續著：「天啊！從那一刻起，我已經連鏡子都不敢照，怕的就是再看到自己，可是……可是那個我，那個我……」

耶里的神情，變得如此可怕，以致我恐怕他忍受不住情緒上的打擊，同時，我對整件事，也已經有了一個模糊的概念，我陡地叫了起來：「有兩個你，就像有兩個光義。」

耶里的喉際發出了「咯咯」聲。

我又叫道：「我也相信，有兩個大良雲子。」

耶里的喉間，仍然發出「咯咯」的聲響。

我的聲音也變得尖銳，說道：「你聽到沒有？有兩個！有兩個！」

我的情緒也激動起來，一面叫，一面雙手按著耶里的肩頭，用力搖撼他的身子。耶里道：「是的，有兩個！有兩個！另外一個，是那怪東西製造出來的，那怪東西！」

我陡地停了手。我只想到有兩個耶里，兩個板垣光義，兩個大良雲子，卻並沒有想到另外一個是那「怪東西」製造出來的！

我呆呆地望著耶里，耶里定了定神：「你可記得猴神對光義說過，那怪東西是『可以令你看到自己的東西』？」

我點頭，當然記得。

耶里道：「當我在那房間，看到了自己而又逃走之後，我就一直在想這個問題，我的設想是，那怪東西，是一種複製裝置、猴神的法寶，猴神利用這種東西，可以複製出一個人來！」

我張大了口，聽著自耶里口中吐出來的聲音，整個人像是飄浮在雲端，有一種極度的虛浮之感。

一種可以複製出一個人來的裝置？

通過這個裝置，可以使一個人變成兩個人？

誰聽到這種說法，都會有和我同樣的感覺！

耶里像是怕我不明白，又進一步道：「那情形，就像是複印機，將一份正本放進去，可以有一份副本印出來，文件還是一份，可是有了正副本。」

我仍然張大了口，因為我需要額外的氧氣，使我的心情平靜，我奇怪何以在這樣的情形下，我居然還能講話，我說道：「你的意思是，和雲子見面的那個，不是你，只不過是你的副本？」

耶里不住點頭：「我……一直以為，副本只是在一剎那間出現，但據你所說——」他的神情充滿恐怖：「據你所說，副本……竟一直存在著，在活動，這……太可怕了！」

我也感到一股極度的寒意：「副本的活動，你難道一點也不知道？」

耶里指著我：「你也看到過你的副本，你可知道你的副本，現在在幹甚麼？」

一聽得耶里這樣講，我的身子也不禁發起抖來。

我們兩人都好一會兒不出聲。在這段時間之中，我拚命作其他的設想，希望可以推翻耶里的，但是卻不成功。我其實已經同意了，不過因為太可怕，所以不願意承認。

但是，耶里的設想是接近事實的，不然，如何解釋光義忽然變成了兩個？

還有，健一進了病房，為什麼一連使用了幾個「你們」？那當然是他一進去，就看到了兩個大良雲子的緣故，大良雲子和她的副本，一起出現在病房之中，所以健一才會口稱「你們」。

再有，鐵輪當然是看到了他自己的副本，才大聲問「你是誰」的。

我不但同意了耶里的設想，而且還在耶里的設想上，有了進一步的推論。

我先開口，道：「耶里，我又想到了一點，十分重要的一點！」耶里呻吟似地答應了一聲，望著我。

我說出了我想到的一點。

我用十分沉重的聲音道：「耶里，正本和副本，只不過是稱呼上的方便，實際情形，我看很不相同。」

耶里用疑惑的目光望著我。

我繼續道：「我同意你的說法，那堆怪東西，有一種神奇的力量，可以使人看到自己，也就是說，複製出一個副本來。但是副本和本人，外形上雖然一模一樣，內在性格卻截然相反。」

耶里的喉間又發出「咯咯」聲響來。

我再發揮我的看法：「每一個人，在性格上，都是雙重的，副本的性格，正是本人性格上平時隱藏不表露的一面，是本人的潛意識的擴大！」

我之所以這樣說，是根據了已知有副本的幾個人的情形來推論的。

大良雲子在失聲、不能再唱歌之後，做了板垣一郎的情婦，表面上看來，她對這種秘密情婦的生活，感到相當滿足。但是她的潛意識中，卻感到無限的悲苦，對用金錢購買了她的一郎，也痛恨入骨。這一切性格，全在她的副本身上表現了出來：去和殺手接頭，要殺死板垣一郎！

板垣光義研究歷史，心平氣和，可是他的潛意識卻貪婪凶惡，平時，潛意識不表露，但是這種潛意識，在他的副本身上，卻成了主要的意識。所以，兩個性格截然不同的光義，才會由爭執而動武，以致同歸於盡。

耶里性格相當懦弱，從他的行動中可以肯定這一點，為了得不到他所愛女郎的垂青，他可以流落在日本，沒有勇氣回印度去。可是他的副本，卻承受了他潛在性格中堅強的一面，當他醉酒自怨之際，鄙視他，看不起他！

我，誰都知道樂觀、百折不撓、勇往直前、堅強、頑固，幾乎沒有什麼力量可以令我屈服。但難道我的性格之中，我的潛意識之中，就沒有恐懼、懦弱的一面？

就算我一百二十四個不願意承認，我看到過我的副本，我看到過我自己愁眉苦臉，惶惶如已到世界末日的那種極徬徨無依的神情！那就是我內心深處、性格的另一面的反映！

第十八部：找猴神的行程之一

耶里神情駭然地聽我舉出了四個例子，他吞了一口口水：「我相信後來，板垣一郎的副本也出現了，那個……那個教唆雲子去殺他妻子的一郎，可能就是一郎的副本！他平時對妻子怕得要命，可是副本承受了他的潛在意識，敢安排一項對他妻子的謀殺！」

我再吸了一口氣：「不單是人的身體的分裂，而且是人的性格的分裂。每一個人都有雙重性格，就可以分裂成兩個性格完全相反的人！」

耶里補充了一句：「由於那怪東西的奇妙作用而發生！」

接下來，又是一個相當長時間的沉默。

仍然是我先開口，我道：「現在，我也有點明白，何以在看到了自己之後，光義會不再向猴神提出願望。」

耶里揚了揚眉，我道：「光義看到了他自己，也和他自己談了話，這是他在日記中說的，光義一定想不到自己的另一面，竟是這樣窮凶極惡地貪婪，他開始鄙視自己，覺得自己如果是這樣的一個人，三個願望根本無法滿足自己的貪慾，所以索性不再提了，他的要求，只是要求和他自己的另一面長久相會，以便作更進一步的了解。」

耶里道：「有可能是這樣！」

又是好一陣子沉默，耶里才道：「從那次之後，我真的沒有再和板垣一郎見過面，在板垣一郎的身子又發生了一些什麼事，我全然不知。我仍然在日本，沒有回印度去，直到我忽然在一間酒吧中看到了白色小眼鏡猴。」

那是我和耶里的第一次見面。

可以想像得到，一個有了耶里這樣經歷的人，忽然之間看到了白色眼鏡猴——猴神的使者，他會感到何等的驚訝。

而事實上，耶里也表現了他的驚訝，他曾大叫一聲：「奇渥達卡！」

我道：「我記得那一天晚上的事。不過，板垣一郎之死，全日本轟動，你難道沒注意？」

耶里道：「我當然知道，我在知道了他的死訊之後，反倒鬆了一口氣，因為這樣怪誕的事，旁人不會再知道了。我不知道他為什麼死，我也注意到較早時那個大廈管理員的死亡，我相信，那管理員武夫，一定曾向一郎作不斷的勒索，所以被一郎殺死的。」

耶里已有一段很長的時期沒有再見板垣一郎，所以一郎在那天晚上，經過和雲子幽會的地點，看到有燈光透出來，他感到奇怪。

他感到奇怪，還是感到恐懼？

如果他已經看到過自己的話，他應該恐懼，他會知道另一個自己，正在作他所不能預測的行動。

如果他沒有見過他自己，他就只會懷疑，懷疑雲子有背棄他的行為。

我又問耶里：「那……怪東西一直在那房間中，沒有取下來？」

耶里道：「沒有。」

我苦笑了一下：「當然沒有，我多此一問了，雲子的副本叫健一到那房間去，健一也在那房間中看到他自己，看到了他自己潛在意識中真正想的是什麼，他就照自己的去做了，他找到了自己，他也勸我快去找到自己。再說說你看到了白色眼鏡猴之後的事！」

耶里沉默了半晌，才繼續說下去。

耶里在見到了白色眼鏡猴之後，想到了靈異猴神，自然而然想到了三個願望。白色眼鏡猴是猴神派出來的使者，要見猴神，一定要先將白色眼鏡猴弄上手。

自那晚起，耶里一直在暗中監視著我和健一，但是一直未曾動手。在跟蹤了我們幾天之後，耶里回了一次印度，和幾個專家見過面，知道如何才可以誘捕那隻白色眼鏡猴，他帶著那樹葉編織成的笛子，再回到日本來，成功地將白色眼鏡猴拐走。

耶里記得光義的筆記，也知道有了白色眼鏡猴之後，可以由白色眼鏡猴帶領，去見靈異猴神，但是他卻要更多的有關猴神的資料，所以他委托了一個專家替他搜集，而就在那個專家處，他遇見了我。

耶里遇到了我之後的事，不用再複述了，他到酒店來見我，我們兩人，由充滿敵意，而變成了有共同的假設。健一不知所終，雲子瘋了，光義和一郎死了，和這件怪誕的事有關的，只有他和我兩個人，我們非合作不可。

耶里講完了他的經歷之後，望定了我。

我來回踱著步：「你在敘述你的經歷之前，曾說你將一切講給我聽，但是我要答應一個要求，是不是？」

耶里道：「是。」

我問：「你的要求是什麼？」

耶里道：「我要求你和我一起去見猴神！」

我已經多少有點料到耶里的要求是什麼，所以他說了出來，我也不覺得奇怪。我道：「根據光義的筆記，他在廢宮出發，先在密林中見到了白色眼鏡猴，才由牠帶領著，見到猴神的。」

耶里道：「我們可以和他用同一路線前進，我們比他有利的是，不必先去找白色眼鏡猴，那頭小眼鏡猴，我已經成功帶到印度，而且在小心飼養著。」

我「嗯」地一聲：「那樣，就簡單得多。」

耶里搓著手，道：「如果我沒遇到你，我一個人也準備出發，所以應用的東西也準備得很充足，條件比光義好得多了！」

我作了一個手勢，道：「你不必多說，在知道了這許多怪異的事情之後，就算你不請我去，我自己也要去看看這位靈異猴神。不過——」我略為猶豫了一下，才又道：「不過在已經發生的事情之中，還有相當多疑問，我們是不是有必要先設法澄清一下？」

耶里道：「你是指——」

我想了一想：「譬如說，那怪東西，有力量可以製造出一個人的副本來——『副本』這個名詞可能不是很合適，但只好用它——這個副本，好像有神出鬼沒的本領，隨時都可以出現，也隨時可以消失。」

耶里皺著眉，沒有出聲。

我進一步道：「我看到我自己，只不過是在臨窗的那堵牆，被鑽穿了一個洞後的一剎那，隨即，就消失了！」

耶里點頭，我又道：「還有，在瘋人院中，健一進病房去的時候，看到了兩個雲子，其中之一是她的副本，但當健一離去，奈可又進病房時，病房中又只有一個雲子了，副本又消失了，還有鐵輪——」

耶里打斷了我的話頭：「你不必再舉例子了，我承認副本的確有點神出鬼沒，好像是鉛筆寫的字一樣，可以輕而易舉地擦去，為什麼會這樣，我們不知道，我看也無法知道。」

我道：「我們回日本去，將那『怪東西』取下來，詳細研究一下——」

耶里大搖其頭：「我不想再到日本。」

我做了一個無可奈何的手勢：「有些疑點，倒可以解釋，例如那房間的門，自內反拴著，這自然是一個副本做的事。可是我不明白的是，板垣一郎交給雲子的那柄槍，可以扳一下槍機就射殺兩個人，這種槍械，不是民間普通人所能有的，他從哪裏弄來？」

耶里道：「我相信將槍交給雲子，吩咐雲子去殺人的是一郎的副本，而接過了那柄槍的，也是雲子副本，而在雲子快要行事之際，去見雲子的，是我的副本。」我苦笑了一下，這其中的關係，十分複雜，連要再解釋一遍都十分困難，只有從頭至尾一直看下來的人，才會明白其中的關係。

耶里在停了一停之後，又道：「副本不但有突然消失的本領，而且，似乎還另有能力。例如板垣一郎有了那柄古怪的槍。而我的副本，竟然知道一個身分極其神秘的職業殺手的秘密，可以指點雲子的副本去找他！」

我盯著耶里，一字一頓地道：「你自己一點都不知道鐵輪這個人？」

耶里苦笑道：「我從來也未曾聽到過這個名字！」

我苦笑了一下：「我們還要注意一點，副本來去自如，可以在各種場合出現，而且，最可怕的是，副本會殺人，所殺的人包括和他一模一樣的——」我講到這裏，有一種不寒而慄的感覺，無法再向下講去，耶里的面色也變了一變。

光義就是被他副本殺死的！而光義同時也殺死了他的副本！所以在光義死的時候有兩具一模一樣的屍體！這實在是無法不令人感到害怕的事：一個和你一模一樣的人，可是性格恰好相反，這個人是你的複製品，然而你對他卻一點也不了解，不知道他會在什麼時候出現，而他總是和你相反，他是你性格另一面的表面化，你和他在外表上雖然一模一樣，但是在思想上卻是死對頭！這樣的一個死對頭，給你的威脅，可想而知！

耶里呆了半晌，才道：「我們只好暫且不想這個問題，假定我……我們的副本，都不會出現！」

我也呆了半晌：「只好這樣。」

我在這樣講了之後，又頓了一頓，忍不住又以十分苦澀的聲音道：「人最大的敵人，就是自己！」

耶里的口唇掀動著，發出了一點沒有意義的聲音來。接下來，便是長時間的沉默，耶里才道：「是的，這是人類性格雙重所造成的悲劇，沒有外來的敵人，敵人就是自己，就是——」

耶里說到這裏，搖著頭，再也說不下去。我長長地吸了一口氣：「這個問題不必再討論下去了，別說是我們，就算是兩個聖人，只怕也討論不出結果來。」

我望著耶里，心中想的並不是如何和他一起啟程去見靈異猴神，我又道：「耶里，照已經發生的情形看來，副本的活動，原來的人是不知道！」

耶里瞪著我，我作著手勢，進一步解釋：「例如，雲子副本的行動，雲子一無所知；一郎副本的行動，一郎本身，也一無所知！」

耶里的面肉抽動了一下：「看來是這樣。你和我，也都有副本，但是他們現在幹甚麼？誰知道他們現在幹甚麼！」

我聽到這裏，不禁打了一個寒噤，他們在幹甚麼，我們一無所知？我定了定神道：「我想弄明白的是，我們在幹甚麼，『他們是不是知道』？」

耶里呆了一呆，我的問題，堪稱古怪，難怪他要發怔。他在呆了一呆之後：「那我怎麼知道？得問『他們』才行！」

我苦笑了一下：「看來，由那堆怪東西複製出來的副本，比我們本身要神通廣大，但願他們不至於神通廣大到了可以知道我們的一切！」

耶里皺著眉：「那有什麼關係？」

我揮了揮手：「當然有關係，耶里，別忘了，『他們』是我們最大的敵人！」

耶里沒有說什麼，我也不再說什麼。

關於「副本」的問題，我和耶里之間，只好討論到這裏為止，無法再進一步討論下去了，因為我們對「他們」，一無所知，只知道有「他們」的存在。「他們」的存在，是由那堆「怪東西」的神奇力量複製出來，而那堆「怪東西」屬於靈異猴神所有，是板垣光義向靈異猴神要來的。

要徹底解決問題，當然只有去見靈異猴神！

耶里在回到了印度之後，就一直在進行準備工作。他富有，準備工作也進行得相當完善，雖然我的加入不在他的計畫之內，但是，他所準備的一切，足夠一個探險隊使用，所以物質上，一切皆不成問題。

我們又商討了一些細節，決定第二天一早動身，先到他的那座「皇宮」，再循著板垣光義走過的路，進入森林，去找尋靈異猴神。

我和耶里利用了一架小型直升機，第一站向南飛，中途停了幾次，當天晚上，就到達了耶里王朝早年的宮殿。

當直升機降落在宮殿前面的空地之際，眼前的景象，令得我的心中起了一種極度的震懾。

那是一座極其宏偉的宮殿。毫無疑問，這座宮殿曾經在陽光之下發出過極其燦爛的光芒，象徵一個王朝的極盛時期。

但是這時，呈現在我眼前的那座宮殿，卻使人感到莫名的傷感。

宮殿的扁球形尖頂部分，完全倒坍，那情景就像是絕世美人被人砍去了半邊頭顱，而剩下的半邊頭顱也化成了白骨。尤其當天色傍晚，夕陽如血，染在那種殘破的頹垣敗瓦之上，更給人一種血淋淋的感覺，使人看了一眼，就不想再看下去。

宮殿面前的空地相當大，估計有四百公尺見方，全是用大石板鋪出來的。可以想像，當年，披滿錦繡的大象，載著威武的士兵和儀態萬千、珠光寶氣的皇朝人員，在這裏昂然而過。但如今，除了盤踞的野草和野籐之外，什麼也看不到。一種貼地而生，像是可以無窮無盡蔓延的野籐的根部，不但將石級一塊一塊掀起來，而且強而有力的籐，在生長的過程中，甚至還將拱起的石級絞得破碎。

我下了直升機，野草比我還高，我要撥開面前的野草，才能看到前面的景象。

耶里也下了機，聲音有點苦澀：「看，這就是我的宮殿。」他略頓了一頓，才又道：「今晚，你喜歡住宿在宮殿的貴賓房裏，還是在外面搭營帳？」

我也苦笑了一下，我早已在耶里的口中，約略知道他的宮殿已經不復有往年的光輝，但是我卻也想不到，竟然會破落到這種程度！

耶里說到這裏，陡地停了下來，因為在他手指的方向，已根本沒有什麼牆頭，只是一大堆石，和自石上冒起來的無數野籐，在暮色四合中看來，就像是一個有著許多觸鬚的怪物。

耶里向我苦笑了一下。我可以明白他那種沒落王孫的悲哀心情，不過我並不同情他的那種傷感。我向前走去：「光義曾經來過，他幾乎曾到過宮殿的每一間房間，也曾找到了幾百年前那位王子的記錄，看來宮殿的內部，並不像外觀那樣可怕。」

耶里沒有說什麼，只是跟在我的後面。光義曾將他的行動全記錄下來，我和耶里全看過光義的日記。光義對於在宮殿之中找到王子記錄的經過，寫得並不是很詳細，但是是在什麼地方找到的，倒有著記載。而且，光義既然來過，就算宮殿之中已被熱帶植物盤踞，他當日曾開出一條路來，我們再要進入宮殿，自然不是太難的事。

當時，我的確是這樣想的。一直到事後，很多日子之後，我和一位植物學家談起來，那位植物學家哈哈大笑：「你對熱帶植物的生長速度，顯然一點概念也沒有！你是隔了多久才去的？」

我答道：「大約三年。」

植物學家又大笑：「在濕濡、溫暖的空氣之中，熱帶野籐，二十四小時之內，可以生長六十公分，四十八小時之內就可以開岔，三年，老天，只要三天，就算有人曾開出一條路來，也早就不見了！」

事實是不是和那位植物學家所說的那樣，不得而知。我走向宮殿的門口，看到宮殿的兩扇大門，根本已不存在，一個相當大的洞口，看進去，全是縱橫交錯的野籐，絕找不到光義走進去的通道在何處。

耶里較我遲一步到達，因為他要回到直升機中去，去取一些必要的裝備。當他也來到門口，看到我像是傻瓜一樣地站在門口之際，他遞了一隻電筒、一隻頭罩和一柄利斧給我：「請進去。」

我接過了他交給我的東西，戴上了如同練劍術時所用的頭盔，著亮電筒，揮動利斧，砍著比手臂還粗的野籐，向前進發。

事情比我想像中的較容易，在門口的野籐十分多，大抵是那裏光線比較充裕。一進了大廳，野籐全都向上長，在廳中的全是一條條直昇向上的籐幹，其中的間隙，可以容人通過。我們穿過了大廳，來到了大廳後的一個穿堂，耶里停了下來：「整座宮殿全是這樣，天色再黑下來，毒蛇出沒，防不勝防，在這裏多逗留，實在沒有什麼意義，我們不如——」

他沒有說下去，我自然明白他的意思。事實上，在這樣的宮殿中逗留，真的沒有多大的意思。光義已經來過，他找到了王子的記錄，王子的記錄我們也看過。重要的是要能見到靈異猴神。

我同意了耶里的建議，我們又循原路退了出來，在直升機旁，清除野草，弄出了一小片空地，為了安全，當晚我們在直升機內過夜。

這一夜，並沒有什麼特別值得記述之處，只是睡到了午夜，那頭白色小眼鏡猴，突然發出了一陣一陣聽來十分怪異的叫聲。

那隻白色小眼鏡猴，被耶里帶回印度之後，耶里一直托人飼養，被委託者是一個印度南部的土人。我不敢說這個土人對猴子的認識比不上健一，不過當我看到那頭白色的小眼鏡猴之際，我感到牠的雙眼之中，有一種異乎尋常的憂鬱。

在一隻猴子的眼睛之中找到憂鬱的神采，這聽來似乎十分滑稽，但是我的確有這樣的感覺。我不知道那白色小眼鏡猴是不是在懷念健一，但牠既然是聽到了笛音之後捨棄了健一的，似乎又不該這樣。這永遠不會有答案，因為我無法和那頭白色小眼鏡猴交談。

當我們動身之際，耶里將白色小眼鏡猴關在一隻相當大的鐵絲籠中，眼鏡猴在籠中，一直蜷伏著，很少活動。我們臨睡之前，還曾餵過牠一次，當時，我逗引牠，牠也像是一點提不起興趣來，並不理睬我。而當我正在沉睡之前，牠忽然發出了一陣又一陣的叫聲！

猴子而能發出這樣的叫聲，很出乎我的意料之外。就我所知，只有東非洲有一種「吼喉」，會發出極其宏亮的吼叫聲，吼聲可以遠達幾公里之外。

但是眼鏡猴也會發出這樣音帶極長的怪叫聲，我卻前所未知。

我和耶里，都被猴聲驚醒，一起坐直身子，而且立即向鐵絲籠看去。我們看到那白色小眼鏡猴，在籠中跳來跳去，顯得極其不安，而且不斷在發出那種古怪的叫聲，聽來像是一個小女孩在受了驚嚇後的尖叫聲。

我和耶里互望了一眼，都知道有點不尋常的事發生，我們一起來到鐵籠附近，努力想使那白色小眼鏡猴鎮定下來，可是小眼鏡猴的動作，和牠發出的聲音，卻像是愈來愈驚恐。牠不斷向籠邊撞著，撞得鐵絲籠發出聲響，叫聲也愈來愈尖厲。

就在我和耶里兩人不知如何才好之際，一下槍聲，陡地傳來。

第十九部：廢宮外空地上的大會合

宮殿外的空地，在深夜中極其寂靜，小眼鏡猴的叫聲，聽來已是極其刺耳，而那一下槍聲，聽來更是驚心動魄，不過，比起那下槍聲，所引來的後果，槍聲又不算是什麼了。槍聲一停，直升機的機身，陡地震動了一下。我多年來冒險生活的經驗，在這時起了作用，立時大叫一聲：「快跳出去！」

我實在不知發生了什麼，但是先是槍聲，繼而是機身的震動。

我在十分之一秒間，就感到要有大禍臨頭：我們受到了襲擊！而要襲擊一架直升機，最好的目標，自然是射穿油箱，而一顆子彈如果射穿了油箱，結果如何，哪還用再想下去麼？

我一面叫，一面陡地推著那隻鐵籠，連人帶籠，一起向下面跳去，機身離地大約有兩公尺，我和鐵籠一起落地，一面打著滾，一面踢著鐵籠，才滾出了三四公尺，我看到耶里也跳了下來。

耶里的動作反應，也算是十分快，可是還是慢了一步。接下來發生的事，就像是電影中的慢鏡頭一樣，而且奇怪的是，在起初的一剎那間，我根本連一點聲音也聽不到，只看到耀目的火光，陡然昇起，整架直升機，幾乎在不到一秒鐘的時間之內，便被火海包圍。耶里已經向外跳下來了，可是火舌向外擴展的速度實在太快，一下子就將他的身子整個捲住。

我在這時，反應再快，想要跳起來去幫助他，也來不及了。

直到這時，我才聽到了聲音，我聽到的是耶里所發出的一下慘叫聲，而耶里的慘叫聲，立時又被一下極其震耳的爆炸聲所淹沒，爆炸所帶起的氣浪和震盪力，令得我的身子，迅速地向後彈出去。不單是我，那隻鐵籠，也在迅速向後彈去，撞在我的身上，一直到彈出十多公尺，我才看到在火光之中，許多灼熱的、曳起亮光的金屬片，四下飛濺，像是一種特異的煙花。

再接下來，一切又重歸寂靜，直升機不見了，草在燃燒。我已顧不得去想其他，只是顧及耶里的安危，我大叫一聲，跳起來，向前奔去，跳過了幾處著火的草叢，來到了原來停直升機的地方。

直升機殘留下來的碎片，散落著，扭曲著，在那些奇形怪狀的碎金屬片之中，我看到了耶里。

耶里這時，其實已不再是耶里，只不過是一截略具人形的黑色物體。

我陡地停下來，吞嚥著口水，耳際轟轟作響。這一切，實在來得太突然了。耶里死了。

我一生之中不知遭遇過多少意外，但是像這次這樣的意外，卻還是第一遭，那實實在在是無論如何都料不到的事。

一時之間，我實在不知該如何是好。只是呆望著燒焦了的耶里的屍體，直到在我的身後，突然響起了「卡」的一聲，我才陡地震了一震。

那一下聲響，可以是千百種情形之下發出來的，但是在如今的情形下，我卻幾乎立即就可以肯定，那是一下移動槍栓的聲音。

我陡地一震之後，立時想轉過身子來，但是我只是略動了一動，就聽得身後傳來了一個女人的聲音：「不要動，請不要動！」

那女人的聲音，我不算陌生，但是，也決不是熟到一聽就可以想起她是誰，只不過在這樣的情形之下，還要加上一個「請」字的，這種過分優雅的語法，卻使我立時想起了一個人來。

剎那之間，我心中的驚訝，真是到了頂點！

在暗中襲擊直升機的人是誰，我可以設想出七八十個人來，可是絕想不到會是她！

而就在「請不要動」這句話之後，我感到，槍口已經抵住了我的背部。我雙手向上略舉，表示無意反抗，同時，盡量使自己的聲音聽來鎮定：「板垣夫人，真想不到我們會在這樣的情形下再見！」

出身於望族，一切生活習慣全是那樣優雅，那樣合乎大家風範，甚至在持槍指住人之際，也要說「請不要動」，那使我立時知道，在我身後的人，是板垣一郎的妻子——貞弓！

我真是難以想像，穿著整齊的和服，一舉一動，全是那麼合乎規矩的貞弓，會在這樣荒涼的地方出現，而且手中還持著槍！

但是不可想像的事，還在繼續發生，在我的身後，突然傳來了一陣快意的笑聲，接著又是貞弓的聲音：「你死了！這次，你終於死了！」

在她講那幾句話之際，任何人都可以聽得出那種咬牙切齒的語音之中，充滿了仇恨！這更使我大惑不解，雖然我已知因為她的突襲，已經導致了一個人的死亡，在我身後用槍指住我的，已不再是一個出身於日本望族的女人，而是一個兇手！但是我仍然忍不住問道：「請問，你和耶里王子有什麼深仇大恨？」

我身後傳來的聲音相當憤怒：「耶里王子？誰是耶里王子？」

我陡地一呆，剎那之間，簡直不知怎麼才好，直到我又聽到了貞弓的聲音，她仍然是咬牙切齒地在道：「你以為我不知道？你以為我真的一點也不知道？」

一聽得貞弓這樣說，我不禁「啊」的一聲，失聲道：「夫人，你殺錯人了！」

貞弓在我身後，陡地叫了起來：「不會錯！我不知道他在鬧什麼把戲，但是我要他死，我要他真的死，現在，他真的死了！」

我嘆了一聲，手向下略垂，指向前面：「這具屍體雖然已不易辨認，但只要你肯走近去仔細看一下，你就可以發現他不是你要殺的人。我相信你想殺你的丈夫，板垣一郎，但是這個死在火中的人是一個印度人，一個名叫耶里的印度人！」

我聽到在我身後，傳來了一下驚愕的聲音，我將雙手放在頭上：「你只管去看，我不會有任何行動！」

當晚的月色很好，我看到地上，我身後的影子開始移動，接著，我看到了貞弓，她走向燒焦了的屍體，手中持著一柄來福槍。

這時候，我可以輕而易舉地將貞弓手中的槍奪下來，但是我卻並沒有這樣做。我在那時，只想到貞弓在發現被燒死的人不是板垣一郎之際，她一定會十分難過，不再繼續對我不利。

我已經提及過，自從被小眼鏡猴的怪叫聲吵醒之後，所發生的一切，實在太突然了，突然到了我根本無法有條理地去思索一切問題。例如這時，就有一個極大的疑問，可是我當時卻沒有想到。

自然，我事後想到了，可是當時想到和事後想到，那就有極大的差別。

這個疑問是：貞弓明明知道板垣一郎，死在不明原因的狙擊之下，何以她還會萬里迢迢，來到印度，要殺死板垣一郎？

當時我沒有想到這個問題，所以也沒有採取任何行動。貞弓來到了死屍之前，怔了一怔，接著，她俯身下去，就著月光，仔細察看。

在那一剎那，我倒真佩服她，面對著一具如此可怕的屍體，竟然如此鎮定。

緊接著，貞弓的身子陡地震動了一下，接連向後退出了好幾步，抬頭向我望來。她的面肉在不由自主抽搐著，面色蒼白得可怕，右手在不由自主地發著抖。

在我還未曾發出任何聲音之前，她已經陡地拋開了手中的來福槍，雙手掩著臉，身子蹲了下來，發出一連串抽噎的聲音。

我的心情十分苦澀，耶里死得實在太冤枉！而如果不是小眼鏡猴忽然發出了怪叫聲，我也難逃大限，貞弓的行為，顯然不值得同情，可是這時，看她全身顫抖，自喉間發出可怕的呻吟聲的那種情形，顯然在她心中，也對自己行為感到自責。

我嘆了一聲，向她走近：「你——」

我只講了一個字，貞弓便陡地抬起頭來，在她臉上有一種極其凶惡的神情，這種神情，令我嚇了一大跳。她一抬起頭來之後，就尖聲道：「他以為我不知道，一點也不知道！其實，我早已知道了！」

丈夫有了外遇，細心的妻子，很容易知道。板垣每次和雲子約會，雖然都有很合理的藉口，而且安排得也天衣無縫，可是做了多年夫妻，貞弓自然可以在丈夫的神態之中，覺察出一切和以前不同。

丈夫對她的身體，已不再有興趣。有時，當她故意在丈夫面前裸體之際，可以感到板垣的目光在避開她的身體。

當一個妻子發覺自己的身體不能吸引丈夫的目光之際，她如果再不知道發生了什麼事，那麼這個妻子可能不是女人！

貞弓知道板垣有了外遇，是板垣和雲子來往了超過半年之後的事，事情能拖這麼久，自然由於板垣遮掩得好，一半，也由於貞弓自信太甚，認為板垣的事業，全是依靠她娘家的良好社會關係，才能建立起來，未曾想到板垣會背叛自己。

然而，她終於覺察了，疑點一點一點積聚，當愈積愈多疑點之後，她就去請教一個私家偵探，於是，在兩星期後，板垣一郎的一切行徑，貞弓全都知道得清清楚楚。

不過，貞弓在知道了一切之後，一點也沒有作任何表示。她的出身，她家庭的社會地位，都使她知道，如果她的婚姻起了變化，那是一件醜聞，將使她難以見人，所以只好隱忍著。

曾經有好幾晚，當板垣一郎鼾聲大作之際，貞弓翻來覆去睡不著，她不知想過多少辦法，但是似乎沒有一個辦法是可行的，看來除了隱忍丈夫的外遇之外，她拿不出任何別的辦法來。

一直到有一天下午，事情才起了變化。

那天下午，貞弓正在整理客廳茶几上插著的花朵，她剛在考慮，是不是要將其中一朵半開的玫瑰，換上一朵盛開的，她聽到了門鈴響

當她抬起頭來之後不久，女僕走進來：「太太，外面有一位小姐，自稱叫大良雲子，說有重要的事，要和太太談一談！」

貞弓當時，要運用自幼培養出來的自制力，才能夠站得穩身子。

自從知道了板垣一郎的一切行徑之後，她自然知道板垣一郎的情婦是什麼人，而如今，丈夫的情婦，竟然找上門來了！

貞弓緩了一口氣，才道：「請……這位小姐進來！」

女僕答應著，走了出去，不一會兒，雲子走了進來。貞弓早在私家偵探拍到的照片上，看到過雲子的樣子。這時她的心中雖然驚怒交集，可是在外表上看來，還是那樣雍容優雅。她作了一個手勢：「請坐，雲子小姐。」

雲子坐了下來，貞弓揮手令女僕出去，雲子立時道：「板垣太太，你可能不

知道我是什麼人。」

貞弓對自己的鎮定，也表示驚詫，她道：「不，我知道，你是他的情婦！」

雲子震動了一下，低下頭，像是一時之間，不知如何開口才好，貞弓來回踱了幾步：「你來見我，為了什麼？」

雲子重又抬起頭來：「他要殺死你，也要殺死我！」

當貞弓在拋開了來福槍，雙手掩著面蹲下來，我走近她，她又抬起頭來之後，從「他以為我不知道，其實我早已知道了」開始，不等我向她提出任何問題，她就一直不停地在說著，說著她自己的事。

我聽到她講到這裏，心中「啊」的一聲，盤算著雲子和貞弓見面的時日。

那應該是耶里見了雲子之後的事，或者說，是耶里副本，見了雲子副本之後的事，去見貞弓的，當然也是雲子副本。

只是不知道那時，雲子副本是不是已經見過鐵輪？

我在想著，貞弓繼續說著發生過的事。

貞弓震動了一下，雲子不等她有任何表示，就打開手袋，取出了一柄槍來，放在面前的几上：「這是他給我的，他叫我來殺你，可是這柄槍，能同時反向射出兩顆子彈，如果我開槍殺你，我自己也將死在槍下！」

貞弓的身子發著抖，雙眼盯在槍上。她從來也沒有看過這樣可怕的東西，也沒有想到過會有這樣可怕的事情發生。

過了好半晌，她才從乾澀的喉嚨中發出聲音來：「你！你——準備怎麼樣？」

雲子的聲音極鎮定：「我已經請了一個職業槍手，殺死他！」

貞弓的雙眼睜得極大，她的氣息急促起來，叫道：「等一等！等一等！他——他是我的丈夫，他——」

雲子的聲音聽來很無情，而且有點咄咄逼人：「他是你的丈夫，你心裏難道不恨他？他有情婦，又想殺你，你沒有恨過他？沒有起過想要他死的念頭？」

貞弓的神情一片惘然，在她不知如何說才好之際，雲子嘆了一聲：「你完全不了解你自己，讓我帶你到一個地方去看看你自己，你就會明白了！」

貞弓講到這裏，我不由自主發出了一下呻吟聲。

雲子要帶貞弓去「看她自己」！

我吸了一口氣，望著貞弓。在以前的相遇中，貞弓總是穿著傳統的日本和服，這時，她穿著獵裝，神情有一種極度的憤恨，那不是貞弓，我突然想到，在我面前的，是貞弓的副本！

我一想到這一點，又不由自主發出另一下呻吟聲。

雲子帶著貞弓到了那間房間中，在離開那間房間的時候，貞弓不住抽搐著，一直回到家中，她家的幾個傭人，著實大吃了一驚。

貞弓將自己關在臥室中，沒有人知道她在幹甚麼。一直到午夜，幾個僕人都被一陣爭吵聲所驚醒，互相聚在一起，吃驚得說不出話來，因為他們聽到了主人十分嚴厲的聲音，優雅的貞弓，一直是僕人們最欽佩的人物。

在眾僕的印象之中，她從來也不會發出這樣粗魯的聲音，但這時，貞弓卻在大聲呼叱。

她究竟是在叱喝什麼人呢？僕人全然不知道，也沒有人敢在事後問她。

貞弓在叱喝什麼人？

貞弓的聲音乾澀，道：「當天晚上，我大聲叱責，在罵一郎！」

我震動了一下：「一郎不是……死了？」

貞弓望了我半晌：「我以為你知道的！」

我苦笑了一下，我應該知道的，但是心緒十分亂，我一時想不到。我說道：「是……一郎的……副本？」

貞弓突然笑了起來，她的笑聲十分可怕，聽了有令人不寒而慄的感覺，我不由自主，後退了一步。貞弓又盯定了我，在她的雙眼之中，有種怪異的光芒，我不知道她的心裏在想些什麼，但是一個心理正常的人，無論如何不會現出這樣的目光。

我緩緩吸了一口氣，剛想開口，貞弓的笑聲聽來愈來愈尖厲，而就在她的笑聲尖厲到了令人幾乎無法忍受之際，她止住了笑聲，冷冷地道：「他殺了我，你知道不，他殺了我！」

貞弓將「他殺了我」這句話，重複了兩遍，我才算聽得明白。我的全身，更加感到一股極度的涼意。事情愈來愈複雜了！

貞弓說「他殺了我」是什麼意思？如果將這句簡單話語中的代名詞拿掉，替以專有名詞，那應該是「板垣一郎殺死了貞弓」。也不對，更正確的，應該是「板垣一郎的副本，殺死了貞弓」！

貞弓已經死了，那麼，如今在我面前的這個女人，她當然是貞弓的副本！我思緒十分紊亂，只好怔怔地問道：「那……是什麼時候發生的事？」

貞弓又磔磔笑了起來，道：「前幾天，我親眼看到他動手！他將我帶到臨海的一個懸崖上，用力一推，將我推了下去，我看到我跌下去的時候，雙手無力地亂抓，像是空氣中有什麼東西可以供我抓住，我竟然沒有發出尖叫聲，大抵是由於從小所受教育，教導我不論在什麼情形下，都不可以發出有失教養的尖叫聲的緣故吧！哈哈！哈哈！」她一面說，一面還在不斷笑著，但是我卻實在笑不出來，只是不斷地在喉際，發出了一陣陣類似抽噎的聲音。

貞弓又道：「我的屍體可能還未被發現，就算被發現了，人家一定也以為我是忍受不了喪夫之痛而自殺！哈哈！原來他一直想殺我！他利用他的情婦來殺我，結果卻被他的情婦買通了一個職業殺手將他殺了！哈哈，真有趣，現在，大家可以將大家的心意看得清清楚楚，太有趣了！哈哈！」

貞弓覺得「有趣」，我卻並不覺得。我只覺得就是如貞弓所說，「大家都知道了大家的心意」，這種心意上赤裸裸相對的情形，太可怕了。

貞弓繼續道：「我在一旁看他行凶，他不知道，他在行凶之後，甚至大笑，我知道他要到印度來，所以我追了來，我以為他和你在一起，所以我——」

貞弓講到這裏，停了下來，沒有再向下說。

事實上，她不必說，我也知道了，她以為板垣一郎在那直升機上，所以她開槍。而開槍的結果，是令得耶里身亡！

我慢慢挺直身子，偏過頭去，不願再正視她。而就在這時，貞弓突然以極其矯捷的步法，一步跨過，又取起了來福槍來。槍口指著我，惡狠狠地道：「從現在起，你要聽我的指揮，我要你帶我去見靈異猴神！」

我心中感到一股莫名的厭惡，這種厭惡，使我產生了一種睏倦的感覺，我冷冷地說道：「對不起，我無法帶路。帶路，是白色小眼鏡猴的事，我恐怕牠已經在爆炸中喪生了！」

貞弓震動了一下，立時向那只鐵籠望了去。我也跟著看去。一看之下，我只好嘆了一口氣。

那隻白色小眼鏡猴，如果不是我一躍而下之際，將鐵籠也帶了下來，一定炸死了。要是牠死了的話，那倒真是天下太平，不會再有以後的事發生。

可是，我卻將鐵籠帶著，一起跳了出來，而且，推著鐵籠一起向前滾出了相當遠。這時，當我向著鐵籠看去之際，看到那白色小眼鏡猴的前爪，抓著鐵枝，眼珠轉動，正望著我們。

貞弓「哈哈」一笑：「看，牠沒有死！」

我的聲音仍然十分疲倦：「牠沒有死，那最好不過，你可以命令牠帶路！」

貞弓現出一種凶狠而又狡猾的神情來：「你以為我是傻瓜？你帶著牠，一定知道如何指揮牠，你帶路！」

她一面說，一面將手中的來福槍，向前伸了一伸，扳在槍機上的手指，也緊了一緊。我對她會開槍殺人這一點，毫不懷疑，但是我也不想和她一起去見靈異猴神，在發生了一連串的事件之後，我甚至不想去見什麼靈異猴神！

所以，在剎那之間，我想到了一個對付貞弓的辦法。我道：「好，要牠帶路，當然不能將牠關在籠裏，將牠放出來，我可以命令牠帶路！」

我之所以要這樣做，是因為我想到，如果將鐵籠打開的話，白色小眼鏡猴有極大的可能，立時逃走，而貞弓也絕對沒有辦法在曠野中將一頭猴子捉回來。

只要白色小眼鏡猴不見了，貞弓當然也不能再脅逼我！我的提議，聽來相當合理，要白色小眼鏡猴帶路，當然不能將牠關在籠子裏，是不是？

貞弓向鐵籠望了一會兒，她注意到鐵籠是鎖著的，她猶豫了一下：「你別玩什麼花樣。」

我攤開手：「你覺得我的提議不合理？」

貞弓神情凶惡地瞪著我，在又呆了半晌之後：「好，你將鎖打開，放牠出來。」

我取出鑰匙，然後慢慢走向鐵籠，打開了鎖，伸手進去，小白色眼鏡猴立時攀上了我的手臂，我縮回手來，手臂向上略揮了一揮，眼鏡猴的身子，立時彈跳了起來，像一支箭一樣，向前射出去。

貞弓一看到這種情形，發出了一下尖叫聲，和高聲罵了一句像奈可這樣的人都不會在人前罵出來，怕罵了出來之後有損自己身分的粗言。

我真怕就在這一剎那間，貞弓會向我開槍射擊；我已經迅速地伏了下來。

而就在這時，我陡地看到，在一叢灌木之後，一條人影疾撲了出來！

那個撲出來的人，身法雖然沒有眼鏡猴向前的去勢快，但是也夠矯捷的了，他正撲向眼鏡猴，兩下來勢都很快，我只看到那人的身形一凝，眼鏡猴已摟住了他的頸，貼在他的身上。

而就在這一剎那間，我看清楚了那個人是誰。

健一！

在這裏遇到了貞弓，已是意外，忽然健一又出現，那更是意外中的意外，我想叫他，可是張大了口，卻一點聲音也發不出來。

健一的動作十分快，他一手摟住了白色小眼鏡猴，一手已取出了一柄槍，指住了貞弓。貞弓手中的槍，槍口對準了我，當她看到健一，想轉移目標時，已經來不及了，健一正在她的身後，已經喝道：「你只要一動，我就開槍！」

貞弓的面肉抽搐著，身形僵凝。

健一得意洋洋，向前走近了兩步，向我望來，看樣子，他正要開口對我講話，但就在這時，在他的身後，又響起了另一個女人的聲音：「你也是一樣，健一先生，如果你動一動，我就會殺死你！」

健一的身子陡地震動了一下，他看不到自己背後的是什麼人，但那種冰冷嚴厲的語氣，卻使他相信了發自背後的那個警告，不是說著玩的。所以他在震動了一下之後，也僵立不動。

健一看不見在他背後的是什麼人，我面對著健一，我可以看到那個女人，在月色下看來，尖削的臉，蒼白而美麗，纖細的身形，那是雲子。

我開始覺得昏眩，可是那還不過是開始，接下來的事，更令我幾乎站不穩。

貞弓控制了我，健一控制了貞弓，雲子控制了健一。雲子向前走了一步，只不過才走了一步，在她身後的草叢中，一個人直身而起，手中握著一柄巨大的軍用手槍，冷冷地道：「雲子，好久不見了。」

雲子陡然站定，月光之下可以清楚看到她面上的肌肉簌簌地發著抖。

不但是雲子，只怕每一個人都是一樣，連我在內。因為我實在無法控制自己的震動。

在雲子背後出現的，是板垣一郎！

我沒有見過板垣一郎，只見過他的屍體，但這時，我立時可以認出，在她身後的那個中年男子，頭髮微禿，肚子凸起，看來是一個標準的成功型商人的那個人，就是板垣一郎。

好了，板垣一郎又控制了雲子。

我在極度的震動之中，忽然笑了起來：「好啊，人全都到齊了！」

我這樣說，絕對在事先沒有期待著會有任何回答，只不過是對目前的情形的一種無可奈何的調侃而已。可是，我的話才一說完，附近一株樹上，立時有人接口道：「不應該少了我吧？」

我立時循聲望去，沒有看到人，只看到在那株樹上，濃密的樹葉之中，有一柄來福槍伸出來，槍口向下，對準了板垣一郎的背心。

那自樹葉中伸出來的槍口，極其穩定，穩定得如鑲嵌在樹身上一樣。

同時，樹葉之後，又再度傳來了那男子如同嘲弄也似的口吻：「我曾經射殺過你一次，板垣先生，你不會懷疑我的槍法吧？」

我閉上了眼睛一會兒。

那個躲在樹上的男子是鐵輪！一定是他！我再睜開眼來，向雲子看去，看到雲子的神色，極其可怕。

鐵輪又控制了板垣一郎。

我實在忍不住一個莫名其妙的衝動，我大叫起來，叫道：「耶里，你在不在？如果你在的話，也一起出來吧！」

所知，有「副本」的人，一共有七個：板垣光義、板垣一郎、雲子、貞弓、鐵輪、耶里、健一。

板垣光義死了，原身連副本一起死的。

板垣一郎的原身死了，副本還在。

雲子的原身瘋了，副本還在。

貞弓的原身被推下了海，死了，副本還在。

鐵輪的原身死在亂槍之下，副本還在。

健一的原身不知所終，「到他應該去的地方去了」，副本還在。

從這幾個人的情形來推斷，我可以推想到，耶里的原身在爆炸中死了，他的副本一定還在。

如果耶里的副本在，那麼豈不正是他該出現的時候了？所以我大叫了起來。

隨著我的叫聲，我首先聽到的是躲在樹上的鐵輪所發出的一下短促的驚叫聲，接著，便是耶里的聲音，冰冷而堅定：「你別動，你手中的武器是槍，我手中的武器是一條毒蛇，只要你一動，我相信毒蛇的毒液，會令你在半秒鐘之內麻痹，根本沒有機會發射，而在五秒鐘之內，你就會死！」

再接著，又是鐵輪充滿了驚怖的一下聲響，和耶里有點得意忘形的縱笑聲。

我要鼓起最大勇氣，才能使我身子站直。

耶里果然也來了！

一共有七個人，在廢棄了的宮殿之前，經過爆炸的直升機殘骸之旁。

這七個人，依被控制的次序是：我、貞弓、健一、雲子、板垣一郎、鐵輪、耶里。

這七個人，只有我一個，才是真正的我。

其餘六個人，我可以肯定，那不是他們真正的他們，而全是那「怪東西」複製出來的「副本」！

「副本」算是什麼呢？是人？不是人，只是一種怪物？實在想不出人類語言之中，可以用什麼適當的名詞去稱呼他們，只好稱他們為「副本」。

而我，就和六個副本在一起！

剎那之間，我心中的感覺，不是恐懼、怪異，而是只覺得滑稽！

那真是滑稽之極的事，給我印象是如此典雅柔順的貞弓，這時挺立著身子，抽動著面上的肌肉，來福槍的槍口還對準了我。在貞弓身後的健一，這個盡忠職守的警務人員，我的好朋友，可是這時，我望向他，就像是看著一個陌生人一樣！

看來，白色小眼鏡猴也和我有同樣的感覺，牠雖然還摟著健一的頸，但是卻也仰著頭，用充滿好奇的眼光，打量著健一。

在健一身後不遠處的是雲子。這個來自日本一個小地方，自以為可以在大都市中有所發展的女孩子，是典型的可憐蟲。她在掙扎了許多時日之後，一點改善環境的希望也沒有，只是在低級的娛樂場所浮沉。最後成為一個商人的情婦。

那個瘋了的，才是真正的可憐蟲的、毫無希望的大良雲子，除了將自己的身體和青春出賣給一個庸俗的商人之外，沒有第二條路可走。

而這時，雲子的臉，在月色下看來，咬緊了牙關，決不是逆來順受的雲子，而是充滿了仇恨和絕望，這種仇恨，使她可以有力量去殺任何人，而那種絕望，又可以使她毀滅自己！

那不是雲子，是雲子的副本。雲子原身的潛意識，在副本中變成了正意識。她平時埋藏在心底深處，連想也不敢去想的事，如今全敢去想，敢去做。

我真懷疑，如果讓她見到了靈異猴神，她的三個願望會是什麼！

在雲子身後的，是板垣一郎。這個外形十足是成功商人的人，這時滿面泛著油光，呈現著一種難以形容的凶狠的神情，我相信他如果照鏡子的話，會自己不認識自己。

鐵輪在樹上，我看不到他，但是我卻知道他藏身於哪一株樹枝上，因為這根樹枝，由於他身子的震動，而在發出輕微的聲響。

樹枝的震動，是由於鐵輪在顫抖！這個以殺人為業的鐵輪，他平時在攫取他人的生命之際，是何等冷酷和鎮定，但這時，他卻害怕得發抖。

耶里也在樹上，一個高貴的土王後裔，這時卻捏住一條蛇，瞪大眼想用蛇去咬人。

六個人互相牽制著，而我又實實在在，只好稱他們為六個副本。

這真是滑稽之極的事情。

我陡然哈哈大笑起來：「你們全到這裏來了，目的是什麼？」

板垣一郎先搶著說，一面說，一面喘著氣：「見靈異猴神。」

我道：「相信每一個人的目的，全是如此，你們這樣互相用殺人武器指著對方，靈異猴神會見你們麼？」

耶里的聲音自樹上傳下來：「你有什麼好提議？」

我攤開手：「放下你們手中的武器，你們可以一起去找靈異猴神，反正有『奇渥達卡』為你們帶路。」

六個人都不出聲，健一道：「靈異猴神肯同時接見這麼多人？」

我搖頭道：「我不知道，但我相信他具有非凡的能力，你們全是他的一件怪東西製造出來的，我相信你們全明白這一點。」

當我說到這裏的時候，我可以見到的幾個人，臉上的神情，真是古怪到了極點。我望向健一：「健一，是不是？」

健一震動了一下：「我……不知道，我不知道，我不知道自己從何而來。」

第二十部：找猴神的行程之二

他的神情在剎那間，又變得極度茫然，眼珠轉動著：「我是早已有了的，是不是？我是早已有的，是不是？是不是？」

他問到後來，簡直如同在嘶叫一般。

我道：「不管你存在了多久，這個問題，只有靈異猴神才能回答你。所以你必須去見他。」

耶里在樹上大叫了聲：「是。」

隨著他的叫聲，一條毒蛇，突然從樹叢中，被拋了出來。

那條毒蛇被拋了出來之後，在空中扭曲著身體，還未曾落地，槍聲就響了。自樹葉中伸出來的來福槍口向著蛇，鐵輪的一槍，射中了在半空中的毒蛇，使毒蛇斷成了兩截，灑著蛇血，落到了地上。

接著，鐵輪拋下了槍，先是他，再是耶里，兩人迅速地自樹上落了下來。

板垣一郎躊躇了一下，也放下了槍，接著是雲子、健一、貞弓，全放下了武器。

我長長地吸了一口氣：「好了，相信求見猴神的旅行團，已經夠人數了，你們出發吧，我，對不起，不奉陪了。」

我實在不想和六個「副本」再在一起。而這時，東方已經泛起魚肚白色，天可快亮了。我已決定，天色一亮，我就開始步行，離開這裏。

而我的話才一出口，板垣一郎就叫了起來：「你是傻瓜，見了猴神，可以有三個願望！」

我搖頭道：「我不是第一個傻瓜，令堂叔是第一個，他甚至被他自己殺死！」

健一走向我，在他走近我的時候，我感到了一股寒意，我立時作出了一個拒絕他繼續走向前來的手勢：「第二個傻瓜，是我的好朋友健一！」

健一叫道：「我就是健一。」

我道：「我指的那個不是你，是現在不知在什麼地方，可能在他從小長大的森林中，又在和猴子為伍的那個！」

健一的神情極憤然：「是，那是一個傻瓜，他寧願在森林裏做野人，而不願意有三個願望。」

我嘆了一口氣，事情總算還有一點令人高興的，健一果然找到了適合他自己的生活，但是，即使是健一這樣熱愛大自然，這樣恬淡的人，在他的潛意識之中，也有貪婪的一面，要不然，就不會有他的副本在這裏了。

我緩緩地搖了搖頭：「這樣說來，我只好算是第三名傻瓜！」

健一道：「我們不會容許你做傻瓜，我們知道你的能力，你必須和我們在一起，幫助我們，一起去見靈異猴神！你不能退出！」

耶里立即道：「對，你不能退出，你曾答應過我，和我一起去見猴神的。」

我聲音苦澀：「我答應的是你？」

耶里理直氣壯地道：「當然是我。」

我半轉身，指著耶里被燒焦了的屍體，想說什麼，可是結果卻一個字也說不出來。

真的，我說什麼才好？我眼前的耶里，知道他自己只不過是一個複製品嗎？如果這個複製品的一切，都和原身完全一樣，那麼，他就是耶里。我如何可以指一個人的屍體給他自己看呢？

我揚起的手，又垂了下來，鐵輪也走了過來：「請你去，和我們一起去。」

我不禁冒火：「你是一個一向行事獨來獨往的職業殺手，為什麼也要拉上我？」

鐵輪現出極害怕的神情來：「我害怕。我每一分每一秒都在極度害怕之中，可憐可憐我！我如果能有三個願望，第一個願望，就是要我今後，永遠不知道什麼叫作恐懼。」

我苦笑，剎那之間，我只感到他實在可憐。也在剎那間，我陡地想起，我也曾有一個極其短暫的時間，看到過我自己的副本，平時英勇無匹的衛斯理，何嘗不是愁眉苦臉，像是大禍臨身？誰知道我的潛意識之中，是不是也在恐懼？

我的聲音變得很疲倦，用手抹了抹臉：「好的，我和你們一起去。」

健一叫道：「我會請『奇渥達卡』帶路。」

耶里道：「裝備夠了，不過要節省點用。」

板垣一郎離得貞弓和雲子相當遠，像是怕這兩個女人，聯合起來對付他，但是他仍然怕吃虧似地叫道：「要公平分配一切用品。」

他們是怎樣「公平分配」用品的，我並不清楚，因為我走了開去，雙手抱住膝，坐了下來，我實在需要休息一下。

一直到天色大明，隊伍開始出發。健一抱著白色小眼鏡猴，和白色小眼鏡猴一起，不住發出一些怪異的聲音。

其餘人，包括我在內，就跟在他的後面。鐵輪走在最後面，一有人落後，他就放慢腳步，或者乾脆停步不前。我知道他要走在最後的原因，是怕有人在他的背後。這個一流的職業殺手，的確是生活在恐懼之中的可憐蟲。

板垣一郎也故意落後，反倒是貞弓和雲子，昂首直前。我在一郎的身邊，向他打量著，突然之間，忍不住心中的好奇，向他問了一個問題。

我壓低了聲音：「一郎，你要殺你的妻子貞弓，我很可以理解，為什麼連雲子都要殺呢？」

一郎揚著眉：「我叫雲子去行凶，如果不連她一起殺了，難道一輩子受制於她？」

我震動了一下，不禁嘆了一口氣，潛藏在人腦深處的意識，竟然如此可怕。我又道：「我還有一點不明白，你交給雲子的這柄槍，是哪裏弄來的？」

關於「副本」，我真還有很多不明白之處。例如，副本可以忽然出現，忽然消失，如雲子的副本在精神病院。副本也可以有特殊能力，如一郎有那種普通人得不到的兩頭槍，如耶里知道鐵輪的存在。

我知道，從光義的日記中知道，至少有四天的途程，我倒可以趁機了解更多些。

副本種種特殊能力是從何而來的，我想先從板垣一郎如何得到這柄手槍開始。

板垣一郎在聽到我這樣一問，呆了一呆，像是不知道如何回答才好。

我還怕他沒聽清楚，又將這個問題重複了一遍。

板垣一郎的神情仍是惘然，我再提醒一遍：「那柄槍，可以兩頭發射的。」

一郎有點惱怒：「我當然記得這柄槍。」

我道：「哪裏弄來的？」

一郎苦笑了一下：「我不知道，我……不知道。」

我不肯放過：「你不知道？你自己的事，你不知道？這是什麼話？」

板垣一郎的神情，看來相當狼狽，但仍有著極度迷惘：「我真的不知道，我只是……想有這樣的一柄槍……不知怎麼，我就有了這樣的一柄槍。」

我呆了一呆：「你說明白一點。」

一郎像是在竭力思索，可是他說的話，還是十分模糊：「我想有這樣一柄槍，雲子去殺貞弓，她自己也會同時死去。我在自己的書房裏這樣想，當我想的時候，我忽然一伸手，就有這樣的一柄槍在桌上！」

我呆了一呆，說道：「這就是說，你願望，而你的願望立刻實現了。」

板垣一郎像是在竭力思索著，我看得出他的神情不是假裝的，但是我卻不明白，何以發生在他身上的事，他回憶起來，會像是一點印象都沒有。

我又問道：「是不是那樣？」

一郎的神情有點苦澀：「當然不是，如果是這樣，等於我這願望已可以實現，我也不必再去見靈異猴神了。」

我有點不耐煩：「那麼，這柄槍，究竟是怎樣來的，怎樣到你手上的？」

一郎眨著眼：「我已經對你說過了，我一伸手，就忽然有了一柄這樣的槍，我……而且很熟知這柄槍的性能，所以我將槍交給了雲子。」

我問來問去，問不出一個所以然來。我知道其中必然還有我不明白的關鍵，但既然在板垣一郎的口中，問不出什麼來，只好放棄。

我加快了腳步，來到了耶里的身邊。耶里望著我，很不自然地笑了一下。這種笑容，就像是他本來是我的老朋友，但是卻做了什麼對不起我的事。

我向他笑了笑，試探著道：「耶里？我可以叫你耶里？」

耶里有點惱怒：「當然可以，我本來就是耶里。」

我作了一個請他諒解的手勢：「在東京，你曾去見過雲子？」

耶里向雲子望了一眼：「是。」

我接著問：「你怎麼知道一郎給了雲子一柄槍，叫她去殺貞弓？」

耶里呆了一呆，現出一種迷惘的神情來。這種神情我並不陌生，因為才在板垣一郎的臉上看到過。他在呆了一呆之後：「知道就是知道，還要為什麼？」

我不肯放鬆：「當然應該有知道的理由，一郎的行事很秘密——」

耶里不等我說完，就道：「事情再進行得秘密，也必然會給人知道！」

我道：「那時，你和一郎已很久沒有見面了——」

耶里聽到這裏，陡地縱笑了起來：「很久沒見一郎的不是我，是——」

他講到這裏，現出了一個神秘的笑容來。我明白了他的意思，那是耶里的原身，不是他！

這裏，又牽涉到我心中的另一個疑問：「副本」似乎有隨時出現、隨時消失的本領，就算他在你的身邊，你也未必知道！

我想了一想，說道：「好，就算你能夠知道一郎的秘密，你又何以知道有鐵輪這個人？鐵輪是一個一流的職業殺手，行動極其詭秘，世界上所有的特務人員都在找他而毫無結果，你是怎麼知道他的底細的？」

耶里重又現出那種茫然的神情來，想了片刻，才道：「我……只想到，如果能夠殺死板垣一郎，我就可以獨占有關靈異猴神的秘密，接著……我就知道了一郎要雲子去行凶的秘密……」

他的語氣相當遲疑，在講到這裏時，向我望了一眼。我吸了一口氣，示意他再說下去。耶里道：「我恐怕我說得不很明白。」

他的確說得不怎麼明白，但是我卻明白當時的情形，和一郎想要一柄槍，而忽然之間就有了一柄槍一樣。當耶里想要除去板垣一郎之際，他就自然而然知道了一郎的秘密。

情形似乎是：想到什麼，什麼就實現！而當事人卻不明白自己有這樣的能力！

我示意耶里再說下去，耶里想了一想：「當我知道了一郎的秘密之後，我就想，如今是除去一郎的最好機會，我有法子可以令雲子煽起妒火，去殺一郎。但是雲子看來並不習慣殺人，有什麼法子可以令雲子出面殺人，而我又不必負任何責任呢？」

我壓低了聲音：「當你這樣想的時候，你自然而然就知道了鐵輪這個人！」

耶里連連點頭：「是的，是的。」

我又道：「而且，你也知道用什麼方法可以要脅鐵輪，令他為雲子服務！」

耶里像是陡地鬆了一口氣：「不錯，事情就是這樣，而雲子也聽了我的話，結果鐵輪殺死了一郎，而我卻不必負什麼責任。」

我聽到這裏，不禁打了一個寒噤。

我只不過和一郎的副本、耶里的副本交談了極短的時間，但是我發現，「副本」的奸詐凶險之處，還在原身之上。

人心難測，夠險惡，但是總還受著種種道德規範的約束，不敢為所欲為，而且在許多情形之下，想任性胡為，但能力卻有所不及。

可是副本卻不同，他們不但毫無顧忌，將自私凶狠的性情發揮到淋漓盡致，而且，他們又有特殊的能力，想到什麼，什麼就實現。

我如今和六個這樣的副本在一起！這實在使人想起就心中發毛。

同時，也想到了另外一些問題。

「副本」的產生，是由於那怪東西的作用。而那「怪東西」屬於靈異猴神。

也可以說，副本，是靈異猴神製造出來的。

那麼，他們的這種本領，是不是靈異猴神給他們的呢？

靈異猴神通過一種裝置，製造了副本。

靈異猴神是不是仍然在通過一些不明的裝置，在控制著副本？

副本對自己的忽然出現，忽然消失，忽然能知道一些他們不應該知道的事，忽然能得到一些他們不應該得到的東西，茫無所知，是不是由於靈異猴神在暗中操縱呢？

靈異猴神究竟是什麼？何以他有這樣的能力？他的目的又是什麼？種種問題在我心中盤旋著，無法喚出答案來。

看來，除了面對靈異猴神，由猴神自己來回答之外，不會再有別的辦法了。

一連兩天，都在密林中進發，六個「副本」之間，互不交談，甚至避免眼光的接觸。

這六個人之間的關係複雜，誰也不知道他們心中在想什麼，但是他們互相之間決計不會有什麼好感，那可以肯定。

反而，他們和我，倒很肯交談。在這兩天之中，我用盡方法，想去刺探他們的秘密，但是並沒有得到什麼，跟我與耶里和一郎交談之後所得出的結論一樣。

第三天，進入了旅程最後一天。一行人中，只有我、耶里和一郎，在光義的筆記中知道要經過三天的途程，才可以見到靈異猴神。

一郎曾向我一再堅持，不可以將這件事告知其他人，但是我沒有照他的意思做，我還是將這件事宣佈了出來。所以，在第三天開始啟程之際，除了一郎滿臉不高興，人人興高采烈。中午時分，自一座密林中穿出來，前面是一條河水相當湍急的河流，河水急而淺，人人都涉水而過。

一過了河，白色小眼鏡猴就尖聲叫了起來，我也聽到，遠遠有一種聽來相當怪異的聲音傳了過來。這種聲音，聽來就像是當日耶里用來引走眼鏡猴所吹的那種葉笛所發出的聲音。

先前我猜想不會有人在吹笛，那一定是風吹動眼鏡猴棲身的樹枝所發出的聲音，也就是說，我們接近眼鏡猴的故鄉了。

我沒有將這一點講出來，儘管各人對這種聲音都表示很訝異，鐵輪更現出了十分害怕的神情。

繼續向前走，沿著河走向上游，又進入了一座密林。當有風時，那種「嗚嗚」的風掠過樹梢的聲音，聽來驚心動魄之極。

我和一郎互望了一眼，一郎沉聲道：「光義的日記上，記述過這座林子。」

我道：「是的。」

耶里也走近來：「光義的日記上說：穿過一座會吼叫的密林，是一條發光的小徑。發光的小徑，那算是什麼意思？」

一郎「哼」的一聲，說道：「就是一條小徑，會發光，這還不明白？」

耶里怒道：「只有你這種頭腦簡單的人，才會以為事情那麼簡單的！」

一郎轉向我：「照你看，是什麼意思？」

我也想不出什麼叫做「發光的小徑」，「小徑」很容易理解，但小徑而會「發光」，似乎有點不可思議。耶里和板垣一郎還在不斷爭論這個問題，那令我覺得心煩，我道：「何必再爭？等到看到這條小徑之後，就可以知道什麼是發光的小徑了！」

我這樣一說，他們兩人都靜了下來。可是靜了沒有多久，耶里忽然又道：「光義的筆記中又說，在發光小徑的盡頭，可以通向猴神的宮殿——」

一郎立時道：「那表示猴神的宮殿，就在小徑的盡頭。」

一郎的話說得很大聲，同行的人都興奮起來，接連三天在密林中覓途前進，天氣又異常悶熱，那極令人疲倦，但這時，人人都加快了腳步。

在健一肩頭的白色小眼鏡猴，不住發出一下又一下的尖叫聲，叫聲好像愈來愈緊迫。一直到夕陽西下時分，我們已經走出了這座密林。人人都期望著在一走出密林之後，就可以看到「發光小徑」，尤其是我、一郎和耶里。因為在這三天來，我們沿途所經過的地方，凡是有特色之處，都可以在光義的日記中找得到。光義的日記，十分詳盡，而且是據實記載的。而他的日記之中，既然曾清清楚楚提到了「發光小徑」，那麼，一定會有一條這樣的小徑存在。

可是，當林木愈來愈稀落，不知道由誰開始，變步行為奔跑，向前疾奔出去，奔出了林子之後，呈現在我們面前的，是一大片看來相當茂密的草原。草原上的野草，至少有八十公分高，長得極密，根本沒有小徑。

在草原對面，相隔約一公里處，可以看到，又是一座十分茂密的森林。

在草原邊上，各人都停了下來，鐵輪立時問：「小徑在哪裏？」

一郎大聲道：「一定有的！一定有小徑！光義在日記上說的。你們全站著幹什麼？還不快將小徑找出來？」

我也認為一郎所講的不錯。既然是「小徑」，當然十分狹窄，而這裏的野草又如此茂盛，一條狹窄的小徑，很容易被野草遮住。

一郎一面說，一面已經胡亂撥開野草，去尋找小徑，其餘的人也跟著做。我也找了一會兒，但是立時想到，白色小眼鏡猴，在傳說中，是靈異猴神派出來的使者，會帶引人到猴神的面前去。在這樣情形之下，我們自己何必費神去尋找什麼小徑？

我一想到這一點，立刻向健一望去。我看到健一正站著不動，神色一片茫然。白色小眼鏡猴正蜷伏在他的懷中，一動不動。

我怔了一怔，忙向他走過去：「奇渥達卡怎麼了？」

健一苦笑了一下：「牠好像睡著了。我們一直在牠的帶引下走路，照說，應該可以見到猴神，可是牠卻睡著了。」

我向眼鏡猴看去，只見牠閉著眼睛，絲毫也沒有動一動的意思。

這時，鐵輪又叫了起來：「只有荒草，根本就沒有什麼小徑。」

貞弓忽然道：「這裏是一片草原，根本不必找什麼小徑，我們就可以穿過草原，到對面的森林中去。」

貞弓這樣一說，幾個人一起笑了起來，我也不禁伸手在自己的額頭上拍了一下。貞弓說得對，眼前是一片平原，何必理會有沒有小徑，只要向前走，就一定可以穿過這片平原，這還用懷疑麼？

健一大叫了一聲，首先大踏步向前走去，各人跟在他的後面，野草濃密，腳踏處，由於積年累月的腐草堆積，踏下去軟綿綿地，十分難行，所以速度並不快。我們出林子的時候，已經是夕陽西下時分，走到草原的中心，天色已漸漸黑了下來，這時，人人心中都想，一過草原，就可以到達密林，猴神一定就在那密林之中。

那時，的確人人這樣想，因為光義的日記中是這樣記載的：「在發光小徑的盡頭，可以通向猴神的宮殿。」

雖然沒找到小徑，可是只要穿過草原，實際並無分別。天色一黑，向前走去的時候，更有腳高腳低、寸步難行之慼。而天色黑得如此之快，鐵輪的恐懼病又發作了，他先是靠著我走，到後來，緊緊地拉著我的衣角。我轉頭向他望去，發現在黑暗之中，他的雙眼閃耀著充滿恐懼的光芒。

我想要安慰他幾句，因為不管他過去如何窮凶極惡，此際的情景，十分令人同情。可是我還沒有想到該如何開口之際，貞弓和雲子，突然同聲尖叫了起來。這時天色十分黑，她們兩人與我相隔約有三公尺，我已經不是十分看得清楚她們。但是，我卻可以看到她們一面叫，一面用手指著前面。

我一轉頭，循她們所指看去，立時呆住了。

這時，不單是我呆住了，人人都呆住了！

在她們所指的前面不遠處，大約是在這片草原的邊緣處，有一條光帶，自我們走出來的那座密林起向前伸展，一直伸展到草原的另一邊。那一邊，遠處有一點山影，望過去，簡直見不到盡頭，而那道光帶，就直伸向前面。

光帶是貼在地向前伸展出去的，色澤暗紅，那情景，就像是草原上忽然有一條半公尺寬的草帶，著了火在燃燒著一樣。

在我一呆之際，一郎首先大聲叫了起來：「發光的小徑。」

耶里雙手合十，喃喃地道：「天！發光的小徑，我們走對了。」

那條光帶，一直伸延向前，看起來，的確像是一條發光的小徑。

一郎一面叫著，一面已不顧一切地向前奔去，其餘的人立時開始跟在他後面。鐵輪幾次想要離開我，也向前奔去，可是卻始終不敢，可憐巴巴地望著我：「我們……怎麼還不去？」

我道：「急什麼，我相信我們既然已找到了這條發光的小徑，一定可以見到猴神。」

我說著，也大踏步向前走去，鐵輪仍緊跟在我的身邊。

我一面向前走，一面心中疑惑，注視著前面的那條光帶。那究竟是什麼呢？雖然隔得還遠，但是我可以肯定，那決不是野草叢中的一條小徑，那只是一股貼地伸延向前的光帶。這條光帶，所發的光，並不是十分強烈，所以一定要等天色全黑了，才能看得見。

這一條看來至少有十公里長的光帶，是什麼力量形成？作用是什麼？光義的日記，為什麼說「發光小徑的盡頭，可以通向猴神的宮殿」？「可以通向」是什麼意思？他為什麼不直接地說小徑的盡頭就是猴神宮殿？

我一面想著，一面加快腳步向前奔去，鐵輪氣咻咻地跟在我的身邊。其餘向前奔去的人，本來是一郎奔在最前面的，但是健一立即追過了他。健一向前奔的速度，真快得像一頭猴子在草上飛躍一般。

一郎跟在後面，但不久又被耶里追過，雲子和貞弓也奔得很快而和一郎逼近了。

我看見健一愈來愈接近那條光帶，陡地想起，不可知的因素實在太多，那條光帶，看來如此怪異，簡直有一股難以形容的妖氣，不知道接觸到這條光帶之後，會發生一些什麼事！

我一想到這一些，立時大聲叫道：「健一，等一等！」

可是我的叫聲才一出口，健一已經發出了一下大喜若狂的呼叫聲，他已來到了光帶的邊上，光帶所發出來的那種暗紅，映得他整個人，看來像是包裹在一層暗紅的火中，怪異莫名。

隨著他的那一下叫聲，他已陡地向前跳去，跳進了那光帶的範圍之中。而當他一跳進去之後，只看到包圍他身上的那種暗紅色的光彩，突然亮了一亮，隨即恢復了原狀。

「恢復了原狀」，並不是說那種暗紅色的光芒，仍然包圍在健一的身旁，而是說，一切全恢復了原狀。也就是說，一閃之後，光帶依然是光帶，直伸向前，光帶上什麼也沒有，健一突然消失了！健一和那隻白色小眼鏡猴，一起消失了！

這時候，耶里離那條光帶，大約只有十公尺，他當然也看到了這種變化，所以，當健一突然消失之後，他陡地停了下來。

光帶所發出的暗紅色光芒，已經可以映到他的臉上，他的神情奇特，驚駭之極，面肉在不住跳動著。事實上，我們每一個人的神情，都和他差不多。

一郎、雲子和貞弓一到了耶里的身邊，也一起停了下來，我推開了鐵輪，急急向前奔去，也在耶里的身邊，停了下來。鐵輪像一頭受了驚的兔子，大口喘著氣，立即又來到我的身邊。

第二十一部：我見了猴神實現了三個願望

等我奔到之後，耶里立時尖聲向我叫道：「發生了什麼事？他……他……到哪裏去了？」

耶里說著，一面指著前面的那條光帶。這個問題，正是我想問人的，我如何答得上來？

耶里得不到我的回答，大聲叫道：「他到哪裏去了？那日本人到哪裏去了？奇渥達卡！奇渥達卡也不見了，誰來帶路？」

在耶里尖聲高叫之際，雲子突然現出堅定的神情來，向前走去，鐵輪吃了一驚，叫道：「雲子小姐，你幹什麼？你……你……」

雲子停了下來，並不轉身，昂著頭，神情堅決：「我相信健一先生是到猴神的宮殿去了！」

鐵輪道：「你……怎麼知道？他……突然消失了！」

雲子冷冷地道：「你要是害怕，你就別向前來，要是不害怕，就和我一起來。」

雲子說著，仍然不轉身，只是向後，伸出她的手，等待鐵輪去拉她。

而鐵輪居然立即向前走去。雖然他的神情，顯示他的心中正極度害怕，但是，他的確在向前走去。我深信他並不是突然膽子大了，而是他對雲子，一定有著一份特殊感情的緣故。

我們眼睜睜看著鐵輪來到了雲子的身後，伸出手來。雲子的手和鐵輪的手緊握在一起，鐵輪又向前跨出了一步，已和雲子並肩而立了。

當他們並肩而立之際，他們兩人不約而同轉過頭，互望了一眼，雲子的神情，在堅定之中，有幾分矜持，像是一個初會情人的少女一樣。而鐵輪，在極度驚恐之中，居然笑了一下。

接著，他們兩人，就繼續向前走去。就在光帶的邊緣，停了一停。

像健一的情形一樣，那時，他們的身上，像是罩著一層暗紅色的光芒。他們停了極短的時間，就又向前跨去，跨進了光帶之中。

一下子，他們身上的光芒閃了一閃，在不到二十分之一秒的時間內就消失了！

我之所以肯定他們消失得如此之快，是因為人的眼睛，可以將影象保留十五分之一秒的時間，可是他們消失得如此之快，簡直是說沒有就沒有，速度之快，使人感到怪異莫名！板垣一郎在他們兩人消失之際，陡地向後退了一步。

貞弓就在他的身後，一郎向後一退，眼看要撞在貞弓的身上，貞弓一伸手，推了推一郎的背，冷冷道：「你的情婦走了，你怎麼不跟上去？」

一郎的喉間發出了「咯咯」的聲響，並不轉過身來。在貞弓的臉上，現出極其刻毒的神情來，聲音也變得十分尖酸：「可笑吧！你的情婦，走的時候，不叫你一起走，她和另一個人一起走了。」

一郎陡地轉過身來，臉色通紅：「住口！」

貞弓笑得更陰森：「你敢責叱我了？哈哈，你這個不中用的膽小鬼，你敢責叱我？你別忘記，你的一切是怎樣來的？是誰使你事業成功，有資格養情婦的？」

我一聽得貞弓的口中吐出這樣的話來，就知道事情不妙了。

果然，一郎陡地吼叫一聲，一伸手，抓住了貞弓的頭髮！貞弓對一郎這樣說話，如果她面對的是一郎的原身，一直忍氣吞聲的一郎，會低下頭，一聲也不敢反駁。可是這時的一郎，是副本，所以他立時抓住了貞弓的頭髮。

他不但抓住了貞弓的頭髮，而且立時揚起手來，重重打了貞弓一記耳光。

如果捱打的貞弓，是貞弓的原身，那麼，出身大家的貞弓，可能全然不知所措。但這時的貞弓，一樣是副本，只聽得她陡地尖叫一聲，一低頭，一頭向一郎的懷中撞了過去。

那一撞，令得一郎退到光帶的旁邊，還沒有收住勢子，而貞弓的頭髮仍被一郎抓著，所以他們兩人是一起向光帶跌出去的。

一郎拉著貞弓的頭髮，跌進了光帶之中。

情形和已經發生過的兩次一樣，他們兩人立時消失了！

只剩下我和耶里了。

我們互望著，耶里吞下了一口口水，說道：「這……光義的……日記上，沒有提到過……人會消失。」

我苦笑一下：「他要是消失，自己看不到。」

我講的話，雖然聽來有點滑稽，但實際上卻很合乎邏輯。光義來的時候，只有他一個人，如果他一踏上了「發光的小徑」就消失了，沒有旁觀者，他自己自然不可能知道發生了什麼事！那麼當然也不會在他的日記中留下任何記載。

由這一點來推論，在「發光的小徑」中消失了的那些人，一定可以回來，因為光義結果回來了。

我看到耶里的神情，十分徬徨，望著我，語意之中仍然充滿了遲疑：「照你說……他們的消失，是一種……到達某一地方的行進方式？」

我道：「我想是。發光的小徑盡頭，有猴神的宮殿，這是光義日記中說得很明白的事。」

耶里又吸了一口氣：「我們……我們是不是一起去？」

我看出耶里對於前幾個人的消失，心中有相當程度的恐懼。事實上，我也一樣害怕，眼看著和自己在一起的人，一個接一個那麼迅速而莫名其妙地消失，總不會是一件愉快的事。

所以，當耶里提出了這一點之際，我立時同意道：「好的，我們一起去。」耶里再吞了一口口水，向我伸出手來。我不至於像他那樣膽小，但他既然伸出手來，我也就握住了他的手，我們一起走向前去。那情形，就像是兩個小孩手拉著手去涉過一道水相當深的小溪。

那「發光的小徑」，究竟會使我們有什麼遭遇，完全不可測，所以當我在向前走去之際，心中生出了千萬種幻想。

我們本來離「小徑」就不是十分遠，一下就來到了邊緣。我和耶里都不由自主，停了一停，然後互望了一眼，同時吸了一口氣，一起向前跨去。

這一步跨去，我們已經一起進入了光線籠罩的範圍之內。我和耶里是手拉著手一起跨進去的。在跨進去的那一剎間，我還清楚地可以覺出，耶里的手緊了一緊，可能是由於他心情緊張的緣故。

可是，當光線一照了上來，我卻只是一個人！

我回頭看了一眼，什麼也看不見，只看到極其明亮的光芒，明亮得幾乎連眼也睜不開來。我看不到耶里，也明顯地感到耶里根本已不在我的身邊。我想大叫，可是一開口，就有一股極強的氣流，向我迎面逼了過來。直到這時，我才感到自己是在向前迅速地移動著。

在移動的或許是那發光的光帶，或許是我本身，根本無法說得上來，而且移動的速度如此之高，什麼使得我有全身都快散了開來的感覺。

在那一剎那，心中只想著一點：究竟發生了什麼事？我只來得及想，全然沒有機會找到答案，眼前已陡然黑了下來。不但眼前一黑，而且，我也覺出身子的急速移動，在陡然間停頓。從急速的行進到突然的停頓，使人極不舒適，氣血翻湧，五臟在剎那間，像是要翻轉過來，我伸手向前，想扶住什麼東西來穩住身子。一伸手出去，就碰到了一個物體。由於在黑暗之中，一時之間無法確定自己碰到的是什麼，只覺得那好像是一個平面。不論碰到的是什麼，那總使我的身子穩了下來。我定了定神，看到前面開始有一絲光亮在閃耀，而且在迅速擴大，那情形就像是在黑暗中有人著亮了一個手電筒。而且我也立即看到，就在那股光線之中，那隻白色小眼鏡猴，正在飛躍著，向我奔了過來，轉眼之間就來到了我的面前，停下，用牠骨碌的眼睛望定了我，發出低沉的叫聲。

我吸了一口氣：「奇渥達卡，你來帶我去見靈異猴神？」眼鏡猴又叫了兩下，轉過身，跳躍著向前走去，我忙跟在牠的身後。我走出的方向，完全是照著那股光線照射過來的方向，除了那股光線照射的範圍之外，什麼也看不到。

這時，我所能看到的，只是地面，看來十分平整，像是用一整塊大石板鋪成。約莫行進了三分鐘左右，光線陡然消失，眼前重又一片黑暗。在黑暗中，我聽到了一下輕微的移動聲，像是有什麼東西滑了開來。

那情形，我迅速推測的結果是：在我的面前，有一扇門滑了開來。

我的推測不錯，因為我立時聽到了一個十分柔和動聽的聲音：「你來了，請進來。」

在光義的日記中，曾提及靈異猴神的聲音極其柔和動聽，我一聽到那聲音，心頭便不禁怦怦亂跳了起來！我已經聽到傳說中靈異猴神的聲音了。

我吸了一口氣：「我什麼也看不見——」

我的話還未說完，那聽來極其柔和的聲音已然接著道：「前面的事對每一個人，全是漆黑一團，一點也看不見，可是每一個人都在向前走。」

我怔了怔，玩味著這幾句話，同時，也舉步向前，跨了出去。

在我跨出了兩三步之後，我又聽到了一下輕微的移動聲，在我身後響起，我假設那是一扇門，又在我的身後關上。

這時，我的心中，不免十分緊張，我完全處身於黑暗之中，而且是一個全然不可測的環境，會有什麼事發生，我全然不能預料。

我勉力定了定神：「請問，和我講話的，是不是傳說中的靈異猴神？」

那柔和的聲音毫不猶豫地回答：「是。」

我的心情更緊張，用盡目力向前看，想看出靈異猴神是什麼樣子的，因為從他的語聲聽來，他像是就在我的對面。

可是，四周圍實在太黑暗，不論我如何努力，什麼也看不到，我的呼吸不由自主急促起來，但是靈異猴神的聲音還是那麼柔和：「你是第五個來見我的人，你一定是為三個願望而來的，請問你第一個願望是什麼？」

這時，我的思緒，在一種極度紊亂的情形之中，我也不及去想一想他的話中「你是第五個來見我的人」是什麼意思。只要略想一想的話，就該想到我沒有理由是「第五」，因為在我之前，還應該有六個人，是貞弓他們，應該已見過靈異猴神。

但是我卻根本沒有去細想，而且，當對方問及我「第一個願望是什麼」之際，我一樣沒有細想。或許那是由於在整件事情之中，從頭到尾，我都不是十分相信有「三個願望」這樣的事情之故。再加上這時，我幾乎用全副心神，想看到所謂靈異猴神是什麼樣子的，是以我一聽得他這樣問，立時道：「我想看到你。」

我的話才一出口，猴神發出了一下類似驚訝的聲音，接著，在我的面前，就現出了一團光亮。

那一團光亮，就像是投射向舞台上的燈光，恰好罩住了一公尺見方的一個範圍，而就在那個範圍之中，我看到一張椅子，在椅子上坐著一個人。

那的確是一張椅子坐著一個人，這個人的樣子極怪！

他坐著，看來身量又高又瘦，身上穿著一種淺灰色的，也不知道是什麼料子織成的衣服，雙手放在椅子的扶手上，十根手指又細又長，幾乎是普通人手指的一倍，手臂也十分長。這些全不要緊，最奇特的是那實實在在不是人，只是一頭猴子，這個人，完全有著猴子的臉譜，而且臉上也全長著一種濃密的、金黃色的毛！

我看到了靈異猴神。我在那個專家那裏，看到猴神的畫像之際，曾哈哈大笑，但如今我面對著猴神，我卻不得不承認，那拙劣的畫像，實際上十分傳神，在我面前，的確是一個猴形的人。

在我盯著他看，心中興起了千百個疑問，腦中一片混亂之際，猴神又開口了，聲音還是那樣緩和動聽：「你看到我了，你的第二個願望是什麼？」

我的第一個願望，已經立刻實現了！

但是由於我的思緒實在太混亂，我全然沒有注意這一點。

我盯著他，脫口道：「我想知道你究竟是什麼。」

猴神笑了一下，他的笑容看來極其古怪。什麼人曾看到過猴子發出笑容來的？只怕沒有，但這時我卻看到了，而且雖然古怪，但是不討厭，相反地，還有一點親切感。他一面笑著，一面道：「我是靈異猴神。」

我忙道：「不，不，我的意思是，靈異猴神，究竟是什麼？」

猴神再笑了一下：「問得好，我的外形，類似一種叫猴子的動物，而我又具有極大的本領，所以，我就是靈異猴神。」

這樣的回答，當然不足以解決我心中的疑問，我忙又急急追問道：「你那種本領是哪裏來的？你是哪裏來的？」

猴神揚起了手來：「你看那邊。」

我循他所指看去，只看到我眼前不遠處，有一幅一公尺見方的深藍色光幕出現。那種深藍色，深邃得難以形容，緊接著，在看來無邊無際的深藍之中，現出了一團橘黃色，很淺，一團。

猴神的聲音道：「我從那裏來。」

我「喔」的一聲：「一顆遙遠的星球？」

猴神道：「是的。」

我陡地吸了一口氣：「什麼星座？」

猴神忽然嘆了一口氣：「我無法向你解釋，在你的觀念而言，怕不會明白。」

我忙道：「請你儘管解釋，或許我能夠明白。」

猴神略停了一停：「也好，你問我來自哪一個星座，這問題本身就有問題。你們抬頭向天，或者通過高倍數的望遠鏡，就自以為可以研究宇宙的秘奧，可以明白天象了，是不是？」

我呆了一呆：「當然是這樣。」

猴神又嘆了一聲：「當然不是這樣！你們的天文學家，宣稱看到了距離幾百萬光年以外的星球，卻忽略了一點，在幾百萬光年距離的同時，還有時間上的距離，看到的，只不過是遠古的景象，是幾百萬年之前的情形。那情形就像你拿著一張七十年前的一張照片，瞧著照片上的嬰兒，卻找一個現在是七十歲的老頭子一樣！」

我「啊」的一聲：「你的意思是，我們可以看到的星座，有的根本不存在了？」

猴神的樣子十分高興：「是的，有的已經根本不存在了，有的已經變了樣，你們所知道的全是宇宙的過去，不是宇宙的現在，你們無法知道宇宙的現在，因為你們還未曾突破光速的規限！」

我的思緒越來越混亂，張大了口，望著那深藍色光幕中的橘黃的一團，那是猴神所來的一個星球，這個星球在什麼地方，人類全然無法了解，而且可能永遠無法了解，這是不可測的宇宙的秘奧。

雖然思緒混亂，但是這一點，我總算明白了。

猴神又道：「我的力量，就是從我來的地方來的。」

我吁了一口氣，道：「那情形，就像是一個地球上，走在時代最尖端的文明人，帶了一切設施去到了穴居人部落一樣？」

猴神道：「可以這樣講，那種情形如果發生，這個人，自然而然會在穴居人部落中成為神。」

我完全明白了，不由自主點了點頭。猴神的聲音依然柔和：「好了，你的第三個願望是什麼？這是你最後一個願望了。」

我的第二個願望也實現了！

我知道了所謂「猴神」，是來自宇宙一處不可測的星球上的「人」，他的超異能力，全是那個星球上超異的科學發展的結晶。

他在問我第三個願望是什麼，而且特別提醒我，這是我最後一個願望了。

可是在那一剎那，我什麼也不想，我只想知道一切的經過，解決我心中的疑問。

我大聲道：「我要知道一切，要知道和你有關的一切事情。」

猴神盯著我，他的雙眼之中，射出一種異樣的光芒，看來炯炯有神。他又笑了一下：「你看來和我以前見過的四個人都不同。」

我立時說道：「好，就從你見過的四個人說起，他們是什麼人？」

猴神略仰了仰頭：「第一個是很普通的青年人，那時我還不在這裏，他的願望是要世上至高無上的權力，我給了他！」

我怔了一怔：「結果呢？」

猴神的聲音，聽來多少有點調侃的意味：「結果？和任何人沒有分別，死了。」

我不由自主抽搐了一下：「第二個呢？」

猴神道：「第二個要求是財富，我也使他實現了他的願望。」

我的聲音聽來像是呻吟一樣：「結果，他……他也死了？」

猴神點了點頭。

我大聲道：「他們有三個願望，可以一個要求權力或財富，第二個要求長生不老。」

猴神道：「事實上，的確是這樣。」

我大惑不解，道：「那麼為什麼——」

猴神道：「別忘了他們有三個願望，他們的第三個願望，就是要快點死。」

我深深地吸了一口氣，一時之間，說不出話來。猴神的聲音聽來柔和：「所以，當第三個人，是一個王子，向我來要求快樂的時候，我無法達成他的願望，因為我實在不知道如何才能使人快樂，我可以輕而易舉地在海水或空氣之中，製造一百噸黃金來給一個要求財富的人，但是無法給人快樂。」

我呆了半晌：「是的，快樂不是人給的，也……不是自己可以追尋。什麼是快樂，真是難以下定義得很。」

猴神攤了攤手，他的手指十分長，看來極靈活柔軟，他道：「第四個來見我的人，在看到了他自己之後——」

我一揮手，打斷了他的話頭：「第三個和第四個見你的人，他們的事我已經知道，我不明白的是，你何以能使人看到自己？」

猴神現出奇訝的神情來：「那太簡單了，有一套裝置，是複製儀器——」

我點頭道：「是的，那奇形怪狀的東西，我看到過，那東西——」

猴神道：「那東西，只要有一個細胞作為原料，就可以用這個細胞中的因子，培殖出一個完整的個體來，和原來的個體，一模一樣！」

我張大了口，神情錯愕之極。猴神道：「其實你不應該感到奇怪，這種單細胞繁殖，地球人也早成功了，實驗室中用這種方法培養出來的青蛙，不在少數。」

我說道：「這我知道，無性單細胞繁殖，我並不陌生，但是這樣快……。」

猴神作了一個手勢：「快或慢，只不過是技術問題。我的這副裝置，可以在百分之一秒之內，取一個人的單細胞，繁殖出一個新的人來。」

我吸了一口氣：「這個繁殖出來的人，可以稱為原來的人的副本？」

猴神呆了一呆，像是他以前並未曾想到過這個問題，他在一呆之後：「副本？不錯，這個稱呼很不錯！」

我苦笑了一下：「你或許不知道，通過細胞無性繁殖出來的副本，和原來的人，有著截然不同的性格。原來的人的潛意識，在副本中變成了主意識！」

猴神道：「我當然知道，所以我才要向我提出願望的人先看看他們自己，讓他知道他自己實際上是一個什麼樣的人，需要什麼，再作決定。」

我又苦笑了一下：「這有什麼作用？」

猴神道：「當然有，當一個人全面認識自己之後，他就會更明白自己需要的是什麼。」

我嘆了一口氣：「人真能全面認識自己？」

猴神竟然也跟著我嘆了一聲：「正是我所研究的課題，可是直到如今為止，我不得不承認我還未曾研究出一個結果。人的性格太複雜，不但相互之間，根本無法了解對方，連自己也根本無法了解自己。」

我抹了抹汗，不知道自己為什麼會冒汗，但我的確是在冒汗，我道：「你知道板垣光義的事？就是第四個向你來求取三個願望的人。」

猴神點頭道：「我知道，他自己殺了自己。」

我道：「不，是他的副本殺了他，他又殺了他的副本。」

猴神糾正道：「一樣的，還是他自己殺了自己。和世界上許多沒有副本的人自己害自己，自己殺自己，是一樣的。」

我想了半晌，總算明白猴神話中的涵義。我還未曾開口，猴神又道：「我來，是想研究地球上最高級的生物的一切，我的研究，可以說沒有結果，我也快要回去了，很高興能認識你！」

我有點啼笑皆非，「很高興認識你」這樣一句普通的對話，竟然在這樣的情形下出來，這無論如何，令人啼笑皆非。

我又呆了片刻，才道：「那六個和我一起來的——」

猴神「噢」地一聲：「他們已經不存在了！」

我不禁陡地一驚：「不存在了？那是什麼意思？他們——」

猴神揮了揮手：「我可以令他們在百分之一秒之間，由一個細胞變成一個人，自然也可以令他們在百分之一秒內，再由人變回一個細胞！」

我冒的汗更多，一時之間，不知該說什麼才好。

猴神笑了起來，指著我：「事實上，我已搜集了不少細胞，很多，準備在回去的時候，帶回去，再作詳細的研究，這其中，包括他們六個人的細胞，也有你的，想你不會見怪！你身內有數億個細胞，每一個都可以成為你的副本。」

我倒抽了一口涼氣，忙道：「不反對！不反對！你多拿幾個去，也不要緊！」

猴神「哈哈」笑了起來，笑聲到了一半，突然停止，神色變得十分莊嚴：「當副本在活動的時候，其實也受我控制，你可能覺得他們有特殊的本領，能知道許多他們不應該知道的事，得到他們不應該得到的東西，那全是我根據他們的意願，而使他們的想法，能得到實現。」

我呆呆地望著他：「可是……隔得那麼遠，你在印度……他們在……」

猴神又笑了起來，在他的笑容之中，多少有一點狡猾的意味：「你別忘了，我是猴神！」

我無可奈何地攤了攤手，猴神說道：「好了，還有不明白的事？」

我吁了一口氣：「沒有了，謝謝你，很高興認識你。」我也用了同一句普通的對話，猴神笑著，走過來，向我伸出手來。

我和他握著手，他的手柔軟，而當他站起，來到我的身邊之際，他比我高出了大約兩個頭。我抬頭看著他：「我還希望多知道一些關於你的星球的事。」

猴神陡地笑了起來：「我是來研究地球人，不是供地球人研究的。而且，你的三個願望，都已經實現了，也不能再來向我要求什麼。」

我嘆了一口氣，我的三個願望都已經實現了。

在猴神講完了那句話之後，眼前重又變成一片漆黑，而且我又感到我的身子在迅速移動，等到我又可以看到東西的時候，先是一陣奪目的光亮，和我初涉足「發光的小徑」時一樣。

接著，眼前又是一黑，我仍然站在那曠野上，眼看著「發光的小徑」在迅速暗下去，不到半分鐘，便已完全消失。

我呆立了很久，想著一切的經過，一直到天亮，才開始步行回去。

一連幾天，我在熱帶森林中打轉，然後用原始的交通工具趕路，一直到了一個小城鎮中，行程才算恢復正常，五天之後，我回家了。

我休息了三天，再去日本。

和整件事有關係的人，全都死了或瘋了，但有一個人例外，這個人是健一。而且，那個能在百分之一秒間，將一個單細胞繁殖成為一個人的裝置，還在那間房間中。我對這個裝置的興趣極濃，至少，通過它，我會看到自己軟弱無依的一面。

到了日本之後，我再去板垣一郎和雲子的幽會地點，才到，就發現那個單位曾經離奇失火，已經什麼也沒有剩下。

接著，我和奈可見了面，一起去看雲子。雲子的下顎看來更尖削，臉色也更蒼白，她仍然是一個毫無希望的瘋子。奈可用最大的耐心陪著她，一見了我，奈可不知嘆了多少口氣。

我也著手調查健一的下落，可是一個多月過去了，一點結果也沒有。

一直到了我已經想離開的那一天，才輾轉聽得在北部一個爬山旅行團的人講起，他們在深山中，曾遇到一個十分奇特的人，那人和一群猴子生活在一起，看起來，好像很快樂。

我猜想這個人可能就是健一，健一在「看到了他自己」之後，辭去了警局的職務，「回到他應該去的地方」去了。他自小在山野中長大，再回到山野中去，不是很自然麼？

而且，和猴子生活在一起，看起來，比和人生活在一起容易多了！人和人之間，非但不能相互了解，甚至連自己也絕無法了解自己！人的性格太複雜了，連神通廣大的「猴神」，也承認了他的研究並無結果。別人怎樣，我不知道，每當我自己照鏡子的時候，我問：我究竟是怎樣的一個人？

這個問題的答案是什麼？

答案是……

〈完〉

倪匡珍藏限量紀念版 20

衛斯理傳奇之願望猴神

作者：倪匡
發行人：陳曉林
出版所：風雲時代出版股份有限公司
地址：10576台北市民生東路五段178號7樓之3
電話：(02) 2756-0949
傳真：(02) 2765-3799
執行主編：朱墨菲
美術設計：許惠芳
業務總監：張瑋鳳
出版日期：2023年8月倪匡珍藏限量紀念版一刷
版權授權：倪匡
ISBN ：978-626-7303-78-8
風雲書網：http://www.eastbooks.com.tw
官方部落格：http://eastbooks.pixnet.net/blog
Facebook：http://www.facebook.com/h7560949
E-mail：h7560949@ms15.hinet.net
劃撥帳號：12043291
戶名：風雲時代出版股份有限公司

風雲發行所：33373桃園市龜山區公西村2鄰復興街304巷96號
電話：(03) 318-1378
傳真：(03) 318-1378
法律顧問：永然法律事務所 李永然律師
北辰著作權事務所 蕭雄淋律師

行政院新聞局局版台業字第3595號 營利事業統一編號22759935

定價：340元

國家圖書館出版品預行編目資料

衛斯理傳奇之願望猴神 ／ 倪匡著. -- 三版. --
臺北市：風雲時代出版股份有限公司，2023.07
面；公分 倪匡珍藏限量紀念版

ISBN 978-626-7303-78-8（平裝）

857.83 112007637